Marcus Ehrhardt

Von Hass getrieben

Bibliografische Information der Deutschen Nationalbibliothek:
Die Deutsche Nationalbibliothek verzeichnet diese Publikation
in der Deutschen Nationalbibliografie; detaillierte bibliografische Daten sind im Internet über dnb.dnb.de abrufbar.

Impressum:

© 2018 Marcus Ehrhardt
Herstellung und Verlag:
BoD – Books on Demand, Norderstedt
ISBN: 9783748108924

Korrektorat / Lektorat: Tanja Loibl

Covergestaltung: ZERO Werbeagentur, München
unter Verwendung von Motiven
von FinePic/shutterstock

Vorwort

Liebe Leserinnen und Leser dieses Buches,

nachdem ich jetzt sechs Titel veröffentlicht habe, die vorrangig dem Genre Kriminalroman und Kriminalthriller zuzuordnen sind, habe ich mich bei diesem Titel mit Haut und Haaren dem Thrillergenre verschrieben.

Durch viele Stunden des Schreibens und noch mehr Stunden des Nachdenkens und Recherchierens sind, so hoffe ich, ein paar spannende, aufwühlende und mitreißende Lesestunden für euch entstanden.

Wem meine Fremde-Angst-Reihe bekannt ist, wird möglicherweise hin und wieder stutzen, da ich ein paar kleine, aber feine Crossoverelemente eingebaut habe. So begegnet man dem ein oder anderen Nebencharakter wieder und auch der Ort Burns Creek, in dem dieser Thriller seinen Ursprung nimmt, könnte einigen von euch bekannt vorkommen. Aber ich betone, dass diese Story rein gar nichts mit der Fremde-Angst-Reihe zu tun hat. Es ist eine in sich abgeschlossene Geschichte, die nicht in eine Reihe oder Serie münden wird.

Nun habe ich aber genug eurer Zeit in Anspruch genommen, daher wünsche ich jetzt einen rasanten Lesespaß, der euch durch die Wildnis der Rocky Mountains hindurchzerren und in den Dschungel der Stadt entführen wird.

Kapitel 1

Als würden sie nichts wiegen, warf Jonathan Hunter seine Reisetaschen in den Fond seines hellblauen Pick-ups. Er schlug die Tür zu, die mit einem Krachen ins Schloss fiel, bevor er sich zu seinen Freunden umdrehte.

»So, Leute, macht es gut. Wir sehen uns in zwei Monaten wieder«, sagte er zu den beiden, mit denen er auf der University of Washington in Seattle Ingenieurwissenschaften studierte.

»Bist du sicher, dass du nicht mitkommen willst?«, fragte Bob, der ihn gerne wieder mit zu seinen Eltern nach Los Angeles genommen hätte.

»Danke, lass mal stecken. Ich brauche Erholung von den Partys. Und in L. A. würdest du mich eh wieder von einem Club in den nächsten schleppen – genau wie letztes Jahr.« Bob brach in ein lautes Gelächter aus.

»Alter, wo denkst du hin? Ich wollte dir dieses Mal unsere Kirchen und Museen näherbringen.« Jonathan musste in das Lachen einstimmen und wischte sich die Tränen aus den Augen.

»Is klar«, sagte er, »aber ich brauche wirklich etwas Ruhe. Und nirgendwo ist es ruhiger als bei meiner Tante Louisa in Burns Creek.«

»Du und dein Burns Creek. Von wegen ruhig: Hast du die Story vergessen, von der du uns letztes Jahr erzählt hast?«, schaltete sich Peter, der dritte im

Bunde, mit nasaler Stimme ein. Die Operation seiner Nasenscheidewand war leider nicht so gut verlaufen. Jonathan stutzte, dann fiel es ihm wieder ein.

»Ach, du meinst die Entführung des Jungen vor zwei Jahren?« Peters Nicken bestätigte seine Annahme. »Das war das Highlight dieses Kaffs für bestimmt die nächsten 100 Jahre. Seitdem ist wieder Frieden eingekehrt und ich kann mir nicht vorstellen, dass sich das dort nochmal ändert. Jedenfalls nicht in den nächsten Jahren, wie gesagt. Ihr könnt euch gar nicht vorstellen, was das für ein verschlafenes Dorf ist. Wenn man es nicht besser wüsste, würde man denken, man wäre ins Jahr 1950 zurückgeschleudert, abgesehen von den Handys und den heute üblichen Autos.« Jonathan blinzelte wegen der Sonne, die ihm ins Gesicht strahlte. »Aber genau deswegen fahr ich ja dort hin. Nirgends könnte ich mich besser auf das Examen vorbereiten als in dieser abgeschiedenen Idylle, fernab von allem, was wir unter Zivilisation verstehen.«

»Ich merke schon, du bist fest entschlossen. Und solange es Bier in diesem Nest gibt, müssen wir uns auch keine großen Sorgen um dich machen«, gab Bob grinsend zurück und schlug dem athletischen Jonathan, dessen kurzgeschnittene, dunkle Haare unter einer Cap der *Seattle Super Sonics* versteckt waren, kumpelhaft auf den Rücken. Die drei Freunde umarmten sich, dann stieg Jonathan in seinen Wagen, drückte zum Abschied mehrfach kurz auf die Hupe und fuhr lässig aus dem heruntergelassenen Seitenfenster winkend vom Parkplatz auf den Zubringer der Interstate 90.

Vor ihm lagen endlose sechs Stunden und 350 Meilen Fahrt in Richtung Osten. Sehr viel Zeit, um über Dinge nachzudenken, wichtige und unwichtige.

Wenn alles glattging, könnte er am frühen Abend sein seit Kindheitstagen eigens für ihn reserviertes Zimmer über dem Saloon seiner Tante Louisa beziehen. Nur hin und wieder, wenn alle anderen Gästezimmer besetzt waren, bot sie es als Notunterkunft Fremden an. Ab morgen früh würde für ihn das große Lernen beginnen. Er betrachtete sich kurz im Rückspiegel, als die Stadtgrenze Seattles hinter ihm verschwand, und nickte sich lächelnd zu. »Ja, das wird alles klappen wie am Schnürchen. Idaho, ich komme.«

Kapitel 2

Wie ein Schraubstock umklammerten die kräftigen Hände des Mannes Kerrys schlanken Hals. Er saß auf ihr und durch sein Gewicht, das sich anfühlte wie ein tonnenschwerer LKW, presste er sie auf die harten Fußbodendielen. Ihre langen, blonden Haare hingen verklebt in wilden Strähnen herunter, an die sich der Staub geheftet hatte. Sie spürte panisch, wie sie langsam das Bewusstsein verlor. Nein, das dürfte sie nicht zulassen, so sollte es nicht enden.

»Du gottverdammtes Dreckstück«, keuchte Edgar. Schweiß stand auf seiner Stirn, seine Augen waren zu schmalen Schlitzen verengt. Er drückte noch fester zu. Sie hatte das Gefühl, seine Finger hätten bereits ihre Weichteile durchdrungen und würden jeden Moment ihre Halswirbelsäule zerquetschen.

Mit letzter Kraft rammte sie ihm ihr Knie zwischen die Beine. Sein Gesicht zeigte eher Überraschung als Schmerz. Verflucht, durchschoss es sie, ich hab nicht richtig getroffen. Trotzdem lockerte er seinen Griff. Jetzt oder nie: Kerry nutzte den kurzen Moment der Unachtsamkeit ihres Gegners, um nach dem gusseisernen Kerzenständer zu greifen, der beim vorhergegangen Kampf zwischen ihnen umgefallen war. Sie gab hysterische Laute von sich, während sie ihrem Angreifer die Waffe mit aller Macht gegen die Schläfe schlug. Sofort löste er die Hände von ihrem Hals, hielt sie sich an den Kopf und schrie gequält auf. Kerry drückte ihr Becken nach oben, wodurch der Mann aus dem Gleichgewicht geriet und von ihr weg strauchelte. Blitzschnell rollte sie zur Seite und landete einer Katze gleich auf ihren Füßen und Händen. Den Bruchteil einer Sekunde später hatte sie sich aufgerichtet, ihre Schlagwaffe noch festhaltend.

Edgar schüttelte sich und musste sich offensichtlich orientieren. Auch Kerry sah sich hektisch im Wohnzimmer um.

Vom Sofa aus blickte sie mit weit aufgerissenen, toten Augen eine brünette Mittvierzigerin an, neben der ein ebenfalls lebloser junger Mann lehnte. Sein T-Shirt war von Blut durchtränkt wie die Bluse der Frau. Die beiden gaben ein groteskes Bild ab, als würden Mutter und Sohn der Adamsfamily ihr abendliches TV-Programm genießen. Kerry riss ihren Blick von ihnen und fixierte Edgar. Nein, schwor sie sich, mich kriegst du nicht, ich werde überleben!

Atemlos wie zwei Boxer in der zwölften Runde standen sich die beiden gegenüber, wenige Meter voneinander getrennt. Kerry hielt den Kerzenständer vor ihren Körper, bereit, einen letzten Schlag, den Lucky Punch, zu setzen. Ihr Gegenüber schien seine Optionen auszuloten und den Raum nach einer geeigneten Waffe abzusuchen. Sie blieben am Messer haften, das im Schoß des jungen Mannes lag. Er stürzte zum Sofa. Kerry sah, worauf er es abgesehen hatte, holte weit aus und schleuderte Edgar den Ständer entgegen. Er traf ihn hart am Oberkörper.

Der Aufprall klang wie eine gestreckte Gerade auf einem Sandsack und der daraus resultierende stechende Schmerz bremste ihn aus. Doch nur kurz hielt es ihn vom Weiterlaufen ab. Unter lautem Schnaufen erreichte er das Sofa.

Das Bersten von Glas ließ ihn zusammenzucken. Er packte das blutverschmierte Messer und wirbelte herum. Der Quelle des Geräusches folgend erblickte er die Scherben der zerbrochenen Scheibe der Verandatür. Edgar brüllte auf und lief dem Mädchen hinterher aus dem Haus, die Glassplitter knirschten unter seinen Sohlen.

Tief durchatmend verharrte er auf dem Rasen hinter dem Gebäude. Er war zu langsam gewesen. Am Waldesrand sah er gerade noch das helle Sommerkleid aufblitzen, welches von roten Flecken überzogen war, bevor der dichte Kiefernwald und die Dämmerung die junge Frau verschluckten.

Kapitel 3

Der 23-jährige Jonathan Hunter freute sich unheimlich darauf, seine Tante Louisa wiederzusehen, bei der er in seiner Kindheit regelmäßig seine Ferien verbracht hatte. Mehr als drei Jahre lag sein letzter Besuch in Burns Creek, dem ehemaligen Goldgräber-Kaff im Norden Idahos nahe der kanadischen Grenze, mittlerweile zurück.

»Viel zu lange«, hatte Louisa vor wenigen Wochen am Telefon zu ihm gesagt, als er ihr von seinem Vorhaben erzählte. Er konnte durch das Telefon ihre Freude förmlich greifen und ihm ging es nicht anders.

»Das stimmt, aber dafür bleib ich dieses Mal auch länger. Versprochen«, hatte er ihr versichert. Doch ebenso, wie sich Jonathan auf seine Tante freute, konnte er es kaum abwarten, mit dem Kanu den Kootenay River flussabwärts zu paddeln und durch die dichten Wälder und steinigen Ausläufer der Rocky Mountains zu streifen, den Bären ein paar Lachse vor der Nase wegzufischen und einige Bergkämme zu bezwingen. Auch wenn er die meiste Zeit zur Vorbereitung auf seine Abschlussprüfung nutzen würde, ohne Pausen war man nur halb so effizient. Endlich mal wieder Zeit in der malerischen Natur und dem kleinen Ort zu verbringen, der, wie er seinen Freunden bereits erzählt hatte, in den 50ern stehengeblieben zu sein schien, würde ihm sicher guttun und den Kopf frei machen. Natürlich dachte er auch an die Abende im verqualmten, rustikalen Louisas Inn, dem einzigen Saloon im Umkreis von 30 Meilen, in dem man einmal pro Woche die komplette Bevölkerung antraf.

Es war eine völlig andere Welt als das stinkende, versmogte und schnelle Großstadtleben in der Millionen-Metropole Denver, Colorado, wo er im Haus seiner Eltern aufgewachsen war.

Doch dort hielt man sich die Hälfte seines Lebens im Büro auf, die andere Hälfte stand man gefühlt im Stau. Seine Lunge würde es ihm ebenfalls danken, mal ein paar Wochen mit sauberer Atemluft durchgepustet zu werden, wobei der abends gut gefüllte Saloon nicht weniger als die Innenstadt Denvers stank, musste Jonathan zugeben.

Gut, einige Highlights bot natürlich auch seine Heimatstadt, die am östlichen Fuß der Rocky Mountains lag und ursprünglich eine Goldgräberstadt ähnlich wie Burns Creek war, wobei sich die Größe Denvers daraufhin vervielfachte – ganz im Gegensatz zu Burns Creek, dachte er ohne Spott. Das Colorado State Capitol war nur eines von vielen eindrucksvollen Gebäuden, aber die größte Errungenschaft seines Heimatstaates war Jonathans Meinung nach ganz klar die Legalisierung von Marihuana im Jahre 2014.

Er kam überraschend gut durch den Verkehr. Kaum andere Wagen befuhren zur Zeit die Interstate 90 in seiner Richtung. Wenn nichts Außerplanmäßiges passieren würde, käme er eine halbe Stunde früher als geplant an. Fröhlich pfiff er zu einem Popsong, dessen Titel und Interpreten er nicht kannte. Kein Wunder bei dem ganzen Casting-Müll, der seit Jahren die Musiklandschaft flutet, dachte er und warf einen Seitenblick auf seine Westerngitarre, die neben seinen Taschen auf dem Rücksitz lag. Er liebte es, am Lagerfeuer mit Freunden ein paar gute alte Songs von *Johnny Cash* oder *Loretta Lynn* auf seiner Klampfe zu zupfen.

Die Dämmerung brach schneller herein als erwartet, was nicht zuletzt an der Wolkendecke lag, die seit etwa hundert Meilen stetig dichter wurde. Auf das Sommerwetter würde er noch etwas warten müssen.

In der Ferne erkannte er, dass irgendetwas an der Straße nicht stimmte. Blinkende Lichter veranlassten ihn, vom Gas zu gehen, und steigerten seine Aufmerksamkeit.

»Verdammt!«, entfuhr es ihm, als er kurz darauf die Beschilderung sah. »Warum hör ich Idiot keine Verkehrsinfos!« Auf den Schildern las er, dass die Straße in etwa 15 Meilen wegen Baumfällarbeiten für die nächsten drei Tage gesperrt sein würde.

Die ausgewiesene Umgehungsstrecke würde einen Umweg von über 50 Meilen bedeuten, stellte er nach kurzem Nachdenken fest. »Nicht mit mir«, sagte er sich und beschloss, nicht der Umleitung zu folgen, sondern einen anderen Weg zu nehmen. Die Ruby Road war nicht so gut ausgebaut und wegen der geringen Frequentierung auch seit vielen Jahren nicht mehr instand gesetzt worden, aber diese Route würde ihn auf direktem Weg nach Burns Creek führen, ohne nennenswert mehr Meilen fahren zu müssen als ursprünglich geplant.

An der nächsten Ausfahrt zog Jonathan auf die Abbiegespur und nach wenigen Minuten befand er sich auf einer Straße, die später direkt in die Ruby Road mündete. Mittlerweile spendete nur der Mond etwas Licht, wenn er es hin und wieder schaffte, eine Lücke zwischen den Wolken zu erhaschen.

Die vergangene halbe Stunde war Jonathan damit beschäftigt, im Kopf einen genauen Plan für die nächsten Wochen zu erstellen. Zwar hatte er ein mehr als ordentliches Lernpensum für seine anstehende Examensarbeit zu bewältigen, dennoch wollte er möglichst viel und oft die wilde Natur genießen – wer wusste schon, wann er das nächste Mal dazu Gelegenheit finden würde, wenn er erstmal in den Mühlen der Arbeitswelt gefangen sein würde. Er beugte sich etwas nach rechts, so kam er gerade mit den Fingern an das Handschuhfach. Er hatte genug von der lausigen Radiomusik und wollte endlich etwas Vernünftiges hören. Beim Herausfischen der CD nahm er den Blick für einen Sekundenbruchteil von der Straße. Als er wieder auf den Asphalt sah, blieb ihm beinahe das Herz stehen und er stieg mit seinem ganzen Gewicht auf das Bremspedal. Der Wagen schlingerte gefährlich. Kurz befürchtete Jonathan, er würde von der engen Straße abkommen und seitlich in den Wald abrutschen. Dann kam das Fahrzeug schräg auf der Fahrbahn zum Stehen. Sein Puls raste und erst jetzt bemerkte er, wie fest sich seine Hände ins Lenkrad krallten: Seine Knöchel schienen im spärlichen Mondlicht wie Glühwürmchen zu leuchten.

***

Kerry wagte es nicht, nach hinten zu sehen. Sie rannte, so schnell sie konnte. Weder spürte sie die tiefhängenden Äste, die nach ihr und ihrem Kleid griffen, noch die Dornen der Büsche, die feine Schnitte in die Haut ihrer nackten Schienbeine ritzten. Auch den aufkommenden Wind, der eine weitere unwirtliche Nacht ankündigte und unter ihre Kleidung kroch, nahm sie kaum wahr. Das Adrenalin ließ sie laufen und laufen. Denn würde sie stehenbleiben, dessen war sie sicher, wäre das ihr Todesurteil. So hetzte sie immer weiter immer tiefer in den Wald.

Der vom Regen der letzten Tage aufgeweichte Sandboden war seifig und klatschte unter den Sohlen ihrer Sneakers – zum Glück hatte Kerry sie den Pumps heute vorgezogen, dachte sie zwischendurch – immer, wenn einer der Schuhe auftraf und ein besonders lautes Geräusch dabei erzeugte. Mehrmals war sie ausgerutscht, konnte sich jedoch gerade noch fangen, bevor sie stürzte.

Kerry hatte keine Ahnung, wo sie sich befand, als sie sich nach Luft schnappend die erste Pause erlaubte. Sie versuchte, durch gezielte Atemübungen ihren Puls zu senken und damit ihre Atemgeräusche herunterzufahren. Den Oberkörper nach vorne gebeugt stützte sie sich mit den Händen auf ihren Oberschenkeln ab. Im Moment rauschte das Blut scheinbar noch im Tempo eines Düsenjets zwischen ihren Ohren.

Nach einigen Minuten hatte sie sich beruhigt, soweit das in einer solchen Situation überhaupt möglich war. Zwar hatte sie jegliches Zeitgefühl verloren, aber sie war sicher, dass sie mindestens zwei bis drei Meilen gerannt sein müsste. Sie lauschte konzentriert, konnte aber außer dem Wind, der die Kronen der mächtigen Kiefern zur Seite drückte, und ihren eigenen Atemgeräuschen nichts hören. Entweder hatte ihr Verfolger aufgegeben, was sie sich nicht vorstellen konnte, wenn sie an den lodernden Hass dachte, der in seinen Augen gebrannt hatte, oder er verhielt sich äußerst leise. Egal, sie müsste weiter, so oder so.

Mittlerweile meldeten sich ihre Verletzungen, die sie beim Kampf im Haus und bei der anschließenden Flucht davongetragen hatte. Kerry tastete sich komplett ab. Außer einigen Prellungen, oberflächlichen Schnitten und Schürfwunden schien alles in Ordnung zu sein. Du bist halt ein zähes Luder, sagte sie sich. Sie band die Schnürsenkel, die sich auf der wilden Flucht gelöst hatten, und zog ihr unangenehm verdrehtes Kleid zurecht, bevor sie sich wieder auf den leicht abschüssigen Weg machte. Der nächste Ort müsste ungefähr zehn Meilen entfernt liegen und wenn sie ihr Gefühl nicht massiv täuschte, sollte die Richtung in etwa passen. Zumindest hoffte sie es.

Sie hielt laufend den eingeschlagenen Kurs bei, auch wenn sie deutlich langsamer vorankam als zu Beginn ihrer Flucht. Einerseits schwand ihre Kraft, andererseits wurde der Waldboden zunehmend steiniger. Sollte ich mich so geirrt haben?, dachte sie. Ihrer Erinnerung nach müsste sich das Waldgebiet bis nach Burns Creek erstrecken und sie dürfte nur den weichen, moosig-sandigen Untergrund unter ihren Füßen spüren. Das Gegenteil war der Fall: Es wurde zunehmend steiniger und härter. Das ließ darauf schließen, dass sie sich eher auf ein Massiv zubewegte als auf die Ortschaft. Kerry überlegte nicht lange und änderte die Laufrichtung, sodass sie im rechten Winkel ihrer bisherigen Route weiterlief. Langsam spürte sie die Kälte, die sich unter ihrem Kleid ausbreitete, denn obwohl es Mitte Juli war, wurden die Nächte in dieser Gegend bitterkalt, selbst Nachtfrost war keine Seltenheit. Trotzdem machte sie sich darüber keine Gedanken. Sie war dem stählernen Griff des Mannes entkommen, der sie erwürgen wollte – da wäre es doch eine erbärmliche Ironie des Schicksals, sollte sie auf der Flucht erfrieren. So kämpfte sie sich weiter durch das unbekannte Gelände.

Überrascht blieb sie stehen, als sie auf einmal befestigten Schotter unter ihren Füßen spürte. Erleichtert schloss sie die Augen und ballte die Hände zu Fäusten. Eine starke Windböe brandete auf und ließ ihre zerzausten Haare fast senkrecht vom Kopf abstehen.

Direkt nach dem Abebben des Windstoßes hörte sie ein Motorengeräusch. Sie riss die Augen auf, sah den Lichtkegel direkt auf sich zukommen und konnte im letzten Moment von der Straße springen, bevor der Wagen sie erfasste. Kerry sah die aufblendenden Bremslichter und hörte, wie das Fahrzeug über den Schotter rutschte, bis es schräg auf der Fahrbahn zum Stehen kam. Ihr stockte abermals der Atem. Wenn ER es wäre, hätte er leichtes Spiel mit ihr, da die Flucht sie viel Kraft gekostet hatte. Kerry glaubte nicht, dass sie ihm, der sich körperlich erholen hatte können, auch nur den Hauch eines Widerstandes entgegnen könnte.

Sie verharrte am Waldrand, in den sie sich wieder zurückgezogen hatte, und beobachtete den Pick-up. Sie biss sich auf die Lippen, als sie im Mondlicht den Mann sah, der aus dem Wagen stieg.

***

Jonathan fixierte den Rückspiegel. Außer einem Stück der Straße und den Schemen des Waldrandes konnte er im roten Licht der Bremsleuchten nichts erkennen.

»Was zum Teufel war das?«, sagte er fassungslos. Er griff nach dem Baseballschläger, der hinter dem Fahrersitz verstaut war, und stieg zögernd aus. Langsam ging er zum Heck des Wagens und schaute mit zusammengekniffenen Augen in die Dunkelheit. »Hallo, ist da jemand?«, sagte er leise. Keine Reaktion. Sein Griff um den Schläger wurde fester. Er wieder-

20

holte die Frage lauter. Nichts. Jonathan machte ein paar Schritte vorwärts. »Hallo?«, rief er abermals und erschrak. Wie aus dem sprichwörtlichen Nichts tauchten die Umrisse einer Frau auf. Sie kam ihm entgegen. Ihr Gang wirkte unsicher, kraftlos.

***

Die Anspannung fiel von ihr wie das Regenwasser aus dem Fell eines sich schüttelnden Hundes. Kerry wusste nicht, was sie dem Mann, der nach ihr rief, antworten sollte. Sie atmete tief durch und ging langsam auf ihren Retter zu. Beim Blick in das Gesicht des Mannes, der in ihrem Alter sein müsste, fragte sie sich, wer sich im Moment mehr fürchtete.

»Er will mich töten«, sagte sie leise. Ein kalter Schauer lief Jonathan über den Rücken.

»Was? Wer will dich töten?«, fragte er. Dann erst sah er die Blutflecken auf ihrem Kleid. Im nächsten Moment brach sie zusammen und er konnte mit einem beherzten Zugreifen gerade noch verhindern, dass sie mit dem Kopf auf die Straße prallte. Jonathan nahm sie auf den Arm und trug sie zum Auto, wo er sie auf den Beifahrersitz gleiten ließ. Langsam kam sie zu sich.

»Er ist durchgedreht«, sagte sie fast tonlos. Jonathan dachte nicht, dass ein noch kälterer Schauer ihn überkommen konnte, doch er hatte sich geirrt. »Hat sie alle umgebracht. Ich konnte ihm gerade so entkommen.« Wie vermutlich jeder Mann gefiel auch Jonathan sich in der Rolle des edlen Retters, der ein attraktives Mädchen aus den Fängen eines Bösewichts befreien konnte. Aber diese Story war eindeutig zu heftig, um *Superman*-Allüren zu entwickeln. Trotzdem bemühte er sich, ruhig und vernünftig zu bleiben. Etwas ungelenk griff er in den Fußraum zu seinem Rucksack, wobei er leicht ihre Wade streifte. Er zog eine Wasserflasche und ein Sandwich hervor und reichte es ihr.

»Hier, du scheinst etwas zu essen zu brauchen.« Sie nickte mit einem zaghaften Lächeln und nahm ihm die Sachen aus der Hand. Jonathan schaute nochmal in den Rückspiegel und startete den Wagen. »Bis Burns Creek sollten es nur noch ein paar Meilen sein. Das müssten wir in 20 bis 30 Minuten schaffen. Von dort können wir die Polizei rufen.« Sie nickte abermals, biss gierig in das Brot und nuschelte mit vollem Mund:

»Kerry.«

»Was? Ach so. Hi, ich bin Jonathan«, sagte er stockend. Normalerweise verhielt er sich wesentlich routinierter in Gegenwart von hübschen Frauen. Aber im Moment fühlte er sich wie in einem schlechten Film. Was zum Teufel war hier vorgefallen? Er dachte darüber nach, welches Glück diese Frau hatte, dass er seine Reiseroute aufgrund der Baumfällarbeiten hatte ändern müssen. Aber vor wem lief sie weg? Ein Mörder, hier in dieser Einöde?

Während seiner Überlegungen vergingen einige Minuten, in denen Kerry das Sandwich herunterschlang. Er durchbrach das Schweigen: »Willst du erzählen, was passiert ist?«, fragte er vorsichtig. Sie schüttelte leicht den Kopf.

»Nein. Im Moment nicht«, erwiderte sie leise, »vielleicht später.« Aus dem Augenwinkel taxierte er sie. Sie schien Schlimmes durchgemacht zu haben, daran ließ ihr Äußeres keinen Zweifel. Trotz der vielen Fragen, auf die er unbedingt eine Antwort bekommen musste, beschloss er, sie erstmal in Ruhe zu lassen und nicht weiter neugierig zu sein. Sie fuhren einige Meilen schweigend weiter.

***

Gerade erreichten sie eine langgezogene Kurve, als Jonathan im Rückspiegel Scheinwerfer aufblitzen sah. Im ersten Moment dachte er sich nichts dabei, außer, dass tatsächlich noch ein Verrückter neben ihm in dieser Pampa unterwegs war. Das änderte sich schlagartig:

»Was hat der denn vor?«, fragte er angespannt, als sie aus der Kurve herausfuhren und die Lichter schon direkt hinter ihnen waren. Kerry drehte den Kopf über ihre Schulter und warf einen Blick nach hinten.

»Ich weiß es nicht«, sagte sie. Im nächsten Moment zog der Wagen hinter ihnen nach links und setzte zum Überholen an.

»Ist der nicht ganz dicht?« Der Wagen, ein dunkler SUV, fuhr jetzt direkt neben ihnen. Jonathan sah hinüber und erkannte dank des Mondlichts das Gesicht eines Mannes, welches zu einer Fratze verzerrt war. Er schien ebenfalls in ihren Wagen zu sehen. Kerry drehte sich zu Jonathan und beugte sich leicht nach vorn, um selbst zu gucken.

»Das ist er!«, schrie sie. Auch der Mann im anderen Wagen schien sie erkannt zu haben, denn er zog nach rechts und rammte den Pick-up ohne Vorwarnung. Der Aufprall rüttelte die beiden durch.

»Was zur Hölle ...«, entfuhr es Jonathan, der es schaffte, mit allen Reifen auf der Straße zu bleiben und sich, indem er Vollgas gab, wieder vor den SUV zu setzen. Die Hoffnung, dem Killer entkommen zu können, hielt nur wenige Sekunden an. Mit einem Scheppern krachte er den beiden ins Heck, wodurch ihre Köpfe brutal in die Stützen gepresst wurden. Bevor sie darauf reagieren konnten, hörten sie einen Knall, fast zeitgleich zerbarst ihre Heckscheibe. Unwillkürlich zuckten sie zusammen, hunderte Glassplitter verteilten sich im Innenraum des Wagens. Jonathan konnte keinen klaren Gedanken fassen. Er schaute mit aufgerissenen Augen in den Rückspiegel und erkannte, dass ihr Verfolger erneut zum Überholen ansetzte. Mit aller Kraft stieg Jonathan in die Bremsen und schaffte es, unter Einsatz der Handbremse ein sensationelles Wendemanöver hinzulegen, wofür er sich in einer anderen Situation gefeiert hätte. Jetzt war er heilfroh, eine Chance zu bekommen, dem Irren zu entwischen. Kerry hielt sich mit einer Hand am Griff über der Tür fest, mit der anderen stützte sie sich auf dem Armaturenbrett ab. Jonathan beschleunigte und ein Blick in den Rückspiegel gab ihm die

Gewissheit, dass ihr Verfolger ebenfalls gewendet hatte. Ihm war bewusst, dass der SUV einen großen Geschwindigkeitsvorteil besaß, da sein Pick-up im Verhältnis zum Gewicht doch eher wenige Pferde unter der Haube hatte.

»Wir haben nur eine Chance«, sagte er zu Kerry, die weiter gebannt aus der Windschutzscheibe starrte. Sie reagierte nicht. Toll, du bist mir ja eine große Hilfe, dachte er. Egal, sie konnte eh nichts tun. Erleichtert stellte er mit einem Blick in den Rückspiegel fest, dass ihr Verfolger sich nicht so schnell näherte, wie er befürchtet hatte.

Eine Meile weiter, direkt nach einer scharfen Kurve, bremste Jonathan stark ab, schaltete die Scheinwerfer aus und bog in einen unbefestigten Waldweg ein. Er fuhr soweit hinein, bis er sicher war, dass sie von der Ruby Road aus nicht mehr zu erkennen sein würden.

»Was tust du?«, fragte Kerry ängstlich. Jonathan drehte sich um und beobachtete den Weg.

»Wenn er vorbeifährt, können wir es nach Burns Creek schaffen.« Auch Kerry drehte sich um, sodass sie fast Wange an Wange durch das Loch in der Heckscheibe schauten. Nach wenigen Sekunden überkam sie ein befreiendes Gefühl. Der SUV fuhr tatsächlich vorbei. Jonathan wartete einige Atemzüge, dann startete er den Motor – beziehungsweise, er versuchte es.

»Was ist los?«

»Keine Ahnung«, schrie Jonathan, »spring an, du Dreckskarre!« Erneut drehte er den Zündschlüssel. Nichts. Außer dem kläglichen Wimmern des Motors wegen des vergeblichen Startversuches war nichts zu hören. Kerry blickte ihn sorgenvoll an, was ihn noch nervöser machte. Er schlug frustriert auf das Armaturenbrett. Im ersten Moment nahm er kaum wahr, dass sich ihre Hand auf seinem Unterarm befand. Erst als Kerry sich damit festkrallte, registrierte er es. Gerade wollte er fragen, was das sollte, als er ihrem ängstlichen Blick folgte. Jetzt schaute auch er zwischen den Kopfstützen hindurch und zuckte augenblicklich zusammen.

»Er hat uns entdeckt«, flüsterte sie. Ihm kroch das Entsetzen langsam den Rücken hoch, als er sah, dass sich Scheinwerfer ihrem Wagen näherten. Der Killer musste seinen Plan durchschaut haben und würde in wenigen Sekunden bei ihnen sein. Er würde sein Werk vollenden, wenn sie es nicht noch irgendwie verhinderten.

»Wir müssen weg!«, rief er plötzlich und griff nach dem Rucksack, der zu ihren Füßen lag.

»Wohin?« Sie machte keine Anstalten, sich zu bewegen.

»Ist das jetzt nicht völlig egal?«, reagierte er panisch. »Erstmal weg!« Mit diesen Worten öffnete er die Tür und schwang sich aus dem Fahrzeug. Kerrys Regungslosigkeit dauerte nur einen Moment, dann sprang auch sie aus dem Wagen und rannte Jonathan hinterher, der sich bereits einige Meter in den Wald geschlagen hatte.

***

Als Edgar nach etwa einer halben Meile kein Fahrzeug mehr vor sich sehen konnte, obwohl eine langgezogene gerade Strecke vor ihm lag, war ihm klar: Die beiden hatten die Straße verlassen. Er wendete und es dauerte nicht lange, bis er den Waldweg entdeckte, in den sie ausgewichen sein mussten. Eine andere Möglichkeit kam für ihn nicht in Frage.

Beim Überholvorgang vorhin hatte er das Gesicht des Flittchens genau erkennen können und sofort gewusst, dass er es zu Ende bringen könnte. Die Verstärkung, die sie sich gesucht hatte, würde ihr nicht helfen. Dies war sein Terrain, seine Heimat, hier kannte er jeden Kiesel und jede Kiefer, sie würde ihm nicht entkommen. Er fuhr im Schritttempo den dunklen Weg hinein, rollte Meter für Meter weiter in das sich meilenweit ausdehnende Waldstück, bis er den Pick-up entdeckte. Edgar beschleunigte und hielt kurz darauf hinter dem verlassenen Wagen. Die Fahrertür war angelehnt, die Beifahrertür stand weit offen. Schnell suchte er mit seinen Augen die nähere Umgebung ab, konnte jedoch nichts entdecken. Erst als er das Fernlicht hinzuschaltete, konnte er am Ende des Lichtkegels eine Bewegung ausmachen. Da liefen sie! Sie flüchteten. Langsam schob sich der SUV an dem abgestellten Wagen vorbei und folgte dem Waldweg. Er war sicher, dass die Flüchtenden ihre Richtung nicht großartig ändern würden, daher dürfte es ein Kinderspiel werden. Der Weg beschrieb eine fast durchgängige Rechtskurve und endete vor dem kleinen Massiv. Wenn sie diesem an seinem Fuß folgten, würden sie nach einigen Stunden den mittleren Arm des Kootenay Rivers erreichen. Und da sie weder ein Kanu noch ein Floß dabei hatten, würde dort ihre Flucht enden und sie säßen in der Falle. Edgar lachte auf und schlug siegessicher mit seiner Handkante ans Lenkrad.

Kapitel 4

In was für eine verdammte Scheiße bin ich hier nur hineingeraten?, fragte sich Jonathan atemlos. Sie rannten seit mehreren Minuten, so schnell es die Umstände zuließen, immer tiefer in den Wald hinein, weg vom Weg und vor allem: raus aus der Gefahrenzone. Weg von dem Irren, der sie von der Straße drängen wollte und der tatsächlich auf sie geschossen hatte. Jonathan konnte es immer noch nicht fassen.

Die spitzen Nadeln an den tiefhängenden Ästen peitschten durch sein Gesicht und die Widerhaken an den Dornen der Sträucher, die überall hier wuchsen, rissen an seinen Jeans wie kleine, klebrige Finger. Aber es zählte einzig, dass sie vorankamen.

Kurz darauf stürzte Kerry über eine hervorstehende Baumwurzel und landete auf dem Bauch, woraufhin sie einen spitzen Schrei ausstieß. Mehr vor Schreck als vor Schmerz, vermutete Jonathan. »Steh auf!« Er griff nach ihrem Oberarm und half ihr, hochzukommen. »Wir müssen weiter!«

»Warte, mein Knie«, bat sie, folgte ihm jedoch leicht humpelnd und rieb immer wieder mit der Hand über ihr Bein, während er sein Lauftempo etwas widerwillig dem ihren anpasste.

»Beiß die Zähne zusammen, darum kümmern wir uns später«, sagte er und hoffte, dass sie wirklich einen sicheren Platz fänden.

Zwar konnte Kerry einigermaßen mit Jonathans reduziertem Tempo Schritt halten, doch er merkte zusehends, dass sie am Limit zu sein schien. Ihr Atem rasselte und sie schnaufte wie eine Dampflokomotive, ganz zu Schweigen vom gelegentlichen Wimmern aufgrund ihrer Schmerzen.

Da sie seit Beginn ihrer Flucht weder Scheinwerfer eines Autos noch Motorengeräusche wahrgenommen hatten, wagten sie es, kurz anzuhalten. Sie hatten mittlerweile den Waldrand erreicht. Vor ihnen ragten Felswände steil in die Höhe, davor verteilten sich zahllose Steine und Felsen verschiedener Größe. Hier und da fristete ein besonders robuster Baum oder Strauch, der es geschafft hatte, seine Wurzeln durch das Gestein zu schlagen, sein tristes Dasein.

Jonathans Augen suchten konzentriert den Fuß des Massivs und danach den Wald in der Richtung, aus der sie gekommen waren, nach verdächtigen Bewegungen ab. Alles schien ruhig zu sein. Außer dem Wind, der durch die Schneise aus Wald und Felsen pfiff, hörte er lediglich den einsamen Ruf einer Eule in der Ferne.

»Hier können wir kurz Pause machen«, sagte er zu Kerry. Dankbar zog sie sich an ihm vorbei und ließ sich auf einen Felsbrocken nieder, der die Höhe eines Barhockers hatte.

»Ich kann nicht mehr«, klagte sie. »Mein Knie ist im Eimer und ich bin total am Ende.«

»Lass mal sehen«, sagte er und hockte sich vor sie. Er spielte seit frühester Kindheit Football, daher kannte er sich mit der Behandlung von Sportverletzungen bestens aus. Oft genug war er selbst in den Händen von Physiotherapeuten gewesen, wenn sein Meniskus mal wieder Probleme machte oder seine Schulter schmerzte.

Kerry zog den Saum ihres Kleides bis zur Mitte ihres Oberschenkels hoch und zeigte auf eine Stelle oberhalb ihres rechten Knies.

»Da tut es weh.« Jonathan tastete vorsichtig um das Knie herum, ebenso ein paar Zentimeter unter- und oberhalb davon. Sie zuckte hin und wieder und sog zischend die Luft ein, als er auf die Kniescheibe drückte.

»Sorry. Beug und streck das Bein ein paarmal.« Sie tat, wie ihr geheißen.

»Ich bin zwar kein Fachmann, aber ich bin mir sicher, dass du nur eine Prellung hast. Von den Kratzern und Schürfwunden am Bein mal abgesehen.« Unter anderen Umständen hätte er sich gerne länger und intensiver damit befasst. Kerry hatte sehr schöne, wohlgeformte Beine und ihre Haut fühlte sich zart unter seinen Händen an. Aber im Moment ging es nicht um Spielereien, sondern darum, lebendig aus dieser Sache herauszukommen.

»Das beruhigt mich«, sagte sie und strich ihr Kleid wieder nach unten. »Was meinst du, ist er noch hinter uns her?«

Warum fragst du mich das?, dachte er. Der Irre hat es doch auf dich abgesehen.

»Ich denke, wir haben ihn abgeschüttelt. Jedenfalls kann ich weder was von ihm hören noch was sehen.« Tatsächlich war Jonathan sicher, dass der Killer die Verfolgung aufgegeben hatte.

»Hast du eine Ahnung, wo wir sind?«, wollte sie von ihm wissen.

»Hm, ich weiß in etwa, wo die Straße liegt, auf der unser Auto steht. Aber ich habe überhaupt keinen Plan, wo wir hingelaufen sind. Schließlich haben wir bestimmt drei oder vier Mal die Richtung gewechselt. Und so gut kenne ich mich hier auch nicht aus. Weißt du es?« Kerry atmete hörbar aus.

»Ich bin ein Kleinstadtkind. Frag mich was Einfacheres.« Jonathan nahm seinen Rucksack ab und griff hinein. Er fand eine Flasche Wasser, öffnete sie, trank einen Schluck und reichte sie Kerry.

»Nimm nur einen Schluck, wer weiß, wann wir Wasser finden und sie auffüllen können.« Sie nahm das Getränk dankend entgegen und gab es ihm wieder, nachdem sie zwei kleine Schlucke genommen hatte.

»Was hast du noch alles da drin?« Er steckte sie zurück.

»Leider nur ein paar Sandwiches, ein Handtuch, Wasser und das hier.« Er zeigte ihr ein Jagdmesser, ließ es jedoch gleich wieder in die Tasche fallen.

»Zumindest sind wir nicht ganz wehrlos«, sagte sie und folgte mit den Augen der aufblitzenden Klinge. »Aber ein Kompass wäre nicht schlecht, oder ein Handy.«

»Tut mir leid, dass ich nicht auf einen Survival-Trip vorbereitet war«, sagte er unwirsch. »Aber Netz hätten wir hier bestimmt eh nicht.«

»Und was machen wir jetzt?« Sie stützte ihren Kopf auf die Hände und schaute ihn an, während er überlegte.

»Selbst wenn wir in die richtige Richtung gelaufen sein sollten, sind es bis Burns Creek noch mindestens 5 oder 6 Meilen – Luftlinie.« Er hob entschuldigend die Hände. »Und ich glaube nicht, dass wir direkt diese Richtung eingeschlagen haben.«

»Also?«

»Also werden wir uns für eine Richtung entscheiden müssen und dieser so lange folgen, bis wir an eine Straße oder an einen Ausläufer des Kootenay Rivers kommen.« Sie seufzte, als ob sie über diese nicht unerwartete Antwort enttäuscht gewesen wäre.

»Und welche schlägst du vor?« Jonathan sah sich nochmal um und kratzte sich am Kopf.

»Ich denke, wir orientieren uns erstmal am Fuß der Anhöhe und sobald wir einen Pfad finden, der nach oben führt, steigen wir hinauf. Dort suchen wir uns einen Platz, an dem wir sicher über die Nacht kommen und morgen früh, sobald es hell wird, können wir besser sehen, wohin wir müssen.«

»Klingt nach einem Plan«, sagte Kerry und erhob sich. »Dann sollten wir keine Zeit verlieren.« Jonathan nickte. »Deine Behandlung hat Wunder bewirkt«, sagte sie nach wenigen Schritten. »Es tut gar nicht mehr so weh.«

»Wahrscheinlich war es eher die Pause.«

»Sei nicht so bescheiden, du hast begnadete Hände.« Sie stieß ihm leicht ihren Ellbogen in die Seite. Prinzipiell stand Jonathan einem Flirt aufgeschlossen gegenüber, erst recht mit so einem attraktiven Mädchen, aber doch nicht, während sie auf der Flucht vor einem Killer in der Wildnis waren.

»Dort«, sagte er und zeigte auf eine Stelle ein paar Meter vor ihnen, nur um wenige Sekunden später zurückzurudern. »Mist!« Der vermeintliche Pfad entpuppte sich als ein etwa armtiefer Spalt.

Kurz darauf hatten sie mehr Glück. Direkt hinter einem Busch, der wenige Beeren trug, führte ein schmaler, gewundener Weg nach oben. Nach etwa einer halben Stunde hatten sie zehn Höhenmeter überbrückt und ein kleines Plateau gefunden, welches von einem Felsvorsprung zur Hälfte überdacht wurde.

»Was hältst du von dieser Stelle?«, fragte Kerry. Jonathan musste nicht lange überlegen.

»Wir werden nichts Besseres finden, denke ich.« Ihr fiel auf, dass er unschlüssig zu sein schien, deshalb fragte sie:

»Und warum runzelst du dann die Stirn?«

»Ich überlege, ob wir es wagen können, ein Feuer zu machen.«

»Oh ja, Feuer wäre super, es ist schweinekalt.« Jonathan blickte sich nach wie vor skeptisch um.

»Ein kleines können wir wohl riskieren, außerdem würde uns das wildes Getier vom Leib halten.«

34

Binnen weniger Minuten hatten sie Äste und Zweige zusammengesucht und sie innerhalb eines Kreises aufgetürmt, den sie aus herumliegenden Steinen gebildet hatten.

»Da soll noch jemand sagen, Rauchen wäre ungesund«, sagte Jonathan und zog ein Feuerzeug aus seiner Hosentasche. Beim Anzünden des Reisighaufens sprach er seine Gedanken laut aus: »Viel höher hätte unser Lager nicht sein dürfen, sonst hätten wir kein Holz mehr gefunden.« Sie lehnten sich dicht aneinander an die Felswand und zu ihren Füßen loderte das Feuer.

»Gibst du mir eine?« Sie zeigte auf die Marlboro-Schachtel, die halb aus seiner Hosentasche ragte.

»Klar«, sagte er und fischte zwei Zigaretten heraus. Unter anderen Umständen wäre das gerade recht romantisch, dachte er: Über mir die sternenklare Nacht – okay, es ist ziemlich bewölkt, aber egal – zu den Füßen ein Lagerfeuer und eine hübsche Frau im Arm. Wenn der Boden nur nicht so kalt und hart wäre. Aber man kann nicht alles haben, schloss er seine gedankliche Reise.

»Danke«, sagte Kerry und rückte an ihn heran.

»Sag mal«, begann er, »was ist eigentlich passiert? Ich meine, warum ist dieser Irre hinter dir, oder besser gesagt, hinter uns her?« Kerry hielt kurz den Atem an. Dann sah sie zum Himmel hinauf, der Mond wurde zum Teil von den Wolken verdeckt.

»Ich war ein paar Tage mit meinem Freund bei seinen Eltern zu Besuch«, erzählte sie. »Wir waren noch nicht lange zusammen und vorher hatte ich noch keine Gelegenheit gehabt, die Eltern kennen zu lernen. Sein Vater Edgar kam mir von Anfang an etwas komisch vor.« Sie nahm einen langen Zug von ihrer Zigarette.

»Komisch? Was meinst du damit?«

»Komisch im Sinne von merkwürdig. Er war über die Maße galant und an mir interessiert. Damit es keinen Ärger gibt, habe ich Pete, meinem Freund, davon nichts erzählt. Das schien Edgar als Signal zu verstehen und so hat er mich gestern angegraben. Ich habe ihm deutlich zu verstehen gegeben, dass ich mit seinem Sohn zusammen bin und dass er seine Avancen tunlichst sein lassen soll. Daraufhin ließ er mich in Ruhe.« Jonathan hing gebannt an ihren Lippen. Er spürte das Zittern ihres Körpers und vermutete, dass es jetzt nicht allein an der Kälte lag. »Heute fing er mich in der Küche ab. Er küsste mich einfach so gegen meinen Willen und begrabschte mich an den Brüsten und zwischen den Beinen.« Jonathan sah, wie sie angewidert das Gesicht verzog. »In dem Moment kam zum Glück – im Nachhinein besser leider – Pete herein und hat es gesehen. Darauf stritten sie sich und als Petes Mom Amy hinzukam, wurde es noch schlimmer.« Die Tränen rannen über ihre Wangen und glänzten im fahlen Licht des Mondes. »Ich habe Pete angefleht, dass wir wegfahren sollen. Aber ich kam überhaupt nicht mehr an die Leute heran. Nachdem Pete seiner Mom lautstark erzählt hatte, was er gesehen hat, ist es eskaliert. Pete und Edgar fingen an, sich zu schlagen, und Amy rannte heulend ins Wohnzimmer. Ich stand wie paralysiert daneben und konnte nichts tun.« Ihre Stimme stockte, leise fuhr sie fort: »Plötzlich hielt Edgar ein Messer in der Hand und stach es Pete in den Hals.« Jonathan schluckte. »Pete torkelte ins Wohnzimmer zu seiner Mom, die sofort anfing, hysterisch zu schreien. Darauf lief Edgar hinterher und schnitt ihr die Kehle durch. Er hat einfach so seine Familie umgebracht!« Er konnte kaum glauben, was er hörte. Das klang wie aus einem schlechten Splattermovie. Wenn er nicht Kerry leibhaftig mit ihren blutigen Haaren und dem verfärbten Kleid neben sich sitzen gehabt hätte, würde er es nicht glauben. »Als beide tot waren, ließ er das Messer in Petes Schoß fallen und blieb regungslos hinter ihnen stehen. Ich hatte mich in der Zwischenzeit vorsichtig genähert. Kurz hoffte ich, er käme zur Besinnung, da fing er an herumzuschreien und stürzte sich unvermittelt auf mich. Zu meinem Glück hatte er das Messer nicht mehr. Aber er versuchte, mich zu erwürgen. Ich kann jetzt noch seine Hände an meinem Hals spüren.« Als ob sie es unterstreichen wollte, griff sie mit einer Hand an ihre Kehle. »Mit Hilfe eines Schürhakens oder Lampenständers – so genau weiß ich das nicht mehr – gelang es mir, mich für einen Augenblick von ihm zu befreien und durch die Terrassentür ins Freie zu flüchten. Dann lief ich um mein Leben. Ich rannte und rannte – bis ich schließlich auf dich gestoßen bin.« Sie sah ihn mit ihren tränengefüllten Augen an. Er legte seinen Arm um sie und drückte sie fest an sich. Sie wirkte so zerbrechlich, es musste ein Wunder gewesen sein, dass sie sich vor einem erwachsenen Mann hatte retten können.

»Oh mein Gott, was für eine Hölle! Haben denn die Nachbarn nichts mitbekommen?«

»Nachbarn? Das ist das einzige Haus im Umkreis von ein paar Meilen. Als mir Pete davon erzählt hatte, hielt ich es noch für voll romantisch. Du weißt ja, ich komme aus einer Kleinstadt.«

»Ja, stimmt, das mit den einsamen Hütten ist hier keine Seltenheit. Meine Welt ist das nicht.«

»Und jetzt ist nicht nur mein Freund tot, sondern sein Vater will mich auch noch umbringen.« Sie schluchzte.

»Meine Güte, das ist wirklich unglaublich, was du durchmachen musstest.« Sie nickte, immer noch zitternd. »Aber morgen sieht die Welt anders aus, wir werden sicher bald jemanden finden und die Cops verständigen können.«

»Ja«, sagte sie leise. Jonathan nahm mit seiner freien Hand ihr Kinn und drehte ihr Gesicht zu sich.

»Ich werde nicht zulassen, dass dir noch etwas geschieht. Verlass dich auf mich.« Er beugte sich zu ihr und gab ihr einen Kuss auf die Stirn.

Plötzlich krachte es. Es hörte sich an, als ob jemand auf einen Ast treten getreten wäre, der unter seinem Gewicht zerbarst. Kerry und Jonathan hielten die Luft an.

***

Es verging eine Stunde, bis Edgar das Ende des Weges erreicht hatte. Er war die Strecke im Schritttempo gefahren und hatte konzentriert auf der von ihm aus gesehen rechten Seite nach den beiden Ausschau gehalten. Vergeblich. Edgar stellte den Motor aus, ließ die Hände auf die Oberschenkel und das Kinn auf die Brust sinken. Kurz, sehr kurz dachte er daran, seine Jagd abzubrechen. Doch der Hass brandete wieder auf wie ein Tsunami, der im Begriff war, eine ganze Insel zu überfluten. Er sprang aus dem SUV und öffnete den Kofferraumdeckel. Entschlossen griff er nach seinem Jagdgewehr, schulterte es und füllte die Taschen seiner Weste mit Munition auf. Nachdem er das Jagdmesser und eine Trinkflasche an seinen Gürtel geschnallt hatte, verschloss er den Wagen und ging mit großen Schritten los. Er ärgerte sich darüber, kurz gezweifelt zu haben. Diese Schlampe würde bekommen, was sie verdiente – und wenn es das Letzte wäre, was er auf dieser Welt tat. Nach wenigen Metern kehrte er um. Womöglich würde ihm die Taschenlampe, die sich noch im Wagen befand, gute Dienste leisten. Er öffnete die Beifahrertür und zog sie aus dem Handschuhfach, darauf schlug er den eben unterbrochenen Weg erneut ein.

Nicht sehr lange und Edgar hatte den Waldabschnitt durchkämmt, der zwischen seinem Wagen und dem kleinen Massiv lag. Jetzt stand er am Fuß der Felswand, die sich ihm im fahlen Mondlicht grau und abweisend in den Weg stellte. Es handelte sich dabei um einen der vielen, kleinen Ausläufer der Rocky Mountains, die Edgar von unzähligen Jagdausflügen aus früheren Zeiten mit seinem Vater und später mit seinem eigenen Sohn kannte. Pete, sein Sohn! Bei dem Gedanken an ihn, der dieses Flittchen mit in sein Haus gebracht hatte, stieg erneut der Hass hoch.

Edgar schüttelte sich, als ob er dadurch seine tief verwurzelten Emotionen einfach abwerfen könnte – was natürlich nicht funktionierte. Und das machte ihn noch wütender. Er setzte seinen Weg unbeirrt entlang der Felswand fort. Es könnte nur eine Frage der Zeit sein, bis er auf die Flüchtenden träfe.

Es war weit nach Mitternacht, als Edgar auf die Uhr schaute. Die erfolglose Suche dauerte bereits viele Stunden an. In Kürze würde er auf das Ufer des Flusses stoßen, der in dieser Gegend durch Stromschnellen durchzogen war und somit nur ein Wahnsinniger versuchen würde, ihn zu überqueren. Durch die Anstrengungen der Flucht würde sie es niemals über den Kootenay schaffen, dessen war er sicher. Also sind sie entweder flussaufwärts weitergegangen oder sie versuchten tatsächlich, über den Kamm zu kommen. Kerry stammte aus Sandpoint, einer Kleinstadt etwa 30 Meilen südlich von hier, und soweit er wusste, kannte sie sich in dieser Gegend nicht aus. Auch ihr neuer Gefährte schien ortsfremd zu sein, kam er laut seines Kennzeichens doch aus Colorado.

Edgar überlegte genau: Er war allein, hatte Proviant dabei, war fit und sein Hass trieb ihn zu Höchstleistungen. Die beiden waren wahrscheinlich ohne Nahrung und Wasser unterwegs, zumindest Kerry war nur mit einem Sommerkleid – oder dem, was nach ihrem Kampf davon übrig war – bekleidet und sie waren wahrscheinlich orientierungslos. Edgar entschied sich dafür, die Suche für ein paar Stunden zu unterbrechen. Im Morgengrauen könnte er ihre Spuren verfolgen.

Edgar suchte nicht lange, bis er eine geeignete Spalte zwischen dem Gestein fand. Gerade so breit, dass er hindurchschlüpfen und sich hinlegen konnte, aber nicht so breit, dass ein Braun- oder Schwarzbär hindurchpasste, um sich mit ihm anzulegen. Ein kleines Feuer würde zusätzlich dafür sorgen, dass er keinen unangemeldeten Besuch bekäme. Er schaute sich am Rand des Waldes um und klaubte geeignetes Brennholz auf. Ein tiefhängender, daumendicker Ast hatte es ihm angetan und mit einem kräftigen Ruck brach er ihn unter lautem Krachen nah am Stamm des Nadelbaumes ab.

Kapitel 5

Jonathan hörte nur noch das Rauschen des Blutes durch seinen Kopf, sein Puls war binnen Sekunden in Höhen geschnellt, die er selbst beim Sport nur selten erreichte.

»Was war das?«, flüsterte Kerry.

»Pst!« Jonathan legte seine Hand auf ihren Mund. »Warte, ich seh nach.« Es gelang ihm, lautlos aufzustehen. Langsam pirschte er sich zum Rand des Plateaus und schaute hinunter in die Richtung, aus der er das Geräusch vermutete. Er kniff seine Augen zusammen. Der Mond spendete im Augenblick nur sehr wenig Licht und trotzdem konnte er es sehen – ihn sehen. Sein Puls stieg weiter an, was er vor wenigen Sekunden noch für undenkbar gehalten hatte. Etwa zehn Meter unter ihm und vielleicht zehn bis zwanzig Meter entlang des Waldrandes sah er die Umrisse eines Mannes. Das konnte nur ER sein. Jonathan drehte sich zu Kerry, legte den Finger auf seine Lippen und winkte sie anschließend zu sich. Sie schlich zu ihm und wagte sich mit dem Gesicht vorsichtig über den Felsvorsprung, um sehen zu können, was Jonathan ihr zeigen wollte. Sie nickte knapp, aber energisch. Wer hätte das auch sonst sein sollen? Aber die Bestätigung gab ihm Gewissheit und ließ seine Aufmerksamkeit auf ein Höchstmaß ansteigen. Er beugte sich zur Seite und flüsterte in ihr Ohr:

»Wir müssen weg! Am besten versuchen wir es in diese Richtung.« Er zeigte hinter sich nach oben.

»Noch weiter hoch? Bist du verrückt? Dort erfrieren wir mit Sicherheit oder stürzen ab«, raunte sie ihm leise zu. Jonathan dachte angestrengt nach, fand seine Idee aber alternativlos.

»Hast du einen besseren Vorschlag?« Sie fixierte weiter grimmig den kaum erkennbaren Mann unter ihnen.

»Ja, wir warten ab, dann schleichen wir uns hinunter und bringen ihn um.« Die Vorstellung, aber auch der kalte Ton in ihrer Stimme ließen ihn erschaudern.

»Du spinnst wohl!«, zischte er. »Zum einen ist er mit Sicherheit bewaffnet und zum anderen töte ich doch nicht einfach einen Menschen!«

»Menschen? Du vergisst, was er getan hat. Und auch das, was er mit uns machen wird, wenn er uns erwischt. Er ist ein durchgeknalltes Monster.«

»Das mag sein, daher sorgen wir dafür, dass er uns nicht erwischt.«

»Okay«, flüsterte Kerry, »ich hoffe, dein Plan geht auf. War ja auch nur eine Idee.« Er schaute sie an und sah, wie sie mit den Schultern zuckte.

»Ich habe dir versprochen, dass dir nichts passiert. Wenn wir da runter gehen«, er zeigte in die Richtung des Mannes, »dann kann alles Mögliche passieren und ich habe noch ein wenig vor in meinem Leben. Ich vermute, bei dir sieht das nicht anders aus.«

»Ja, natürlich, du hast recht. Ich war nur gerade etwas neben mir, weil mir die Bilder von dem Gemetzel durch den Kopf geschossen sind. Sorry.« Kleine Tränen kullerten über ihre Wange. Aber er schien sie überzeugt zu haben, denn sie zog sich leise zurück. Dann griff sie nach der Flasche und kippte etwas Wasser über das Feuer, welches mit einem lauten Zischen reagierte. Jonathan riss die Augen auf und musste sich beherrschen, sie nicht anzuschreien.

»Was tust du da? Lass es doch weiterbrennen!«

»Ich wollte nur, dass er es nicht bemerkt«, sagte sie entschuldigend.

»Wenn er es gesehen hätte, wäre er sicher schon auf dem Weg nach oben«, sagte Jonathan und schüttelte den Kopf. Wie hat die nur die Sache in der Hütte überlebt, so naiv, wie sie sich teilweise aufführt?, schoss es ihm durch den Sinn. Doch dadurch wurde sein Beschützerinstinkt nur noch mehr geweckt.

»Das klingt schlüssig«, sagte sie und sah zu Boden. »Dann sollten wir jetzt schleunigst verschwinden. Du meinst also, wir sollten es dort entlang probieren?« Sie deutete mit dem Kopf zur gegenüberliegenden Seite, wo ein schmaler Weg weiter nach oben zu führen schien. Jonathan nickte und strich ihr sanft über die Wange, bevor er schnell die Sachen in den Rucksack packte. Sie setzten ihren Marsch fort und bemühten sich, so leise wie möglich zu sein.

Der Anstieg gestaltete sich deutlich anstrengender als der zum Plateau, auf dem sie übernachten wollten. Sie kamen wegen der schlechten Sicht nur sehr langsam voran. Mehrmals befürchtete Jonathan, sie wären in eine Sackgasse geraten, wenn der Weg plötzlich endete. Einmal mussten sie ihren Mut zusammennehmen und über einen etwa halben Meter breiten Spalt springen. Wie tief er hinabging, konnten sie nicht erkennen. Jonathan hatte einen kleinen Stein hineinfallen lassen und es dauerte über eine Sekunde, bis sie seinen klackenden Aufprall hörten. Ein paar Meter tief war er demnach auf jeden Fall. Auf einer anderen Passage erschwerten etliche kleinere und größere Steine ihren Weg, sodass sie sich bei jedem Schritt vorantasten mussten. Dennoch trieb Jonathan sie unermüdlich an, bis ein spitzer Schrei ihn zusammenfahren ließ. Er drehte sich abrupt um und sah Kerry hinter sich auf dem Boden liegen. Nicht schon wieder, dachte er, schämte sich jedoch sofort dafür.

»Verdammt!«, rief sie und setzte sich auf.

»Was ist passiert?« Sofort war er bei ihr.

»Ich bin umgeknickt. Dieses bescheuerte Geröll hier!« Jonathan tastete ihren Knöchel ab und stellte fest, dass dieser schon dabei war, mächtig anzuschwellen. Das fehlte ihnen noch zu ihrem Glück, dachte er verbittert. Verfolgt von einem irren Killer und nun ein verstauchter Knöchel, der sie in dem ohnehin unwegsamen Gelände weiter bremsen würde. Er griff nach ihrem Unterarm und half ihr hoch.

»Versuch mal, aufzutreten.« Vorsichtig belastete Kerry ihr Bein. Jonathan bemerkte aus dem Augenwinkel, dass sie sich auf die Lippen beißen musste. »Geht es?«

»Muss ja«, sagte sie und humpelte ihm langsam hinterher.

Trotz ihrer Verletzungen konnte Kerry mit seinem Tempo Schritt halten und nachdem sie die Geröllpiste hinter sich gelassen hatten, ging es zügiger voran.

»Bleib mal stehen«, sagte er plötzlich und Kerry schien dankbar für die Pause. »Hörst du das auch?« Sie drehte ihren Kopf langsam nach links und rechts.

»Was meinst du? Den Wind? Der pfeift doch schon seit Stunden.«

»Nein«, erwiderte Jonathan. »Das ist etwas anderes.« Sie zuckte mit den Schultern. Hatte er sich verhört? Die wechselnden Winde in den Bergen konnten einem so manchen Streich spielen. Er grummelte etwas Unverständliches vor sich hin und sie marschierten weiter. Der Wind blies den beiden nach wie vor kühle Nachtluft entgegen und jagte ihnen eine Gänsehaut nach der anderen über den Körper. Jonathan hörte erneut das Geräusch, aber deutlicher als vorhin. Es wurde immer lauter und etwas später endete ihr Pfad.

»Jetzt weiß ich, was du vorhin meintest. Du hast das Rauschen des Wassers gehört.« Kurz darauf schauten sie vom Rand nach unten auf einen mehrere Meter breiten Fluss, der ein Weitergehen unmöglich machte.

»Danke für die Aufklärung, das weiß ich jetzt auch«, erwiderte er schnippisch und fügte nach einer kurzen Pause hinzu: »Na super.« Kerry trat neben ihn und gemeinsam blickten sie auf die Wasseroberfläche, die im Mondlicht funkelte wie die Glitzerschuppen des Regenbogenfisches.

»Schön«, sagte sie. Und er nahm an, dass sie es auch so meinte. »Aber was machen wir nun?« Jonathan seufzte.

»Das sind sicher zwei bis drei Meter nach unten und ob wir dann zur anderen Seite kommen, bezweifle ich stark«, sagte er. »Wir werden wohl oder übel umkehren und einen anderen Weg finden müssen.« Wäre er allein, würde er es riskieren. Schließlich war er ein guter Schwimmer und wenn er sich beim Sprung nicht verletzen würde, sollte es machbar sein. Aber er glaubte nicht, dass Kerry es schaffen könnte. Sie war enorm geschwächt von ihrer Flucht, die schon wesentlich länger andauerte, als ihre gemeinsame. Und der verletzte Fuß verkomplizierte es zusätzlich. Unvermittelt spürte er Kerrys Fingernägel, die sich in seine Taille bohrten.

***

Edgar hatte sich mit seinem ganzen Gewicht, und das waren gute achtzig Kilogramm, in die Bewegung geworfen. Als der Ast dann plötzlich krachend nachgab, konnte er sich gerade noch auf den Beinen halten. Um ihn herum raschelte es, er hatte wohl einige Kleintiere aufgescheucht und ein paar Vögel krächzten wütend wegen der Störung, während sie davonflogen. Er registrierte es, aber es war ihm egal – alles war ihm egal. Edgar hatte nur noch ein Ziel: die Schlampe umzubringen. Und er würde alles dafür tun, um dieses Ziel zu erreichen.

Gerade hatte er es sich, mehr schlecht als recht, in der Felsspalte gemütlich gemacht und das Feuerzeug aus seiner Tasche gezogen, da dachte er, sein Gehirn würde ihm einen Streich spielen. Er meinte, Rauch zu riechen. Verwirrt schaute er auf den Boden vor sich, wo sich Zweige, Äste und Gras befanden und auf das Feuerzeug in seiner Hand. Er hatte sein Feuer noch gar nicht entfacht, warum roch er Rauch? Langsam dämmerte es ihm. Er wuchtete sich hoch und zwängte sich durch die Spalte nach draußen. Tief sog er die Nachtluft ein. Kein Zweifel, irgendwo in der Nähe brannte es. Einen Waldbrand schloss er allein wegen der Witterung aus, denn es hatte sehr viel geregnet in den letzten Tagen, sodass die Gräser und andere Pflanzen sich nicht so schnell entzünden würden. Zumal es tagsüber nicht sonderlich heiß gewesen war.

»Danke für das Signal«, folgerte er grimmig. Edgar war sicher, dass dieses Feuer ihn direkt zu den beiden Flüchtenden führen würde. Er bewegte sich langsam zum Rand des Waldes, weg von den Felsen. Mit etwas Spucke befeuchtete er zwei Finger und hielt sie nach oben. Der Wind kam von Nordosten. »Wo versteckt ihr euch?« Edgar nahm seine Ausrüstung auf und schritt den Waldrand ab, dabei behielt er ständig das Massiv im Auge. Entweder würde er die beiden entdecken oder eine Möglichkeit finden, die Anhöhe zu nehmen.

Die sich immer wieder vor den Mond schiebenden Wolken erschwerten die Sicht. Die Taschenlampe erwies sich für diesen Zweck als wenig hilfreich, der Lichtkegel war zu kurz und zu schwach, um große Abschnitte der Felswand auszuleuchten. Gerade überlegte er, umzukehren, um etwas weiter südwestlich einen Pfad zu finden, da entdeckte er den schmalen Durchgang. Erleichtert stieß er die Luft aus.

In der engen, verschlungenen Gasse, die stetig nach oben führte, leistete die Stabtaschenlampe im Gegensatz zur Panoramausleuchtung vorhin einen hervorragenden Dienst, sodass Edgar schnell vorankam.

Minuten später hatte er das Plateau erreicht und sofort fiel sein Blick auf die schwach glimmende Restglut.

»Jetzt hab ich dich!«, sagte er. Sie mussten ihn gesehen oder gehört haben, anders konnte er sich nicht erklären, warum sie diesen an sich gut geeigneten Rastplatz vor Tagesanbruch verlassen hatten. Es ratterte in seinem Gehirn, er versuchte angestrengt, aus seiner Erinnerung abzurufen, wie die Pfade hier verliefen. Zwei Möglichkeiten schienen sich anzubieten und auf dem felsigen Untergrund konnte er trotz der Taschenlampe keine eindeutigen Spuren ausmachen. »Wohin seid ihr gegangen?«, grübelte er und rieb sich das Kinn, welches mittlerweile von harten Bartstoppeln übersät war.

Edgar entschied sich und musste wenige Minuten später verbittert feststellen, dass er die falsche Wahl getroffen hatte. Der Weg verlief in etwa eben und endete vor einer steil aufragenden Wand. Weder rechts noch links konnte er eine Möglichkeit entdecken, ohne Steigwerkzeuge weiterzukommen. Edgar stieß einen Fluch aus, kehrte um und lief in leichtem Laufschritt bis zum Plateau zurück, um die zweite Alternative einzuschlagen. »Das sieht schon besser aus«, sagte er, als er nach einigen Minuten auf dem Boden vor sich Fragmente von Schuhprofilen im Schein der Lampe erkannte. »Lauft ruhig, lauft um euer Leben.«

Trotz des Lichts seiner Taschenlampe übersah er einen spitzen Vorsprung an der Felswand und stieß mit dem Schienbein dagegen. Er sog zischend die Luft ein, fluchte abermals, trat zweimal fest auf und stellte beruhigt fest, dass mit seinem Bein alles in Ordnung schien. Keine Zeit verlierend lief er weiter. Er lächelte zufrieden, als er registrierte, dass seine Zielobjekte offensichtlich in eine Sackgasse geraten waren. Sie waren ihm ausgeliefert. Er erkannte die Silhouetten der beiden am Ende seines Sichtfeldes. Er stutzte kurz, denn sie machten keine Anstalten, fortzulaufen. Sie präsentierten sich ihm nebeneinander wie Zielscheiben auf dem Schießstand. Rechts stand der Typ, den er nicht kannte und dessen Schicksal ihm völlig gleichgültig war – was konnte er dafür, dass sich der junge Mann in schlechte Gesellschaft begeben hatte: Mitgehangen – mitgefangen, so hieß es doch. Links daneben erkannte er zweifelsfrei die Konturen des kleinen Flittchens, deutlich kleiner als die ihres Begleiters. Edgar verlangsamte seinen Schritt und nahm das geschulterte Jagdgewehr in beide Hände. Jetzt würde er es zu Ende bringen. Er atmete bewusst ruhig tief ein und aus, sein Puls verlangsamte sich. Edgar war ein hervorragender Schütze und selbst die schlechten Lichtverhältnisse sollten nicht verhindern können, dass er sie treffen würde. Er blieb stehen und legte an. So gut es ihm bei diesen Lichtverhältnissen möglich war, visierte er das Miststück an. Er spannte den Hahn und atmete erneut tief ein. Den Fehler, den viele Anfänger machten, nämlich einzuatmen, die Luft anzuhalten und dann abzudrücken, beging er natürlich nicht. Er wartete bis zu seiner Ausatmung, zog den Zeigefinger langsam bis zum Druckpunkt und vermied dadurch, dass er das Gewehr verriss, bevor die Kugel den Lauf verlassen hatte und sie sonst wo, aber nicht in ihrem Ziel einschlug. Der Schuss peitschte auf, gefolgt von einem kurzen, schrillen Schrei, der sofort wieder erstarb. Für einen Moment schien selbst der Wind den Atem anzuhalten. Es herrschte Stille.

Kapitel 6

Sein erster Impuls war, sich aus dem Griff ihrer Finger zu entreißen. Ihre langen Nägel schnitten schmerzhaft in sein Fleisch.

»Spinnst du?«, zischte er sie an, was ihm sofort leidtat, als er ihre aufgerissenen Augen sah, womit sie irgendetwas hinter ihnen fixierte – oder irgendjemanden. Er folgte ihrem Blick und nun war es an ihm, die Luft anzuhalten. Zwar konnte Jonathan es nicht im Detail erfassen, aber das, was er erkannte, reichte aus, um zu wissen, dass ihr Verfolger nur wenige Meter hinter ihnen stand und gerade sein Gewehr auf sie anlegte. »Verdammte Scheiße!«, entfuhr es ihm und sein Herzschlag setzte fast aus. Für einen von ihnen beiden wäre es vorbei, war er sicher, aus der Entfernung würde der Kerl bestimmt nicht vorbeischießen. Das hieße, er hätte vielleicht wenige Sekunden, ihn zu überwältigen, bevor er den zweiten Schuss abgeben könnte. Vorausgesetzt natürlich, er würde erst auf Kerry feuern. Egal, wie er es in seiner Panik durchdachte, die Chancen standen übel. Ohne weiter nachzudenken, packte er Kerrys Arm und machte einen Satz vorwärts. Gleichzeitig peitschte ein Schuss auf, dem ein kurzer Schrei Kerrys folgte. Jonathan hatte nicht den Hauch einer Ahnung, ob sie aus Schreck aufgeschrien hatte, weil er sie mit sich riss, oder ob sie getroffen worden war. Und es war ihm gerade egal. Er wollte überleben und nur darum ging es ihm.

Sein freier Fall dauerte nur eine Sekunde, dann verschlang ihn das kalte Wasser des Flusses. Jonathans Lungenflügel schienen zu implodieren. Sofort wurde er mit der Strömung gerissen, als ob ihn eine unsichtbare Hand unter Wasser an den Füßen gepackt hätte. So müssen sich Leo und Kate gefühlt haben, als sie auf der sinkenden Titanic ins Eiswasser sprangen. Warum zum Teufel geht mir jetzt so ein Scheiß durch den Kopf? Und überhaupt: Leo ist am Ende draufgegangen, das kommt in meinem Fall nicht in Frage!

Er strampelte mit den Beinen und ruderte wild mit den Armen, um schnellstmöglich an die Wasseroberfläche zu kommen, was ihm kurz darauf gelang. Gierig saugte er die Luft in seine Lunge, die brannte wie die Hölle. Er drehte sich um die eigene Achse, während er immer weiter mit der Strömung trieb. Der Fluss hatte wenige Meter nach ihrem Absprungort eine Rechtskurve beschrieben, sodass er guter Hoffnung war, dass er sich erstmal aus dem Sichtfeld des Verfolgers gerettet haben dürfte. Aber wo war Kerry? Hatte er sie getroffen und sie trieb schwer verletzt oder gar tot unter der Oberfläche? Oder war sie auf einen Stein oder Felsen aufgeprallt und nicht wie er in der Mitte des Flusses, wo das Wasser tief genug gewesen war? Vielleicht habe ich sie auch nicht fest genug gezogen und sie ist noch immer da oben bei dem Wahnsinnigen. Einen weiteren Schuss hätte ich unter Wasser sicher nicht gehört. Doch er wollte nicht glauben, dass er Kerry verloren hätte.

»Kerry«, sagte er, erst leise, dann immer lauter werdend, bis er schließlich so laut schrie, wie es seine Kräfte hergaben. Nichts. Er fühlte sich hilflos. Er blickte in alle Richtungen, nicht nur, um Kerry eventuell zu erspähen, sondern auch, um sicherzugehen, dass der Verfolger tatsächlich nicht in Reichweite war. Seine Bewegungen wurden schwerfälliger, als würde ein Anästhetikum langsam zu wirken beginnen. Das kalte Wasser führte zu einer zunehmenden Taubheit seiner Glieder.

Er konnte Kerry nicht mehr retten, aber sich selbst wollte er noch nicht aufgeben. Er müsste schnellstens aus dem Wasser, natürlich auf der von ihm rechten Uferseite, damit er dem Killer nicht wieder vor die Flinte lief. Und er müsste so schnell wie möglich raus aus seinen Klamotten und ein wärmendes Feuer machen. Er bewegte kurz seine Schultern und stellte erleichtert fest, dass er seinen Rucksack nicht verloren hatte. Jetzt blieb zu hoffen, dass das Feuerzeug nachher noch funktionieren würde, denn er war nie bei den Pfadfindern gewesen und wäre mit Sicherheit nicht im Stande, mit Behelfsmitteln von Mutter Natur eine Flamme zu erzeugen..

Er ließ sich mit der Strömung treiben und schaute immer wieder zur Seite, um die geeignete Stelle, an der er sicher ans Ufer käme, nicht zu verpassen. Damit sollte er sich nicht mehr viel Zeit lassen, wusste er doch, dass in dieser Gegend alle paar hundert Meter die Ausläufer des Kootenay von Stromschnellen und kleinen Wasserfällen unterbrochen wurden. Sollte er in einen davon geraten, wäre er die längste Zeit Jonathan Hunter gewesen.

Gerade hatte er die womöglich rettende Böschung gesichtet und mit Gegenbewegungen dafür gesorgt, dass er auf der Stelle blieb, da spürte er einen Stoß im Rücken, der zum Glück von seinem Rucksack gedämpft wurde. Der treibende Baumstamm hätte ihm sonst durch sein Tempo mehr als einen gehörigen Schrecken zugefügt. Fluchend befreite er sich von einem Ast, der sich zwischen ihm und seinem Rucksack verfangen hatte, und stieß den Stamm von sich fort. Jonathan wurde durch den Aufprall einige Meter von der Strömung mitgezogen und kämpfte sich wieder zurück. Plötzlich sah er aus dem Augenwinkel etwas aufblitzen.

Es war Kerry! Ihm fiel ein Stein vom Herzen. Sie hatte es geschafft, sich irgendwie am Ende des Stammes festzuhalten, der vor seiner Nase an ihm vorbeitrieb. Sie reagierte nicht auf ihn, als er ihr hinterherrief. Ohne zu zögern stürzte er sich, obwohl er gerade erst das rettende Flussbett unter seinen Füßen gespürt hatte, wieder in die Fluten und konnte Kerry nach wenigen Sekunden erreichen und sich mit ihr am Stamm halten. »Kerry, hörst du mich?« Keine Reaktion. Auch nach mehreren Versuchen sagte sie nichts, öffnete jedoch schwach die Augen, nur um im nächsten Moment gänzlich in Ohnmacht zu fallen. Das war wohl allerhöchste Eisenbahn!, schoss es Jonathan durch den Kopf. Er packte mit seinem linken Arm um ihre, zum Glück, sehr schlanke Taille und ergriff mit der freien Hand eine Wurzel des Stammes. Mit einem Ruck trennte er sich und Kerry von ihrem provisorischen Floß, welches unbeirrt davon den Fluss weiter hinuntertrieb.

Jonathan war selbst erstaunt darüber, dass er noch die Kraft fand, sich und Kerry in Ufernähe zu bringen. Allerdings reichte sie nicht dafür aus, Kerrys Kopf kontinuierlich über Wasser zu halten.

Nicht weit flussabwärts nahm das Tosen eines Wasserfalls eine bedrohliche Lautstärke an. Also jetzt oder nie. Wenn er sie nicht in den nächsten Sekunden ans Ufer brachte, wären sie beide Geschichte.

Einen knappen Meter vorm Ziel erfasste sie ein Wasserwirbel und riss sie zur Seite. Im nächsten Moment ging es fast im rechten Winkel ab und wenige Zentimeter vom Ufer entfernt änderte der Wirbel erneut seine Richtung. Hätte Jonathan nicht mit einer Blitzreaktion nach dem tiefhängenden Ast einer alten Kiefer gegriffen, der meterweit über den Fluss ragte, wären sie wieder von der Strömung erfasst worden und den Wasserfall hinunter gestürzt. So konnte er sie mit letzter Kraft ans steinige Ufer ziehen und fiel der Länge nach neben sie hin.

Nur kurz gab er sich Zeit, um Atem ringend neben ihr zu liegen und etwas Energie wiederzugewinnen. Er richtete sich auf, kniete vor Kerry und rüttelte an dem Mädchen, das immer noch bewusstlos war. Oder tot, aber das wollte er nicht glauben, noch nicht. Etwas unbeholfen tastete er an ihrem Hals nach dem Puls. Beim dritten Versuch spürte er ein schwaches

Druckgefühl unter seinen Fingern. Da er nicht sicher war, begann er hektisch mit den Wiederbelebungsmaßnahmen, an die er sich aus seinem letzten Erste-Hilfe-Kurs noch dumpf erinnern konnte. Obwohl dieser einige Jahre zurücklag, war ihm zumindest eines in Erinnerung geblieben: Um die Herzmassage bei einem Wiederbelebungsversuch im richtigen Tempo durchzuführen, konnte man sich an den Rhythmus des alten *AC/DC*-Songs *Highway to hell* halten. Und das tat er. Er fing erst in Gedanken an mitzusingen, dann mit leiser Stimme, die stetig lauter wurde und es passte auch perfekt zu seiner Situation: »I´m on the highway to hell, on the highway to hell ...«

Nachdem er einige Male ihren Brustkorb zusammengedrückt hatte, fing Kerry plötzlich an zu husten.

»Ja, komm schon!«, rief er erleichtert. Sie drehte sich zu ihm auf die Seite und spuckte Wasser auf seine Oberschenkel. Noch nie war Jonathan so glücklich darüber, von jemanden nassgemacht zu werden.

»Was ist los? Wo bin ich?«, kam dünn aus ihrem Mund. Jonathan lachte befreit auf, obwohl sie immer noch in großer Gefahr waren – völlig unterkühlt, am Ende ihrer Kräfte und nach wie vor Freiwild eines Psychopathen. Aber sie lebten – beide.

»Wir mussten springen, sonst hätte er uns erschossen«, erklärte er. Erst jetzt sah sie ihn an.

»Jonathan?« Noch etwas benommen schüttelte sie vorsichtig den Kopf. »Ach du Scheiße.«

»Damit hast du ja sowas von recht«, bestätigte er zitternd vor Kälte. »Kannst du aufstehen?« Kerry versuchte umständlich, sie aufzurichten, und mit seiner Unterstützung gelang es ihr. Sie entfernten sich ein gutes Stück vom Ufer. Die ersten Meter mussten sie sich über steinigen Untergrund bewegen, doch er wurde zunehmend sandiger und bald hatten sie den Rand des Waldes erreicht. Als er bemerkte, wie ihre Beine immer wieder nachgaben und sie hinzufallen drohte, schnappte er sie und trug sie auf seinen Armen. Nach wenigen Metern wollte sie wieder abgesetzt werden. Sie bestand darauf, dass sie allein gehen könnte. Jonathan wehrte sich nicht dagegen, schließlich konnte er sich kaum noch selbst auf den Beinen halten.

Sie suchten weiter und fanden drei nebeneinandergewachsene, hohe Kiefern, deren Stämme wie zu einer einzigen Holzwand verschmolzen zu sein schienen. Durch die tiefhängenden Äste wirkte es wie ein Unterstand und als genau solchen wollten die beiden ihn nutzen. Eilig suchten sie Gräser und Zweige zusammen und häuften sie vor sich auf.

»Wünsch uns Glück«, sagte er bibbernd zu ihr, als er mit zitternden Händen das Sturmfeuerzeug aufklappte, das er aus einer Seitentasche seines Rucksacks geangelt hatte.

»Jaah«, rief sie, als nach dem dritten Versuch die Grashalme knisternd Feuer fingen.

»Pst.« Er hielt den Zeigefinger vor seinen Mund. »Wir haben keine Ahnung, wo der Irre gerade ist, also

58

lass uns lieber leise sein.« Sie nickte. Zumindest meinte er das. Da beide wegen der Kälte zitterten wie Espenlaub, konnte er es nicht eindeutig sagen.

Sie sorgten dafür, dass das Feuer nicht größer wurde als nötig. Obwohl Jonathan dachte, dass es eigentlich egal wäre, denn wenn sie es nicht schafften, die Klamotten einigermaßen trocken und ihre Körpertemperatur wieder auf Normalmaß zu bekommen, würden sie eh bis zum Morgengrauen wegen Unterkühlung draufgehen. Da wäre die Alternative, eine Kugel durch den Schädel gejagt zu bekommen, nicht die schlimmste Vorstellung.

Auch um in Bewegung zu bleiben, hatten sie mit herumliegenden Ästen eine Art Wall um die Feuerstelle errichtet. Dieser hatte nicht nur den Vorteil, dass er die Sichtbarkeit aus der Ferne einschränkte, sondern auch als Windfang diente und die abstrahlende Wärme etwas an Ort und Stelle hielt.

Sie hatten sich bis auf die Unterwäsche ausgezogen und hockten eng aneinander neben den knisternden Ästen. Ihre Sachen hatten sie locker um das Lagerfeuer verteilt. Unter anderen Umständen hätte Jonathan den Körperkontakt mit diesem wirklich attraktiven Mädchen genossen. Doch im Augenblick regte sich in dieser Richtung nichts bei ihm, nicht einmal, als sie ihr Kleid abstreifte, oder besser, das was davon noch übrig war, und ein Traumkörper mit perfekten Rundungen zum Vorschein kam. Kerry schien es nicht anders zu gehen. Auch sie schien seinen durchtrainierten Körper im Moment ausschließlich als

Wärmespender zu betrachten. Natürlich tut sie das, du Idiot, dachte er, sie hat ja auch vor ein paar Stunden erst ihren Freund verloren.

Kapitel 7

Edgar kannte es aus seiner aktiven Army-Zeit von Einsätzen im Irak und Afghanistan: Wenn Menschen in die Enge gedrängt wurden, reagierten sie nie gleich. Einige fügten sich in ihr Schicksal und ließen es, was auch immer es war, mit sich geschehen. Andere wiederum gingen plötzlich in die Offensive und griffen ihr Gegenüber an, so aussichtslos dieses Unterfangen oft auch war. Und dann gab es die Lemminge, die sich nicht gefangen nehmen lassen wollten – anstelle dessen gingen sie lieber in den vermeintlich sicheren Tod.

Und zu dieser Sorte schien zumindest der männliche Begleiter dieses Miststücks zu gehören. Edgar war sicher, dass er Kerry mit seinem Schuss getroffen hatte, musste aber aus dem Augenwinkel mit ansehen, wie der Typ nach ihr griff und sie mit in den Abgrund riss. Edgar wusste, dass dort unten ein Flussarm vorbeizog, jedoch hatte er ihn viel tiefer vermutet, als er tatsächlich war. Das stellte er mit einem Fluch auf den Lippen fest, nachdem er schnell zu der Stelle gehastet war, auf der sich eben noch seine Zielobjekte befanden. Er verharrte kurz. Denk nach, Edgar, selbst wenn sie sich beim Eintauchen das Genick oder zumindest ein Bein gebrochen hätte, weil sie auf einen Felsen aufprallte oder der Fluss nicht tief genug war – du hast sie verletzt, demnach verlor sie Blut, und das Wasser dürfte so kalt sein, dass es die beiden nicht lange durchhalten dürften. Falls das allein nicht ausreichte, würde die nächste Stromschnelle ihnen den Rest geben.

»Nein«, sagte er laut, »ich will ... ich muss ihre Leiche sehen und ihr ins Gesicht treten!« Er straffte sich, schulterte sein Gewehr und kehrte um. Edgar kannte den Verlauf dieses Arms des Kootenay. Ungefähr zwei Meilen flussabwärts beruhigte sich dessen Strömung, dort würde er ihn ohne große Probleme überqueren und seine Jagd fortsetzen können. Und an dieser Stelle, so mutmaßte er, würden die beiden auch frühestens dem Fluss entkommen, sollten sie dann überhaupt noch leben.

***

Das Heulen eines Wolfes ließ Jonathan hochschrecken. Erst jetzt wurde ihm bewusst, dass er bei seinen Aufenthalten hier nie über Nacht in der Wildnis gewesen war. Auf eine gewisse Weise faszinierte es ihn, da man nun Dinge und vor allem Tiere hörte, die man tagsüber so gut wie nicht wahrnahm.

Das plötzliche Zucken seines Körpers weckte auch Kerry auf. Die Müdigkeit hatte beide übermannt und sie waren engumschlungen am Feuer sitzend eingeschlafen.

Nachdem sie herzhaft gegähnt und sich gestreckt hatte, griff sie nach ein paar Ästen aus dem notdürftig errichteten Wall und legte sie auf die Feuerstelle, in der nur noch kleine Flammen züngelten. Die Kälte ergriff erneut Besitz von ihr. Jonathan tastete die Kleidung ab und reichte Kerry das Kleid.

»Hier, es ist fast trocken.« Sie nahm es ihm ab, befühlte es und zog es rasch über ihren Kopf.

»Schon viel besser«, sagte sie und rieb mit ihren Händen über den leichten Stoff. »Sind deine Sachen noch nass?«

»Das Shirt geht, die Jeans werde ich hier nie trocken bekommen, es sei denn, ich lege sie mitten ins Feuer.« Auch er zog sein T-Shirt an und rückte wieder zu ihr. Kaum zu glauben, was so ein bisschen Baumwolle bewirkt, dachte er, denn auch er fror sofort etwas weniger.

»Was machen wir jetzt?«, fragte Kerry nach einer Weile, in der sie schweigend nebeneinandersaßen. Genau dieser Gedanke lief die letzten Minuten in seinem Kopf bereits Amok.

»Ich weiß es nicht«, erwiderte er schließlich. »Mir fehlt jede Orientierung, keine Ahnung, wo wir gerade sind.« Er stocherte mit einem Zweig in der Glut herum, ein paar Funken stoben auf und wehten über die aufgetürmten Äste hinweg. »Vielleicht hat der Irre aufgegeben und hält uns für tot. Dann könnten wir, sobald es hell wird, versuchen, nach Burns Creek zu gelangen oder zu irgendeinem anderen Kaff hier in der Nähe.«

»Und wenn er nicht aufgegeben hat?« Sie folgte mit den Augen der Flugbahn einiger Funken.

»Dann haben wir sicher nicht mehr viel Zeit, bis er hier auftaucht. Ihm dürfte klar sein, dass wir uns auf dieser Seite aus dem Fluss gerettet haben. Und du sagst ja, dass er von hier kommt, also wird er sich sicher besser auskennen als wir und wissen, wo er übersetzen kann.« Jonathan betrachtete sie von oben bis unten mit prüfendem Blick. »Wie geht es deinem Arm und dem Bein?« Kerry hob es an und bewegte das Knie.

»Dem geht es ganz gut, das kalte Wasser hat ihm offensichtlich nicht geschadet«, sagte sie mit dem Anflug eines Lächelns. Dann strich sie mit der gesunden Hand über ihre Streifschusswunde, zuckte kurz zusammen, sagte aber: »Tut noch weh, aber das geht schon. Die behindert mich jedenfalls nicht beim Laufen. Ob oder wie lange der Fuß mitmacht, werden wir sehen.« Er betrachtete sie. Sie ist hart im Nehmen, dachte er anerkennend, vielleicht sogar härter als ich. Sein ganzer Körper schmerzte, jede Bewegung, selbst die Atmung, schickte einen stechenden Schmerz durch seine Glieder. Aber das würde er sich nicht anmerken lassen. Er bräuchte nur noch eine halbe Stunde Ruhe, dann wäre er wieder fit, sagte er sich. Und er hatte Hunger, gottverdammten Hunger. Er zog den durchnässten Rucksack heran und holte ein feuchtes Päckchen heraus.

»Hier, wir müssen etwas essen«, sagte er und reichte ihr das triefende Sandwich. Daraufhin nahm er einen Schluck aus der Wasserflasche.

»Lecker, Matschbrot, spart das Kauen«, sagte sie und schob sich etwas widerwillig einen Klumpen des völlig aufgeweichten Brotes in den Mund. Sie reichte

Jonathan die andere Hälfte, die er kommentarlos herunterschluckte. Er hielt ihr die Flasche hin, die sie ablehnte.

»Danke, das Wasser im Sandwich und das, was ich im Fluss schlucken musste, reicht mir erstmal.«

Es vergingen weitere Minuten und als das Feuer auszugehen drohte, packten sie ihre Habseligkeiten und brachen auf. Sie hatten sich entschieden, flussabwärts dem Ufer zu folgen und nach ein paar Meilen, wenn der Untergrund gut begehbar sein würde, im rechten Winkel abzubiegen. Sie hofften, dann auf einen Waldweg oder eine Straße zu stoßen, welcher sie einfach folgen müssten. Und da es nicht mehr lange dauern würde, bis die Sonne aufging, verbesserte das Tageslicht deutlich ihre Chancen, aus dieser Situation herauszukommen.

Sie kamen gerade mal zwanzig Meter weit, als sich direkt vor ihnen eine dunkle Gestalt in den Weg stellte. Vor Schreck waren sie wie versteinert, unfähig, sich zu bewegen.

Kapitel 8

Dieses frühe Aufstehen war einfach nichts für ihn, ärgerte sich der etwas füllige Sheriff Ben Glover, als er mit seinem To-Go-Becher mit duftendem Kaffee sein Büro in Sandpoint betrat. Es war gerade kurz nach sechs und das Morgengrauen war dabei, die Schwärze der vergangenen Nacht zu vertreiben.

»Guten Morgen, Ben«, rief ihm sein meist gutgelaunter Deputy Owen entgegen, der mit seinen 25 Jahren gut Bens Sohn hätte sein können.

»Morgen«, knurrte er. »Ist etwas vorgefallen?« Seit einigen Jahren wiederholte sich dieser Dialog tagtäglich außer am Sonntag, wenn er Owen ablöste, der sich freiwillig für die Nachtschicht beworben hatte. In den meisten Fällen bekam er das von ihm geliebte *Keine besonderen Vorkommnisse* zur Antwort und auch heute rechnete er damit. Stattdessen sagte Owen:

»Ja, vorhin hat jemand aus Burns Creek angerufen.« Er blätterte in seinen Notizen. »Ein gewisser Sam Burkey, dem da oben der Drugstore gehört. Sagte, dass etwas westlich von denen abseits der Ruby Road zwei leerstehende Fahrzeuge gefunden wurden. Sollen beide einen ziemlich ramponierten Eindruck machen und bei einem sehen die Scheiben wohl aus, als ob drauf geschossen wurde. Ich habe die Kennzeichen schon zur Zulassungsbehörde rübergefaxt, aber noch keine Infos wegen der Halter bekommen.«

Auch das Sheriffbüro in Sandpoint war mit einem Computer ausgestattet und der damit verbundenen Möglichkeit, E-Mails zu versenden und zu empfangen. Doch schaffte es Ben immer wieder, das Gerät zum Abstürzen zu bringen, sodass sie meist auf antiquierte Übertragungswege zurückgreifen mussten.

»Der gute alte Sam«, sagte Ben und kratzte sich am Kinn. Der Betreiber des einzigen Drugstores in Burns Creek war die gute Seele dieses Dorfes, und so ziemlich alles Wissenswerte landete irgendwann bei ihm. Ben hatte sich das in den vergangenen Jahrzehnten immer mal wieder zu Nutze gemacht und konnte mit Hilfe von Sams Informationen den ein oder anderen Fall aufklären. »Dann warte ich noch eben auf die Ergebnisse der Halterabfrage, bevor ich den Hillbillys einen Besuch abstatte.« Im nächsten Moment begann der kleine Schrank neben Owens Schreibtisch zu wackeln und zu summen. Das darauf stehende Faxgerät wurde angewählt und spuckte langsam einen Streifen Thermopapier aus. Owen riss es ab, nachdem das Gerät verstummte, und legte es für beide lesbar auf die Tischplatte.

»Einer ist auf Edgar Conen zugelassen.« Owen drehte sich zur Wand hinter ihm um, an der eine Landkarte der Gegend angebracht war. Mit dem Zeigefinger fuhr er darüber, bis er fündig wurde, und tippte auf einen Punkt. »Hier ist es. Er wohnt laut den Unterlagen zurückgezogen ein paar Meilen östlich von Burns Creek. Kennst du ihn?« Ben schüttelte den Kopf.

»Nein, sagt mir nichts. Lass uns gleich mal mit der State Police telefonieren, ob die etwas über ihn im Polizeicomputer haben.« Owen verdrehte die Augen.

»Lass mal, das machen wir selbst. Ich bringe unseren PC gleich in Gang. Vorausgesetzt du versprichst mir, deine Finger davon zu lassen.« Ben blickte ihn mit einem Stirnrunzeln von der Seite an.

»Sei nicht so frech, Jungchen.« Dann widmete er sich wieder dem Fax. »Jonathan Hunter aus Denver, Colorado. Was will ein Städter denn da oben im Wald?«

»Vielleicht ist er ein Wilderer oder hat sich verfahren.« Owen war bereits damit beschäftigt, den Computer hochzufahren. Ben räusperte sich.

»Gut, dann werde ich jetzt mal rüberfahren. Wäre schön, wenn du mir über Funk die Informationen durchgibst.« Owen wollte gerade empört entgegnen, dass er längst Feierabend hätte und nur aus Gefälligkeit den Rechner noch flott machte – aber er kannte seinen griesgrämigen Vorgesetzten gut genug, um zu wissen, dass er ihn dafür die nächsten Wochen nur zu noch undankbaren Diensten verdonnern würde. Daher schluckte er seinen Ärger hinunter und antwortete mit zusammengepressten Kiefern:

»Klar, Ben, das mache ich doch gern.« Ben nahm die Verstimmung seines Untergebenen nicht wahr und selbst, wenn es anders gewesen wäre, hätte es ihn nicht gejuckt. Seiner Meinung nach war man als Cop rund um die Uhr im Dienst und musste ran, wenn es gefordert wurde und nicht, wenn es der Dienstplan vorgab. Wobei diese Philosophie eher für seine beiden Deputys Gültigkeit besaß, als für ihn selbst.

***

Ben fuhr gerade auf den Parkplatz vor Sams Drugstore, da kam ihm ein kleiner, schlanker Mann mit knubbliger Nase und tiefen Furchen, die sein Gesicht durchzogen, entgegen.

»Howdy, Sam«, begrüßte ihn Ben, dessen Arm lässig aus dem heruntergedrehten Seitenfenster ragte. »Ich höre, du hast eine Story für mich?«

»Howdy, Ben«, entgegnete Sam, der vor einigen Jahren seinen siebzigsten Geburtstag begangen hatte. »Wir fahren am besten direkt hin, ich erzähle dir alles unterwegs.« Er stieg auf der Beifahrerseite ein und lotste den Sheriff zu der Stelle, an der die Autos gefunden worden waren.

Über Funk hatte Ben mittlerweile von seinem Deputy Owen erfahren, dass Edgar Conen ganz in der Nähe ihres Sheriffbüros in Sandpoint in einem Bürokomplex als Abteilungsleiter einer Versicherungsgesellschaft beschäftigt war. Er lebte mit seiner Frau Amy und seinem volljährigen Sohn Pete in einem Blockhaus, welches Conens Eltern vor Jahrzehnten errichtet hatten. Ben würde sich das näher ansehen. Aber eins nach dem anderen: Erst waren die Fahrzeuge an der Reihe.

Über Jonathan Hunter hatte Owen so schnell nichts in Erfahrung bringen können, nur, dass gegen ihn nichts vorzulegen schien, genauso wenig wie gegen Edgar Conen.

»Jonathan Hunter aus Denver?«, rief Sam laut aus, nachdem ihn der Sheriff darauf angesprochen hatte. »Klar kenne ich den, das ist der Neffe von Louisa. Der wollte ein paar Wochen zu Besuch zu ihr kommen. Hat wohl gerade eine wichtige Phase in seinem Studium, für die er die ländliche Ruhe hier bei uns gut gebrauchen kann.«

»Ruhig ging es hier aber nicht ab. Scheinbar wurde er eher mit einem Paukenschlag begrüßt.« Nachdenklich blickte Ben zu dem hellblauen Pick-up, den sie gerade erreicht hatten. Er schluckte, als ihm die zerschossene Scheibe des Wagens auffiel.

»Ja, das sieht nicht gut aus. Was um alles in der Welt hatten die beiden vor?«, sagte Sam mit leiser Stimme. Ben stoppte den Wagen und wuchtete sich hinaus. Leichter Nebel lag über dem moosigen Waldboden und erzeugte ein erdiges Aroma. Tief sog er die frische Luft in seine Lunge.

»Um das herauszufinden, bin ich hier.« Kratzer zogen sich über den Lack der mehrfach eingedellten Fahrerseite. Die Türen standen offen.

»Der Schlüssel steckt noch«, sagte Sam, nachdem er einen Blick hineingeworfen hatte. Ben kam zu ihm und setzte sich auf den Fahrersitz. Der Geruch von Schweiß stieg ihm in die Nase. Er schnüffelte unter seinen Achseln und war sicher, dass er nicht von ihm stammte. Welch widerlicher Kontrast zur frischen Luft außerhalb des Fahrzeugs, dachte er. Darauf versuchte er, den Wagen zu starten. Der Motor wimmerte ein paar Mal, zündete jedoch nicht.

»Sprit ist noch drin«, stellte Ben anhand der Tankanzeige fest. Aber die Maschine hat wohl einen weg.«

»Ist das –?« Sams Augen weiteten sich. Ben folgte seinem Blick.

»Ja, das ist vermutlich Blut«, vervollständigte er. Auch ihm waren die dunkelroten Flecken auf dem Beifahrersitz und der Tür aufgefallen. »Er schien es eilig gehabt zu haben, sonst hätte er abgeschlossen.« Ben ließ seinen Blick zwischen die Kiefern schweifen, die durch den sanften Wind hin- und herwogen. Vielleicht fand er einen Anhaltspunkt, in welche Richtung der junge Mann gelaufen war. »Wo steht der Wagen von Conen?«

»Komm mit, ich zeig ihn dir«, sagte Sam und stieg wieder in den Polizeiwagen.

Sie fuhren einige Meilen den Waldweg weiter, der zunehmend schlechter passierbar wurde, bis er abrupt endete. Dort stießen sie auf den schwarzen SUV von Edgar Conen. Sofort fiel den beiden auf, dass die Beifahrerseite aussah, wie die Fahrerseite von Jonathan Hunters Pick-up. Nur war dieser Wagen verschlossen und schien einschließlich der Scheiben intakt zu sein.

»Siehst du die hellen Stellen? Genau der Farbton vom Pick-up«, sagte Ben. Sam nickte. »Vielleicht sind sie beim Überholen aneinandergeraten. Conen fand es nicht witzig, hat den Jungen verfolgt und auf seinen

Wagen geschossen. Der hat Panik bekommen und ist abgehauen. Möglicherweise verletzt.«

»Und Conen? Warum fährt er erst weiter und lässt dann seinen Wagen stehen?«

»Vielleicht hat er ein schlechtes Gewissen bekommen und ist hinter ihm her. Wenn er dafür hier hochgefahren ist, gibt uns das einen wertvollen Anhaltspunkt, in welche Richtung der Junge gelaufen sein müsste.« Ben ging zum Dienstwagen zurück und wies über Funk seinen zweiten Deputy Rick Barnes an, zum Wohnhaus der Conens zu fahren, um die Frau zu befragen, ob sie etwas von ihrem Mann gehört hätte. Dann fuhr er mit Sam zurück.

»Was hast du nun vor?«

»Ich denke, ich werde mich auf die Suche nach dem Jungen machen. Wenn er verletzt ist und der Conen ihn nicht rechtzeitig findet, steht es nicht gut um ihn.«

»Soll ich Louisa Bescheid geben?« Sam war nicht wohl bei dem Gedanken, seiner guten Freundin Louisa, die mit ihren kupferroten Locken an *Miss Kitty* aus *Rauchende Colts* erinnerte, zu erzählen, dass ihr Neffe wahrscheinlich verwundet durch die Wildnis irrte. Auch Ben überlegte kurz.

»Mach das. Aber halte sie davon ab, selbst nach ihm zu suchen. Nicht dass wir nachher drei Vermisste haben.«

Der Polizeiwagen hielt neben dem Drugstore und nachdem Sam ausgestiegen war, fuhr Ben mit durchdrehenden Reifen los und machte sich erneut auf den Weg zum Pick-up von Jonathan Hunter.

Kapitel 9

Ben benötigte nicht lange, um in der Nähe des Fahrzeugs eine Spur zu finden. Da er bereits richtig vermutete, in welche Richtung Jonathan Hunter unterwegs sein müsste, fielen ihm ein paar blutverklebte, lange blonde Haare auf, die sich an einem Strauch verfangen hatten. Sofort erschien das Bild eines braungebrannten, langhaarigen, blonden Surfers vor seinem inneren Auge. Er ging zurück zum Wagen, packte neben dem tragbaren Funkgerät und einer Trinkflasche den Erste-Hilfe-Kasten ein und startete seine Suche.

»Was `ne Scheiße!«, grummelte Ben vor sich hin. Warum konnte er nicht wie üblich zu dieser Tageszeit in einer der Zellen des Büros ein Nickerchen machen, während Rick vorn auf das Telefon aufpasste? Jetzt muss ich hier durch diese gottverlassene Wildnis stapfen, obwohl ich überhaupt nicht in Form für sowas bin. Er wischte sich den Schweiß von der Stirn. Es war noch früh am Morgen und eher kühl. Ben mochte gar nicht daran denken, wie es ihm ergehen würde, sollten im Laufe des Tages die Temperaturen auf über zwanzig Grad ansteigen, so wie es der Wetterbericht vorhersagte.

Obwohl es um seine Konstitution nicht zum Besten stand, kam er gut voran. Der Städter hatte eine Schneise der Verwüstung durch den Wald gezogen. So jedenfalls empfand es Ben, der in einer ähnlichen

Gegend wie dieser aufgewachsen war, weshalb er sich gut an abgeknickten Zweigen und Fußspuren auf dem morastigen Waldboden orientieren konnte. Als ob der Bengel signalrote Hinweisschilder aufgestellt hätte, die zusätzlich mit Blinklichtern versehen waren, schoss es ihm einige Male durch den Kopf.

Zwischendurch versuchte er, mittels Funk Kontakt zu Rick herzustellen, doch verhinderte die Natur die Verbindung. Fluchend steckte er das Gerät zurück und trottete weiter. Mit etwas Glück wäre er zum Mittagessen wieder zu Hause.

**

Edgar brauchte länger für den Weg, als er gedacht hatte. Hinzu kam, dass sich die Überquerung des Flusses schwieriger gestaltete, als er es in Erinnerung hatte. Um ein Haar wäre er auf einem glatten Stein abgerutscht und von der Strömung mitgezogen worden. Dann wäre er jetzt vielleicht schon am Fuße des kleinen Wasserfalls eine halbe Meile flussabwärts auf einem der hervorstehenden Felsen zerschmettert.

Aber er konnte das Gleichgewicht halten und fand mit dem freien Fuß schnell wieder Halt. So schaffte er es zwar nicht in der erwarteten Zeit zum anderen Ufer, aber er schaffte es. Und nur darauf kam es an. Denn seine Jagd war noch nicht beendet. Nicht, bevor er den leblosen Körper der Schlampe vor sich sah und ihr in die toten Augen spucken konnte. Er spürte, wie bei diesem Gedanken gleichzeitig ein Lächeln seine

Lippen umspielte und Tränen aus den Augen rannen. Edgar verpasste sich selbst eine Ohrfeige, um sich zu pushen.

»Weiter, du musst weiter!«, sagte er sich laut.

Nach seiner Einschätzung konnten die beiden nur hier in der Nähe dem Fluss entkommen sein. Demnach müsste er in der Umgebung auf Spuren von ihnen stoßen. Andernfalls würde er sich später am Fuße des Wasserfalls umschauen, ob dort die Leichen der beiden im Wasser trieben.

Er blickte zum Himmel und stellte mit Genugtuung fest, dass es langsam hell wurde. Das würde ihm die Suche erleichtern und es dem Miststück wesentlich erschweren, sich vor ihm und ihrem Schicksal zu verstecken. Edgar lauschte konzentriert, doch das Plätschern des Flusses und der seichte Wind, der durch die Baumkronen pfiff, machten es ihm unmöglich, Geräusche zu hören, die von den beiden ausgehen könnten. Aufmerksam schritt er das Ufer flussaufwärts ab.

»Geht doch«, sagte er zufrieden. Vor ihm auf dem Boden konnte er deutlich recht frische Sohlenspuren erkennen. Direkt neben ihnen sah es aus, als ob etwas oder jemand durch den Sand gezogen worden war. »Ich wusste es! Hab ich sie also erwischt«, entfuhr es ihm siegessicher. Der Rest dürfte ein Spaziergang werden! Wenn sich zwei Menschen durch die Wälder schlugen, von denen einer verletzt war, konnten sie ihre Spuren gar nicht so gut verwischen, als dass sie ihm und seinem geschulten Auge entgehen könnten.

Eine erneute Welle des Hasses gepaart mit der Freude auf baldige Erlösung von diesem Gefühl brandete in seinem Körper auf. Er fühlte sich wie ein mächtiger Vulkan, der kurz vor dem Ausbruch stand. Dessen Lava bereits bedrohliche Blasen schlug und der nur darauf wartete, alles in der Nähe mit seiner glühenden Masse zu bedecken und zu zerstören.

Edgar sondierte konzentriert die Umgebung am Ende der Schleifspur. Schnell stieß er auf weitere Fußspuren, die ihm den Weg wiesen. Wachsam folgte er ihnen und verschwand binnen Sekunden zwischen den Bäumen.

Es war schon fast zu einfach. Hatte er in der Nacht oft lange nach Hinweisen suchen müssen, sprangen sie ihm jetzt förmlich ins Gesicht. Einerseits war er enttäuscht darüber, dass sie noch lebte, andererseits war er dankbar für die baldige Gelegenheit, ihr in die verdorbenen Augen zu sehen, während er ihr das Leben entreißen würde. Er schob sich gerade zwischen zwei Sträuchern hindurch, da hielt er in der Bewegung inne. Ein bekanntes Geräusch drang an seine Ohren.

***

Auf dem Weg zum Haus der Conens legte sich Deputy Rick Barnes bereits die Fragen zurecht, die er den Bewohnern stellen musste. Rick war der einzige der drei aus dem Sheriffbüro, der eine Ausbildung auf einer Polizeischule vorweisen konnte, und hatte es von Beginn seines Arbeitsantritts an mit den Vorschriften genau genommen. Oft zum Ärger seines Chefs Ben, der den Sheriffjob seit jeher aus dem Bauch heraus erledigte. Viel passierte in dieser Gegend eh nicht, und das meiste davon könnte man mit gesundem Menschenverstand lösen. So lautete seine Devise, die er den Deputys mit auf den Weg gegeben hatte, als Rick wieder einmal einen Bürokratieanfall bekam, wie Ben es nannte. Doch Rick war der geborene Beamte. Davon wollte er sich von seinem Chef auch nicht abbringen lassen, schließlich wollte er diesen Job nicht bis zur Rente ausüben, sondern irgendwann in den richtigen Polizeidienst oder gar zum FBI wechseln.

Er lenkte seinen Wagen durch die engen Kurven der teilweise von Schlaglöchern durchzogenen Straße zum Haus der Conens. Die unebene Fahrbahn und die nicht selten steilen Anstiege brachten den für den Stadtverkehr konzipierten Kleinwagen an seine Grenzen. Rick befürchtete mehr als einmal, dass er nicht ohne Motorschaden oder aufgerissenem Unterboden ans Ziel gelangen würde.

Erleichtert pustete er durch, als er endlich die Hofeinfahrt passierte. Er staunte nicht schlecht, hatte er doch mit einem eher schlichten Blockhaus gerechnet. Ihm bot sich jedoch der Anblick auf ein Anwesen, welches er eher in noblen Vorstädten erwartet hätte, und nicht zwischen den Ausläufern der Rockys mitten im Nichts.

Die Auffahrt war mit feinem Schotter aufgefüllt und das Grundstück, in dessen Zentrum ein im Kolonialstil errichtetes, weiß gestrichenes, zweistöckiges Haus prunkte, war von einem ebenfalls weißen Holzzaun umgeben. Die grauen Schieferplatten, mit denen das Dach eingedeckt war, passten zum kleinen Vordach über der breiten, zweiflügligen Eingangstür, welches von zwei Säulen gestützt wurde. Alles harmonierte zusammen, dachte Rick, nur passte das alles nicht hierher. Er schüttelte den Kopf, stieg aus dem Wagen und schob sich lässig seinen braunen Cowboyhut auf den Kopf, den auf der Stirnseite der obligatorische Stern zierte. Nicht selten wurde er von Freunden gefoppt, wenn er damit in der Stadt gesehen und mit *Hey, Rick Grimes, alles okay?* begrüßt wurde. Eine Anspielung auf den Hauptprotagonisten der Kultserie *The Walking Dead*. Sich an eine dieser Situationen erinnernd schmunzelte er und ließ den bronzefarbenen Ring, den ein Löwe im Maul hielt, mehrfach gegen den Verschlag klacken. Hässlicher Türklopfer, dachte er, der passt ja mal überhaupt nicht zum Rest.

Nichts geschah, also klopfte Rick erneut und rief: »Hallo? Ist jemand zu Hause? Hallo?« Niemand antwortete und kurz war er versucht, unverrichteter Dinge wieder nach Sandpoint zurückzukehren. Aber wenn schon niemand da ist, spricht ja nichts dagegen, mir wenigstens den Garten anzuschauen, beschloss er neugierig. Als Inspiration für ein eigenes Haus taugte es bei seinem Hungerlohn zwar nicht, aber gucken dürfte man ja mal. Sicherheitshalber rief er erneut: »Hallo, Mrs. Conen? Sind Sie zu Hause?«

Auf den ersten Blick bot sich keine Überraschung, denn der Garten sah aus wie viele andere. Gemähter Rasen, ein paar Obstbäume auf der Fläche verteilt. Kein Teich, keine Gartenlaube und kein Pavillon. Gerade wollte er enttäuscht zum Wagen gehen, da fiel ihm die zerstörte Scheibe der Verandatür ins Auge.

Ein plötzliches, lautes Brummen ließ ihn aufschrecken. Sein Puls stieg. »Du Trottel«, sagte er sich, nachdem ihm klar geworden war, dass der Lärm von einem Generator stammte. Wahrscheinlich mit einer Zeitschaltuhr versehen, vermutete Rick.

Trotzdem war er mit einem Schlag hochkonzentriert. Er lief zur Veranda, nahm die Stufe mit einem Sprung und passte auf, nicht in die Scherben zu treten, die vor der Tür den Holzboden übersäten. Skeptisch betrachtete er den gedeckten Tisch neben der zerbrochenen Glasscheibe, auf dem sich Fliegen und andere Insekten über das offen darauf stehende Essen hermachten. Abermals rief er nach Mrs. Conen, dieses Mal in das Haus hinein. Vorsichtig drückte er durch das Loch greifend innen die Klinke runter und setzte langsam einen Schritt ins Haus.

Ein undefinierbarer, höchst unangenehmer Geruch stieg ihm in die Nase. Dann erblickte er die beiden Personen auf dem Sofa. Es dauerte einen Moment, bis er realisierte, was er dort sah. Instinktiv machte er einen Schritt zurück und wendete sich von diesem grausigen Bild ab. Doch das Gesehene in Kombination mit dem süßlich-bitteren Gestank sorgte für einen Würgereiz, infolgedessen er sich übergeben musste.

Nachdem sich sein Magen etwas beruhigt hatte, wagte er einen genaueren Blick, obwohl ihm von Anfang an klar gewesen war, dass sie tot sein mussten. Er versicherte sich dessen mittels Pulskontrolle, was aufgrund der Verletzungen überflüssig war. Dann rannte er außen um das Haus herum zurück zum Wagen.

Er musste nachgreifen, da ihm das Funkgerät aus seinen zitternden Händen fast in den Fußraum gefallen wäre.

»Verflucht, Ben, melde dich!«, schrie er in das Gerät, nachdem sich der Sheriff nach zwei offiziellen Funksprüchen nicht gerührt hatte. Denk nach, Rick, denk nach.

Kapitel 10

Jonathan steckte der Schreck in den Gliedern. Stundenlang waren sie in großer Angst auf der Flucht vor dem irren Killer und dabei hatte zumindest er vollkommen verdrängt, dass hier durchaus andere Gefahren lauerten. Und genau so eine stand ihnen jetzt gegenüber, vielleicht fünf oder sechs Meter entfernt.

Der Schwarzbär fixierte sie mit seinen dunklen Augen, während er bedrohliche Geräusche von sich gab und seine Zähne fletschte. Die Gedanken rasten durch seinen Kopf. Was tust du, wenn du auf einen Bären triffst? Wie oft hatte Louisa ihm die Verhaltensregeln für so einen Fall eingeschärft? Fünf mal? Fünfzig mal? Er wusste es nicht und noch weniger, was er tun sollte. Wegrennen, so schnell es ging: Das war der einzige Plan in seinem Schädel. Es handelte sich zwar nicht um einen Grizzly, sondern *nur* um den kleineren Verwandten davon. Jedoch würde auch dieser mit wenigen Prankenhieben zwei äußerst unappetitlich zerfetzte Gestalten aus ihnen machen können. Jonathan zuckte zusammen, als er eine leichte Bewegung an seinem Ellbogen spürte.

»Bleib ganz ruhig«, flüsterte Kerry, ihre Hand berührte weiter seinen Arm. »Das ist sicher ein Muttertier, das nur auf seine Jungen aufpasst.«

Der Bär richtete sich auf und Jonathan wollte erneut einfach nur rennen. Um sein Leben rennen.

»Schhhh ...«, beruhigte sie ihn. »Wir gehen jetzt ganz langsam rückwärts zur Feuerstelle.« Da sie merkte, dass er nicht reagierte, hakte sie nach: »Okay?« Er nickte zögerlich. Dann setzten sie vorsichtig den ersten Schritt zurück. Den zweiten, den dritten.

Mama Schwarzbär stand jetzt wieder auf allen vieren und folgte den beiden gemächlich. Nach einigen Schritten, sie hatten fast das Feuer erreicht, drehte das Raubtier sich herum und verschwand zwischen den Sträuchern im Wald.

»Danke«, presste Jonathan hervor. »Ich hätte mir fast in die Hose gepisst.«

»Ich hoffe doch, nur fast«, erwiderte Kerry lächelnd. »War das etwa deine erste Begegnung mit einem Bären?«

»Äh, hattest du schon mehrere davon?«, fragte er entsetzt, worauf sie nickte.

»Klar, ich wohne zwar in der Kleinstadt, aber ich bin gerne in der Natur. Und Bären sind da nun mal nichts Ungewöhnliches. Du musst nur die Ruhe bewahren. Normal passiert da nichts. Es sei denn, sie sind krank oder du gehst ihnen auf den Sack.« Ihr Lachen ließ ihn entspannen. Jetzt fielen ihm auch wieder die Ausführungen seiner Tante ein, die er nun hätte auswendig herunterleiern können.

»Wegen mir bedarf es keiner Wiederholung.«

»Denk ich mir«, sagte sie und wies in eine andere Richtung. »Wir sollten es lieber dort entlang probieren. Dann umgehen wir ihr Revier.«

»Was immer du sagst.« Er folgte ihr und stellte fest, dass sich seine Beine fast wieder normal anfühlten. So gesehen hatte diese Begegnung auch ihr Gutes, denn durch den rasenden Puls war die Durchblutung seiner Muskulatur ordentlich in Gang gebracht worden und an Frieren dachte er überhaupt nicht, im Moment jedenfalls.

***

Als Edgar den Elch erblickte, der mit seinem majestätischen Geweih nur wenige Meter vor ihm gemächlich seinen Weg kreuzte, durchströmte ihn das erste Mal seit Beginn seiner Jagd ein Gefühl, das ihm das Herz erwärmte. Sofort dachte er wieder an früher zurück, als er mit seinem Vater zusammen und später mit Pete, seinem eigenen Sohn, genau solche Tiere auf ihrer gemeinsamen Jagd erlegt hatte. Schmerzhaft wurde ihm bewusst, dass es niemals wieder so sein würde. Denn weder sein Vater noch Pete lebten noch. Er war allein. Und es war seine Schuld.

Mit einem Schlag verschwand das nostalgische Gefühl und wich dem Hass, der ihn seit Stunden antrieb.

Jetzt jage ich allein, sagte er sich, und meine Beute wird vor Gnade winseln, wenn es so weit ist.

Edgar verharrte einen Moment, bis das Tier außer Sichtweite war, und setzte seinen Weg fort.

Es wurde immer heller und nach einer Weile lief er genau auf das behelfsmäßige Quartier zu. Die Glut war noch nicht abgekühlt und dünne Rauchfäden stiegen in die Luft. Zufrieden fiel sein Blick auf einen Blutfleck. Er hatte sie wohl schlimm erwischt. Hoffentlich hielt sie noch solange durch, bis er sie schnappte. Lange konnten sie noch nicht weg sein. Vielleicht hatten sie zwei oder drei Stunden Vorsprung, aber der sollte schneller einschmelzen als ein Eiswürfel in siedendem Frittenfett.

Dank des Tageslichtes stieß er zügig auf weitere Spuren seiner baldigen Opfer. Da er nicht an seinem Geschwindigkeitsvorteil zweifelte, nahm er sich die Zeit, das Feuer wieder zu entfachen und sich ein wenig daran aufzuwärmen. So langsam konnte er seine Müdigkeit nicht mehr ignorieren. Ein großer Schluck Kaffee würde ihm guttun, doch leider hatte er seine Feldflasche mit Leitungswasser befüllt und es sah nicht danach aus, dass er in naher Zukunft über einen Starbucks stolpern würde.

***

»Was heißt, du hast dich nur an die Vorschriften gehalten?«, schrie Ben seinen Deputy Rick über Funk an. Nach vielen weiteren Versuchen hatte Rick ihn doch noch erreichen können. Leider war die Verbindung schlecht, sodass Ben nur Fetzen verstehen konnte.

»Da liegen zwei Ermordete im Haus der Conens. Ich musste die State Police in Boise informieren. Das ist Vorschrift.«

»Was redest du von Mord? Zwei Vermisste finden wir auch allein.«

Es bedurfte einige Zeit, bis Ben endlich auf eine Anhöhe geklettert war, die einen weitestgehend verständlichen Empfang ermöglichte.

»Ach du Scheiße«, entfuhr es ihm dann. »Die Frau und der Sohn von Edgar Conen?«

»Ja, wenn man den Familienfotos im Haus glauben kann, besteht kein Zweifel.«

»Das ist doch verrückt. Also hat der Typ seine Familie weggemetzelt und jagt nun den Jungen? Das ergibt doch keinen Sinn!«

»Ich kann es mir auch nicht erklären. Gerade habe ich mit Owen gesprochen. Den habe ich vorhin sofort aus dem Feierabend geholt. Er hat bei Conens Arbeitgeber angerufen. Edgar Conen wäre gestern Abend nach Dienstende nochmal zur Firma gekommen und hätte vollkommen neben sich gestanden, wirkte fahrig und ungewohnt aggressiv. So jedenfalls hat es sein Chef gesagt.«

»Hm«, brummte Ben. »Okay, dann will ich mal lieber vorsichtig sein. Was sagen die aus Boise?«

»Die schicken die Spurensicherung zum Haus. Wenn die hier sind, helfe ich dir bei der Suche. Die State Police sagte, dass sie einen Hubschrauber schicken, falls sie einen auftreiben können.« Ben spürte Anspannung. Nicht nur, dass es wohl wesentlich länger dauern würde, als gedacht, jetzt verfolgte er plötzlich einen mutmaßlichen Killer, anstatt zwei Vermisste zu suchen. Was für ein Scheißtag, dachte er und meldete sich vorerst über Funk ab. Grimmig schaute er von der Erhebung aus über die Landschaft. Auf der linken Seite türmte sich das Massiv aus grauem Gestein auf, vor ihm führte der Weg relativ eben geradeaus. Er kramte umständlich eine zusammengefaltete Landkarte aus seiner Tasche und breitete sie vor sich aus. Es dauerte einen Moment, bis er seinen Standort lokalisiert hatte. Nicht sehr weit von ihm entfernt verlief ein Flussarm des Kootenay. Da komme ich nicht rüber, stellte er fest. Nachdem er einen abschließenden Blick auf die Karte geworfen hatte, packte er sie ein und machte sich wieder an den Abstieg. Er würde besser am Fuße dort hingelangen und wenn er bis dahin nicht fündig würde, müsste er seine Suche wahrscheinlich eh abbrechen. Auf keinen Fall würde er es riskieren, in der Abenddämmerung allein einen Killer zu verfolgen. Sollten sich doch die Jungs der State Police drum kümmern. Um Ehre und Ruhm oder Verdienstmedaillen ging es ihm schließlich noch nie in seinem Job.

***

Louisa konnte es nicht fassen. Sie schüttelte den Kopf, sodass ihre langen, roten Locken hin- und herwirbelten.

»Das kann doch nicht sein«, sagte sie.

»Mehr weiß ich leider auch nicht«, sagte Sam leise. Sie saßen an ihrem Küchentisch und gerade hatte er ihr den Stand der Dinge mitgeteilt.

»Aber, warum sollte Jonathan in so eine Situation geraten? Und du sagst, er ist verletzt?« Sie hielt sich die Hand vor den Mund. Sam nickte langsam.

»Nun, wir haben ein paar Blutspuren in seinem Wagen gefunden. Aber es waren nicht viele. Bestimmt hat er nur einen Kratzer oder eine Platzwunde.« Louisa war den Tränen nahe.

»Und jetzt ist er ganz allein da draußen«, sagte sie fast tonlos.

»Na ja, der andere Mann scheint ja auf der Suche nach ihm zu sein. Also hoffen wir mal, dass er ihn schnell findet und herbringt.« Er räusperte sich. »Und du weißt doch, dass dein Neffe ein harter Kerl ist – der steckt so einen Kratzer locker weg«, versuchte er, sie zu beruhigen. Plötzlich sprang sie auf.

»Ich muss ihn suchen!« Sam, der etwas zurückgeschreckt war, ergriff ihre Hand.

»Louisa, der Sheriff sucht bereits, der andere Mann auch und vor allem, wie willst du ihn denn finden? Die Gegend ist riesig.« Louisa zog ihre Hand weg.

»Eben, sie ist ungeheuer groß. Wie sollen ihn da zwei Leute finden?« Doch sie schien zu merken, wie sinnlos ihr Anliegen war, ließ sich auf den Stuhl fallen und verbarg ihr Gesicht in den Händen. Tränen liefen zwischen den Fingern hindurch.

»Ich schlage vor, wir warten ab, bis Ben zurück ist. Falls er Jonathan mitbringt, ist alles gut, ansonsten mobilisieren wir hier ein paar Freiwillige und rücken aus.« Die Bewohner von Burns Creek, vorrangig ehemalige erfolglose Goldschürfer, die sich mittlerweile in kleinen Firmen der umliegenden Ortschaften als Holzfäller oder Fabrikarbeiter ihren Lebensunterhalt verdienten, waren über die Jahre eng zusammengewachsen. Natürlich wusste er, dass sie ihrer einzigen Wirtin sofort zu Hilfe eilen würden – zumal viele Jonathan von früheren Besuchen her kannten und die meisten ihn mochten.

»Du hast wahrscheinlich recht.« Sie zog ein Taschentuch aus ihrem Ärmel und tupfte über ihre Augen. »Willst du etwas trinken?«

»Nein, danke. Ich muss zum Store. Irgendwie muss ich schließlich an euer Geld kommen«, versuchte er, sie etwas aufzumuntern, und verabschiedete sich kurz darauf.

Kapitel 11

Sie hatten es geschafft, dem Bären aus dem Weg zu gehen. Seit mehreren Stunden streiften sie mittlerweile durch die Wälder, gerade so weit darin verborgen, dass sie Deckung vor ihrem Verfolger hatten, aber noch so nah am Fluss, dass sie dessen Rauschen hören und sich an seinem Verlauf orientieren konnten.

Je länger sie unterwegs waren, umso mehr verlor Jonathan die Überzeugung, dass sie lebendig aus dieser Wildnis herauskommen würden. Der Hunger nagte an ihnen, außer ein paar wilden Beeren hatten sie die letzte Zeit nichts in den Magen bekommen. Dazu kam, dass Kerry immer langsamer wurde. Der Schmerz im Knie hatte sich verschlimmert und ihre Schusswunde puckerte unter dem provisorischen Verband, den ihr Jonathan aus dem Handtuch aus seinem Rucksack angelegt hatte, da sie sich entzündet hatte. Ihre Kleidung, die am Feuer nicht vollständig getrocknet war, sorgte dafür, dass sie trotz der fast 20 Grad fröstelten.

Jonathan sprach es nicht aus, doch er war sicher, dass sie eine weitere Nacht im Freien nicht überleben würden. Manchmal ertappte er sich bei dem Gedanken, ohne Rücksicht auf Kerry sein Tempo zu erhöhen und damit seine Chance, rechtzeitig in die rettende Zivilisation zu gelangen. Er schämte sich dafür, aber er wollte auch nicht wegen ihr draufgehen. Schließlich war das alles nicht sein Problem. Beziehungsweise, anfangs war es das nicht gewesen. Jonathan kannte das Mädchen kaum. Warum hatte der Killer nicht besser gezielt und sie richtig erwischt? Dann wäre er eine Sorge los und müsste keine Rücksicht nehmen. War er ihr gegenüber überhaupt zu irgendetwas verpflichtet? Nein, natürlich bist du das nicht! Du kannst es zum Ort schaffen und dann Hilfe schicken, um sie hier herauszuholen.

»Warte bitte«, fiel Kerry in seinen inneren Monolog. Sie setzte sich auf einen umgestürzten Baumstamm und rieb über ihr Knie. »Es wird immer schlimmer, ich kann kaum noch auftreten.« Ihre Stimme klang dünn. Jetzt oder nie, schoss es ihm durch den Kopf. Du bleibst hier und ich lauf los und hol Hilfe. So machen wir das. Basta. Doch er sagte:

»Lass uns eine kurze Pause machen. Wenn du wieder kannst, werde ich dich stützen.« Sie lächelte ihm gequält zu.

»Jonathan ... danke.« Na toll, jetzt krepierst du hier also als Prinz Charming, weil du einfach zu sozial bist, du Weichei.

»Kein Ding, das ist doch selbstverständlich. Du würdest dasselbe für mich tun.« Ihr Blick schien diese Annahme zu bestätigen, was sein schlechtes Gewissen nur noch verstärkte.

Sie rasteten bereits eine gewisse Zeit, als ein Schwarm Krähen aus den Baumwipfeln stob und sich krächzend in alle Himmelsrichtungen verzog. Die Blicke der beiden richteten sich nach oben und folgten den Vögeln. »Wir sollten weiter«, sagte Jonathan. Kerry stand umständlich auf. Er hakte sich bei ihr unter, sodass sie ihr schmerzendes Bein nicht mehr so stark belasten musste. Das verlangsamte Tempo und die Umwege, die sie machen mussten, weil sie nebeneinander nicht überall durchpassten, nahm er zähneknirschend in Kauf.

Hatte sich ihr Körper an seinem in der Nacht noch gut angefühlt, nicht nur wegen der Wärme, die er ausstrahlte, so nervte es ihn jetzt, wenn sie ihren Oberkörper bei jedem zweiten Schritt fester an seinen drückte, als er eh schon an ihm klebte. Am liebsten würde er sie wegstoßen und wegrennen, einfach weg. Weg von ihr, raus aus dem Wald, raus aus dieser bescheuerten Situation. Die er nicht zu verantworten hatte, verdammt nochmal! Wärst du gestern doch einfach weitergefahren. Dann säßest du jetzt bei Louisa, vor dir stünde eine Tasse mit dampfendem Kaffee und sie würde dir mit einem Lächeln, das ihre niedlichen schiefen Schneidezähne zeigen würde, ein Stück ihres Kirschkuchens servieren oder ihren berühmt berüchtigten Eintopf. Dir wie früher, als du noch kleiner warst, liebevoll den Kopf tätscheln.

»Woran denkst du?«, unterbrach sie seine Fantasie. »Scheinbar an etwas Schönes, so wie du lächelst.« Erst jetzt bemerkte Jonathan selbst, dass er ein dümmliches Grinsen auf dem Gesicht hatte.

»An meine Tante«, antwortete er ehrlich und kam sich gleich wieder mies vor, weil er so egoistischen Vorstellungen hinterher hing. Kerry war das Opfer, sie konnte doch nichts dafür. Was bist du doch für ein Arsch, Jonathan Hunter! In der nächsten Sekunde waren alle Gedanken der letzten Stunden nur noch Geschichte, als Kerry aufkreischte:

»Da, guck!« Er unterdrückte gerade noch, sie anzufauchen, was das denn sollte, dann folgte er mit dem Blick ihrer ausgestreckten Hand. Sofort bereute er, dass er sie eben noch anschreien wollte. Er erkannte in seiner Einschätzung nach dreißig bis vierzig Metern Entfernung die Ecke einer Blockhütte zwischen den Bäumen. Ein warmes Gefühl durchströmte seinen Körper und auch Kerry schien von der Entdeckung Flügel verliehen bekommen zu haben. Sie löste sich von ihm und humpelte zügig auf den Waldrand zu. Dort angekommen wartete sie auf ihn.

Die Hütte stand auf einer Lichtung und war von zwei weiteren Gebäuden umgeben. Jonathan spürte, wie sich seine Augen mit Tränen füllten, denn sie schienen wirklich Glück zu haben: Das Gebäude war offensichtlich bewohnt. Aus dem Schornstein stieg zwar kein Rauch, doch er konnte deutlich das Heck eines Wagens ausmachen, der vor dem Nebengebäude geparkt war. Jonathan mochte gar nicht daran denken, dass es in etwa einer Stunde dämmern würde und sie dann wahrscheinlich daran vorbeigelaufen wären. Er atmete tief durch.

Sie lächelten sich an, er griff nach ihrer Hand und sie steuerten auf die Eingangstür des Blockhauses zu.

***

Wie befürchtet musste Ben die Suche abbrechen, nachdem er das Flussufer erreicht hatte. Er hatte absolut keine Ahnung, in welche Richtung er hätte weitersuchen sollen. Sie hätten überall sein können. Dem Blick auf die Uhr folgte ein Blick zum Himmel. Die Sonne war fast hinter dem Bergkamm verschwunden. Wenn er einen flotten Schritt an den Tag legte, würde er es vielleicht noch rechtzeitig zum Wagen schaffen, bevor es stockdunkel sein würde. Er hatte zwar seine Stabtaschenlampe dabei, doch er wollte es nach Möglichkeit vermeiden, in der Nacht durch diese Wälder zu streifen.

Nach ein paar Versuchen mit dem Funkgerät erreichte er seinen Deputy Rick. Aufgrund der schlechten Verbindung konnte er ihn nicht auf den neuesten Stand bringen, jedoch konnte Ben ihn darüber informieren, dass er sich auf dem Rückweg befand.

Inständig hoffte er, dass die Kollegen der State Police an der Sache dran wären und er sich wieder um Falschparker und Kneipenschläger in Sandpoint kümmern könnte. Er wusste sowieso nicht, warum er für einen unbekannten Surferboy aus der Stadt so einen Aufriss machen sollte.

***

Obwohl Rick klar war, dass es sich hier um einen Tatort handelte und er nichts verändern dürfte, hatte er sich gegen seine Prinzipien vorsichtig einen Weg ins Bad geebnet. Peinlichst achtete er darauf, nichts anzufassen oder mit seinen Füßen zu verschieben.

Aber er wollte auf keinen Fall nach Erbrochenem stinken, wenn die Detectives auftauchten. Daher wusch er sich das Gesicht und spülte mehrfach mit einem Mundwasser seinen Rachen aus. Vor dem Spiegel fuhr er sich mit der Hand durch die Haare und setzte seinen Hut so auf, dass es seiner Meinung nach professionell wirkte.

»Howdy, Kollegen. Ich habe den Tatort bereits gesichert. Wenn Sie mir folgen möchten.« Mehrfach wiederholte er diesen Satz und veränderte dabei seinen Gesichtsausdruck.

Wer weiß, wann er mal wieder eine solche Gelegenheit bekäme, sich bei so einem wichtigen Fall den richtigen Cops präsentieren zu können. Zu denen er, so hoffte er, irgendwann auch mal gehören würde. Die Bewerbungen dazu liefen leider seit Jahren erfolglos.

Wenig später, Rick lehnte lässig an seinem Wagen, fuhr der Chevrolet der State Police gefolgt von einem dunklen Van auf den Hof. Kleine Kiesel flogen beim Bremsen durch die Luft, eine Sandwolke stieg auf und drohte, Rick einzuhüllen, der sich einige Schritte entfernte, um dem zu entgehen.

Aus der Limousine stiegen zwei nicht uniformierte Männer, die sich, ohne Rick zu beachten, sofort mit den drei Kollegen aus dem Van besprachen, welche sich darauf in weiße Overalls zwängten und verschiedene Kisten aus dem Wagen holten.

»Howdy, Kollegen –«, begann Rick seinen einstudierten Text, wurde jedoch sofort unterbrochen.

»Sie haben hoffentlich nichts angefasst«, sagte der größere der beiden nicht uniformierten Cops, und ohne eine Antwort abzuwarten, schob er sich an ihm vorbei und sondierte das Grundstück. Der zweite Cop trat auf Rick zu und reichte ihm die Hand.

»Deputy Rick Barnes, richtig? Sie haben uns angerufen«, sagte er mit freundlicher Stimme. »Detective Moose, das da vorn ist mein Kollege, Detective Collins.« Er nickte in dessen Richtung. »Er ist nicht so der kommunikative Typ, mehr der Denker. Erzählen Sie mal, was wir hier haben.« Rick grinste wie ein Schüler, der gerade vor der versammelten Schulklasse vom Lehrer für das Lösen einer besonders anspruchsvollen Mathematikaufgabe gelobt wurde. Sämtliche Coolness, die er zuvor einstudiert hatte, war verflogen und er versorgte Moose mit seiner Lageeinschätzung.

»Von Sheriff Glover habe ich aber seit einiger Zeit nichts mehr gehört. Der Empfang ist schlecht zwischen den Bergen.«

Nachdem die Kollegen der Spurensicherung ihre Arbeit aufgenommen hatten, stieß Detective Collins zu seinem Kollegen, der sich mit Rick unterhielt.

»Okay, krieg ich eine Zusammenfassung?« Rick wollte gerade ansetzen, alles zu wiederholen, da unterbrach ihn Moose mit einer kurzen Handbewegung.

»Lassen Sie mich das mal machen, korrigieren Sie mich, wenn ich was nicht richtig wiedergebe.« Rick nickte und Moose richtete das Wort an Collins. »Ohne dem Rechtsmediziner vorzugreifen, handelt es sich hier um den Sohn der Familie, der wohl mit einem kräftigen Messerstich in den Hals getötet wurde, und seine Mutter, der mit einem sauberen Schnitt die Kehle aufgeschlitzt wurde.« Collins nickte, er hatte sich die Wunden der Leichen bereits genau angesehen und ergänzte, dass dem männlichen Opfer ebenfalls die Kehle durchtrennt worden war, zusätzlich zur Stichverletzung. »Dazu gleicht das Wohnzimmer einem Schlachtfeld, als ob dort ein Kampf stattgefunden hätte. Dann das zersplitterte Glas der Verandatür, gut möglich, dass es jemand eilig hatte und durchgesprungen ist, anstatt sie zu öffnen. An den weiteren Türen und Fenstern ist alles normal, keine Einbruchspuren. Der Familienvater, Edgar Conen, ist nicht hier. Soweit richtig, Deputy?«

»Ja«, antwortete Rick knapp und hing weiter gebannt an Mooses Lippen.

»In der Doppelgarage steht ein Kleinwagen, der zweite Platz ist leer. Das wird vermutlich der SUV sein, der unten gefunden wurde. Etwas weiter wurde ein Pick-up mit zersplitterten Scheiben gefunden. Der Sheriff mutmaßt, dass sie zerschossen wurden. Der Wagen wurde wahrscheinlich von einem Jonathan Hunter aus Denver gefahren, der hier in Burns Creek seine Tante besuchen wollte. An beiden Wagen finden sich Schäden, die darauf schließen lassen, dass sie sich gerammt haben. Ob sie ein Rennen gefahren sind, ein Überholvorgang missglückt ist oder ob der eine den anderen von der Fahrbahn drängen wollte, ist zur Zeit reine Spekulation.« Moose legte eine kurze Pause ein, um seinem Kollegen etwas Zeit zum Verarbeiten der Informationen zu lassen. Als der ihn mit einer Geste zum Weiterreden aufforderte, führte Moose weiter aus. »Im Pick-up fanden sich Blutspuren. Natürlich wissen wir nicht sicher, ob sie von Hunter stammen. Aber gehen wir erstmal davon aus. Dieser scheint in die Wälder geflüchtet zu sein. Der andere Fahrer, unser Familienvater, folgt ihm mutmaßlich. Warum wissen wir nicht. Sheriff Glover hat sich den beiden an die Fersen geheftet und orientiert sich an den Spuren des Verletzten. Das ist das, was wir bisher haben.« Rick sah aufgeregt von Moose zu Collins, als erwartete er, von ihm sofort die Lösung des Falls inklusive genauem Motiv und Tathergang zu erfahren. Er war sichtlich enttäuscht von der Antwort des State Police Detectives.

»Gut.« Daraufhin drehte Collins sich um und verschwand hinter der Ecke des Hauses. Moose, dem der Blick Ricks nicht entgangen war, musste schmunzeln.

»Wir sind nur Cops, keine Zauberer. Auch wir müssen ermitteln und Ergebnisse vom Labor und der Rechtsmedizin abwarten.« Er lachte auf und drückte Rick kumpelhaft die Schulter. »Wir kochen alle nur mit Wasser, mein Freund.«

***

»Verdammt!« Edgar trat frustriert nach einem Stock vor seinen Füßen, der darauf mit einem flachen Bogen hinter eine kleine Buschreihe flog und dort raschelnd landete. Er fluchte weiter, denn er war vorhin unaufmerksam gewesen und folgte für eine lange Zeit der falschen Fährte.

Mittlerweile hatte er seit über 30 Stunden nicht geschlafen und selbst der erhöhte Adrenalinspiegel, welcher ihn die erste Zeit der Jagd fast hatte fliegen lassen, war inzwischen merklich abgesunken. Edgar konnte die Signale seines Körpers nicht mehr beiseiteschieben: Er brauchte dringend Schlaf.

Minute für Minute hatte er die Distanz zu der Schlampe verringern können, da war er sicher, aber in den letzten zwei, drei Stunden hatte er bestimmt viel Zeit wieder eingebüßt. Würde er in diesem Zustand weitergehen, so befürchtete er, würde sie ihm entkommen. Das dürfte nicht sein.

Die Dämmerung zog langsam über das Land. Edgar besänftigte seinen Jagdtrieb damit, dass die beiden in der Nacht ebenfalls nicht nennenswert vorankämen. Außerdem war das Miststück verletzt, rief er sich ins Gedächtnis. Ein paar Mützen Schlaf und im Morgengrauen würde es für die beiden ein böses und vor allem letztes Erwachen geben.

Edgar beschloss, sich nach einem geeigneten Platz für die Nacht umzuschauen. Nach einiger Zeit steuerte er direkt auf zwei umgestürzte Baumstämme zu, die sich so ineinander verkeilt hatten, dass sich durch die Verzweigung unter ihnen eine Höhle bildete, die nach hinten geschlossen war. Das musste Fügung sein, dachte er dankbar, da schien jemand von ganz oben ein Auge auf ihn zu haben. Er unterzog die nähere Umgebung einer Inspektion, befand sie für ungefährlich und errichtete sein Lager.

Kapitel 12

Sie hatten die Hütte erreicht. Jonathan setzte gerade an, nach den Bewohnern zu rufen, da erschraken sie: Die Tür wurde aufgerissen und eine Gestalt baute sich vor ihnen auf.

»Stehenbleiben! Wer seid ihr und was wollt ihr?«, forderte eine schneidende Frauenstimme die beiden auf, nicht weiterzugehen. Der aggressive Tonfall und nicht zuletzt der Doppellauf des Gewehres, welches die etwa 30-jährige Frau auf beide richtete, duldeten keinen Widerspruch. Sofort verharrten sie in der Bewegung.

»Mein Name ist Jonathan Hunter und das ist Kerry. Sie müssen uns helfen«, sagte Jonathan mit krächzender Stimme und deutete dann auf Kerry. »Sie ist verletzt. Angeschossen von einem Irren, der hinter uns her ist.« Er spürte, wie die Frau zwischen Skepsis und Neugierde schwankte.

»Wir sind unbewaffnet«, sagte Kerry und breitete ihre Arme aus, um dies zu unterstreichen. Jonathan tat es ihr nach.

Sie beäugte die beiden argwöhnisch und suchte die Umgebung mit konzentriertem Blick ab.

»Was heißt, ein Irrer ist hinter euch her? Wo ist er?«

Jonathan machte eine beschwichtigende Geste und antwortete ihr:

»Wir haben ihn abgehängt, schon vor vielen Meilen. Aber wir brauchen einen Unterschlupf.

Unsere Kräfte sind erschöpft. Bitte!« Langsam ließ sie ihre Waffe sinken.

»Ich bin Gina.« Sie trat zur Seite und machte den Durchgangsbereich frei. »Kommt rein. Ihr seht nicht gut aus. Und ihr braucht mich nicht zu siezen.« Jonathan atmete erleichtert laut aus.

»Danke, Gina, Sie sind ... du bist unsere Rettung.« Nach wenigen Schritten standen sie im rustikal eingerichteten, kombinierten Wohn- und Küchenbereich des Blockhauses, von dem einige Türen abgingen. Zu den Schlafbereichen und dem Bad, vermutete Jonathan.

»Setzt euch«, sagte sie und deutete auf die Sitzecke, von der aus man durch eine Tür auf die Veranda gelangte. In der Ferne konnte Jonathan einen See erkennen, dessen Oberfläche durch das Licht der untergehenden Sonne zum Glitzern gebracht wurde. Hinter dem See über den Baumkronen erkannte er den Kamm eines dahinter verlaufenden Gebirgszuges. Wenn die Situation nicht so dramatisch gewesen wäre, hätte er dieses Postkartenpanorama genießen können.

»Danke«, antworteten beide fast gleichzeitig und suchten sich jeder einen Sessel. »Bist du aus Schweden?«, fragte Jonathan. Gina brachte einen Krug Wasser und schenkte jedem ein großes Glas voll ein, welches die beiden gierig tranken.

»Oh, ihr habt es wohl nötig«, sagte sie und goss nach. »Wegen meines Akzentes? Nein, ich bin aus den Niederlanden, aber ich lebe schon seit über zehn

Jahren hier in den Staaten. Soll ich mir deine Verletzung mal ansehen?« Gina zeigte auf Kerrys Arm. »Ich kenne mich damit ganz gut aus.« Kerry folgte Ginas Blick. Zögerlich nickte sie und hob den Arm etwas an, damit ihre Gastgeberin ihn besser sehen konnte. Vorsichtig nahm sie ihr den provisorischen Verband ab. Kerry sog scharf die Luft ein, als sie mit einem kleinen Ruck das mit der Wunde verklebte Ende entfernte. Gina stand auf und verschwand hinter einer der Türen. Durch den Spalt konnte Jonathan ein Waschbecken unter einem Spiegelschrank erkennen. Dort war also das Bad. Sie hörten das Öffnen und Schließen von Schranktüren und das Klackern, welches entstand, wenn Glas gegeneinander schlug.

Wenig später trat Gina wieder in den Wohnraum. Sie trug eine Kunststoffschale, die wie ein Miniaturwäschekorb aussah. Darin lagen Mullbinden, braune Flaschen und eine Verbandsschere. Sie hockte sich auf Kerrys Sessellehne und stellte ihr die Schale auf den Schoß.

»Du hattest Glück, das ist eine oberflächliche Verletzung. Sie hat sich zwar etwas entzündet, aber du wirkst sehr vital. Dein Immunsystem schafft das schon.« Sie lächelte Kerry aufmunternd zu, während sie mit einem Wattebausch ihre Wunde abtupfte, den sie vorher in einer der braunen Flaschen getränkt hatte. »Und dieses Zeug wird dir dabei helfen.« Während sich Gina um die Verletzung kümmerte, erzählte Jonathan in einer Kurzfassung, was ihnen widerfahren war. Kerry nickte hin und wieder bestätigend und führte selbst das Drama aus, welches dieser Hetz-jagd vorangegangen war. Gina schluckte mehrmals. Jonathan merkte, dass sie etwas Angst bekam, es aber überspielen wollte. Als er wiederholte, dass sie ihn seit ihrem Sprung in den Fluss nicht mehr gesehen hatten, was einige Meilen entfernt und viele Stunden her war, entspannte sich Gina etwas. Jonathan spürte, dass auch er sich sicherer fühlte, nachdem er es laut ausgesprochen hatte.

»Deswegen sind wir heilfroh, dass wir dich und die Hütte gefunden haben. Wir müssen so schnell wie möglich die Polizei benachrichtigen. Denn trotz alle-dem läuft der Typ immer noch frei herum.« Er sah Gina mit einem offenen Lächeln an. Doch so schnell, wie sein Lächeln erschienen war, verschwand es auch wieder, als er ihren zögerlichen Gesichtsausdruck bemerkte. »Du hast doch bestimmt ein Handy.«

Gina schüttelte langsam den Kopf:

»Wozu sollte ich hier in der Natur ein Handy dabei haben? Selbst wenn man mal absieht von der Erholung, die ohne Erreichbarkeit einfach besser ist, der Empfang hier lässt sowieso keine Kommuni-kation zu. Wir sind im nördlichen Idaho, fast in Kanada. Bei den wenigen Bewohnern in dieser Gegend glaubst du doch nicht wirklich, dass es ein flächendeckendes Handynetz gibt?« Jonathan über-legte. Natürlich, er war oft genug hier unterwegs in den letzten Jahren und sein Handy hatte er nach dem zweiten oder dritten Ausflug immer daheim gelassen, da es eh sinnlos war. Er raufte sich die Haare.

»OK, aber der Wagen. Der ist doch in Ordnung, oder?«

Gina befestigte das Ende des Verbandes mit einem Pflaster und begann, die Sachen wieder in die Schale zu legen.

»Ja, sicher ist der Wagen in Ordnung.«

»Aber?«, fragte er, obwohl er sich ziemlich sicher war, die Antwort nicht hören zu wollen.

»Der Regen«, begann sie, »es hat so viel geregnet in den letzten Wochen. Er hat den Weg unterspült, dort, wo es meterweit abschüssig ist. Ich bin hier seit sieben Tagen abgeschnitten von der restlichen Welt.«

Jonathan sah zu Gina, dann zu Kerry, die ebenso ungläubig schaute, wie er es von sich vermutete, und dann wieder zu Gina.

»Und seitdem wartest du darauf, dass ... ja, auf was überhaupt?« Gina sah ihn verärgert an.

»Das ist ziemlich unverschämt, findest du nicht?« Er hab entschuldigend die Hände.

»Sorry, ja. Aber wie kommen wir hier weg?«

»Ich bin seit Tagen dabei, Sand vom See zu holen, um damit den Weg auszubessern, damit ich mit dem Wagen da rüberkomme. Dafür, dass ich allein geschuftet habe, habe ich bereits ziemlich viel geschafft. Wenn ihr beiden morgen mithelft, sollten wir das bewältigen. Danach bringe ich euch, wohin ihr wollt, und fahre selbst so weit weg von dieser Einöde, wie nur möglich. Am besten zurück nach Rotterdam.« Durch Ginas Erklärung wurde auch Jonathan klar, dass es sich bei dem kleinen Gefährt, welches er in der Nähe des Sees ausgemacht hatte, um den Anhänger handelte.

»Warum holst du den Sand vom See?« Sofort winkte er mit der Hand ab, weil er natürlich selbst wusste, dass der vom See wesentlich lockerer und leichter abzutransportieren war, als der von Wurzeln durchzogene, feste Waldboden. Gina ging nicht weiter darauf ein, sondern machte sich auf den Weg zum Kühlschrank und holte ein paar Tüten und Schalen hervor.

»Ihr habt sicher Hunger.« Die Angesprochenen nickten. »Das denke ich mir. Dann werde ich uns mal etwas zaubern. Zum Glück habe ich Vorräte für einige Wochen dabei.« Gina zögerte kurz. »Was haltet ihr davon, euch erstmal richtig aufzuwärmen? Ihr seht echt schlimm aus. In der Dusche gibt es heißes Wasser.« Sie nickte in Richtung Bad, aus dem sie vorhin das Verbandsmaterial geholt hatte.

»Oh ja, danke«, sagte Jonathan. »Geh du zuerst, Kerry.«

»Okay«, antwortete sie nach einem Moment. Sie sah wirklich elend aus, ging es ihm durch den Sinn, als sein Blick ihrem humpelnden Gang folgte. Dass sein Äußeres kaum besser wirkte, nahm er nicht wahr.

»Und wirf dein Kleid in den Eimer unter dem Waschbecken«, rief Gina ihr hinterher. »Ich suche dir gleich ein paar Sachen von mir raus und geb sie dir rein!« Sie taxierte Jonathan aus der Küchenecke heraus. »Bei dir wird es etwas schwieriger. Ach halt,

da fällt mir etwas ein.« Jonathan guckte seiner Gastgeberin, die mit schnellen Schritten nach draußen verschwand, verdutzt hinterher.

***

Sheriff Ben Glover parkte zwischen dem Dienstwagen
seines Deputys und dem schwarzen Fahrzeug, das er
den Jungs von der State Police zuordnete. Er warf im
Vorbeigehen einen Blick hinein, konnte wegen der
getönten Scheiben jedoch kaum etwas erkennen,
zumal sich die Dämmerung sehr fortgeschritten
zeigte.

Er betrat Louisas Inn und wurde sofort von der auf-
geregten Inhaberin empfangen und in einen Neben-
raum geführt. Dieser war kurzerhand von den betei-
ligten Polizisten zum provisorischen Koordinierungs-
center deklariert worden.

Nachdem er Louisa kurz mit seinen spärlichen
Informationen versorgt hatte, ließ die rothaarige Frau
die Polizisten allein.

»Meldet ihr euch, wenn ihr etwas braucht?«

»Machen wir«, entgegnete Ben, die anderen Cops
nickten. Sie machten sich kurz bekannt, bevor Ben
auch ihnen Bericht erstattete. Er rieb sich verwundert
die Augen, als er von Moose die vorläufige
Zusammenfassung der Fakten vom Haus der Conens
bekam. Durch die schlechte Funkverbindung hatte er
vorher nicht jedes Detail mitbekommen.

»Und da wir im Haus die Kleidung und vor allem die Papiere einer weiteren Person gefunden haben«, er schaute auf seinen Notizzettel, »laut Ausweis handelt es sich um Kerry Harrington, gemeldet in Sandpoint, gehen wir momentan davon aus, dass Edgar Conen, aus welchem Grund auch immer, seine Frau und seinen Sohn umgebracht hat und wahrscheinlich auch diese Kerry erwischen wollte. Nach den Fußspuren auf dem Rasen zu schließen, ist ihr die Flucht gelungen, nachdem sie zuvor durch die Glasscheibe der verschlossenen Verandatür gesprungen ist.« Detective Moose griff nach seinem Wasserglas und trank einen Schluck.

»Wenn das so ist«, begann Ben, »dann ist also denkbar, dass dieses Mädchen dem Städter begegnet ist und er sie mitgenommen hat. Dies hat Edgar Conen jedoch gemerkt und daraufhin beide gejagt.« Moose und Collins sahen den Sheriff an und warteten darauf, dass er weitersprach. »Das würde die Blechschäden an den Fahrzeugen erklären. Und auch, dass beim Wagen des Jungen beide Türen offenstanden, als wir ihn fanden.« Die letzten Sätze sprach er mehr zu sich selbst, da ihm gerade erst bewusst wurde, nach welch einem gefährlichen Menschen er den ganzen Tag gesucht hatte und was passieren hätte können, wenn er auf ihn gestoßen wäre. Ben schluckte.

»Demnach ist es wahrscheinlich, dass das Blut im Auto von dieser Kerry stammt«, folgerte Collins. Ben nickte wie in Trance.

»Wie geht es nun weiter?«, fragte Deputy Rick Barnes in die Runde. Moose übernahm wieder das Wort. Er stand auf und drehte sich zur hinter ihm liegenden, vertäfelten Wand, an der eine Karte der Gegend hing, die der aus dem Sheriffbüro in Sandpoint ähnelte, nur zeigte sie einen kleineren Bereich. Die Stellen, an denen die Fahrzeuge gefunden wurden, und das Haus der Conens waren bereits mit einem Stift darauf markiert worden.

»Leider können wir keinen Helikopter bekommen. Die stehen uns wegen des Besuchs unseres geliebten Vizepräsidenten morgen in Boise nicht zur Verfügung.« Er verdrehte leicht die Augen. »Das ist natürlich wichtiger als das Leben zweier einfacher Menschen. Na ja, jedenfalls hat unsere Gastgeberin bereits einige Männer zusammengetrommelt. Ein paar haben Hunde dabei. Das heißt, wir starten im Morgengrauen eine breit angelegte Suchaktion. Wir können doch auf Sie und Ihre Männer zählen, Sheriff?« Zu gern hätte Ben geantwortet, dass ihn das jetzt einen Scheißdreck anginge und er sich um wichtige Dinge in Sandpoint kümmern müsse, aber ihm war klar, dass es seinem Image nicht zuträglich sein würde, wenn sich das herumspräche.

»Selbstverständlich«, erwiderte er daher. Die Augen seines Deputys glänzten, war das für ihn doch alles zum ersten Mal seit langer Zeit richtige Polizeiarbeit. Und wer weiß, vielleicht würden die Detectives ihn bei seiner nächsten Bewerbung wohlwollend erwähnen. Ben drehte überrascht den Kopf, als es an der Tür klopfte und Sam eintrat.

»Da bin ich. Louisa sagte, ihr könntet meine Hilfe gebrauchen?« Sam war das Urgestein in Burns Creek und niemand kannte die Gegend hier so gut wie er. Nach einer solchen Person gefragt hatte Louisa den Detectives sofort den Inhaber des Drugstores empfohlen.

Moose weihte Sam in ihre Pläne ein.

»Jetzt kommen Sie ins Spiel, Sam«, sagte er und schaute zur Karte. »Wo sollen wir anfangen?«

***

Dankbar sog Jonathan die entstandene Situationskomik auf, als sich die beiden in ihrem neuen Outfit im Wohnzimmer gegenüberstanden.

Kerry musste die Hosenbeine der Jeans hochschlagen und das grüne Shirt, welches ihr die einen halben Kopf größere und etwas kräftigere Gina gegeben hatte, hing sackartig an ihr herunter. Dennoch konnte er das bewundernde Lächeln, welches ihm bei ihrem Anblick über das Gesicht huschte, nicht unterdrücken. Kerry schien es bemerkt zu haben, wenn er ihren zufriedenen Ausdruck richtig deutete. Doch er sah sie das erste Mal mit sauberen, wenn auch nicht figurbetonenden Klamotten und mit gewaschenen Haaren, die sie zu einem Pferdeschwanz gebunden hatte. Sie sah umwerfend aus.

Jonathan selbst hatte es nicht unbedingt moderner erwischt. Gina war eingefallen, dass sie im Schuppen neben dem Haus eine mit Arbeitskleidung gefüllte Kiste gesehen hatte, als sie mal nach dem Generator schaute. Sie vermutete, dass sie dem alten Ramsey gehörte, der seit Jahren bei seiner Tochter in Salt Lake City lebte und seine Hütte gern mal vermietete, um seine Kasse aufzubessern. Auch sie hatte über Umwege von dieser Möglichkeit erfahren und machte schon seit einigen Wochen Urlaub im Blockhaus, welches von den Einheimischen Ramseys Farm genannt wurde. Obwohl hier niemals Land- oder Viehwirtschaft betrieben worden war.

Aus dieser Kiste stammten das karierte Holzfällerhemd und eine braune Stoffhose, die stilgerecht mit Gummihosenträgern gehalten wurde. Trotz seiner kräftigen Statur hingen die Sachen auch an Jonathan herunter. Offensichtlich waren sie mal von einem wesentlich korpulenteren Kerl getragen worden.

»So, John-Boy und Elisabeth, kommt essen«, rief Gina die beiden, inspiriert von Jonathans Kleidung, in Anspielung auf *Die Waltons*, einer amerikanischen Familienserie, die in den 1930er-40er-Jahren angesiedelt war. Die beiden schauten sich fragend an. »Die Jugend von heute kennt nichts Gutes mehr.« Sie lachte und füllte die Teller ihrer Gäste.

Selten schlang Jonathan in dem Tempo sein Essen hinunter, wie gerade. Noch am letzten Bissen kauend half er Gina beim Abräumen des Tisches.

»Wie geht es jetzt weiter?«, fragte Kerry ruhig. Gina stellte die Teller in die Spüle und griff nach einem Lappen.

»Heute können wir nichts mehr machen. Wir werden morgen früh mit einer Ladung runterfahren und wenn wir Glück haben, können wir danach den Weg mit dem Wagen passieren.«

»Und wenn wir kein Glück haben?«

»Dann, junge Frau, müssen wir eine zweite Fuhre holen. Aber ich denke, dass eine reichen wird.«

»Und sonst werden wir zu Fuß weiter gehen«, mischte sich Jonathan ein. »Wie weit ist es von dort bis nach Burns Creek?« Gina runzelte die Stirn.

»Ganz genau weiß ich es nicht, aber ich schätze schon, dass es mindestens zehn Meilen sind, wenn man auf dem Weg bleibt. Ob man das zu Fuß abkürzen kann, keine Ahnung. Ich würde es jedenfalls nicht versuchen.« Plötzlich schlug sie sich mit der Hand vor die Stirn. »Mensch, ich hab doch eine Karte im Auto. Wartet, ich hole sie.«

Wenig später steckten die drei ihre Köpfe über der laminierten Karte zusammen. Wie jedem Urlauber auf Ramseys Farm hatte ihr Sam, der quasi als Verwalter fungierte, die Karte zusammen mit den Schlüsseln und Hinweisen für die Handhabung der technischen Geräte bei ihrer Anreise übergeben.

»Dort ungefähr ist die Baustelle.« Gina zeigte auf einen Punkt, der laut des auf der Karte angegebenen Maßstabes eine gute Meile von der Hütte entfernt war. Der Weg verlief mit einigen Kurven durch bewaldetes und von Felsen durchzogenes Gebiet, bis er schließlich in die Ruby Road mündete. Die Straße, auf der sie von dem Irren attackiert wurden. Jonathan bestätigte gedanklich die Schätzung Ginas. Und wenn er der Karte Glauben schenken konnte, wäre es Wahnsinn, sich zu Fuß abseits des Weges durchzuschlagen.

»Ich denke, wir müssen es so machen, wie du vorgeschlagen hast.«

»Einverstanden«, sagte Kerry müde. Gina war bereits vorher aufgefallen, dass das Mädchen ihre Augen kaum noch offen halten konnte.

»Wie wäre es, wenn ihr erstmal etwas Schlaf nachholen würdet?« Sie deutete auf die Tür neben dem Bad. »Da stehen zwei Betten.«

»Gute Idee, danke. Aber einer von uns muss wach bleiben. Nicht, dass uns der Wahnsinnige doch findet und uns überrascht.« Jonathan hätte gern auf die Warnung verzichtet und er ärgerte sich kurz über sich selbst, als er den ängstlichen Ausdruck auf Ginas Gesicht sah.

»Ihr sagtet doch, dass er euch verloren hat?«, fragte sie mit Unsicherheit in ihrer Stimme.

»Beruhige dich«, sagte Jonathan und legte ihr seine Hand auf den Unterarm. »Davon gehe ich auch stark aus, aber sicher ist sicher.« Sein überzeugender Ton schien Gina etwas zu entspannen.

»Okay«, sagte sie schließlich und atmete hörbar aus.

»Weck mich in ein paar Stunden, dann übernehme ich. Und morgen Mittag lachen wir schon über den heutigen Abend.« Kerry war zwischenzeitlich aufgestanden und in das Gästezimmer geschlichen. Jonathan folgte ihr eine halbe Stunde später. Er legte sich auf das ihrem Bett gegenüberstehende und beobachtete eine Weile ihr engelsgleiches Gesicht, welches vom Mond in ein schummriges, weiches Licht getaucht wurde. Gina schien auf Zack zu sein. Mit ihr in unserem *Team* wird alles gut gehen. Nicht mehr lange, und ich sitze über meiner Abschlussarbeit. Dann überkam die Erschöpfung auch ihn.

Kapitel 13

Ben spürte, dass sein Deputy, Owen May, versuchte, sich seine Verärgerung nicht anmerken zu lassen. Bereits zu Beginn seiner Schicht hatte dieser zu recht befürchtet, dass er den heutigen Tag noch dranhängen müsste. Natürlich war es nachvollziehbar, dachte Ben, dass das Büro in Sandpoint nicht einen weiteren Tag verwaist bleiben dürfte, auch wenn in der Gegend nicht viel passierte. So nahm er schulterzuckend das gequälte Lächeln von Owen zur Kenntnis.

»Holt euch den Schweinehund«, hörte Ben ihn noch hinterherrufen und wahrscheinlich musste er den Nachsatz unterdrücken, dass sie sich dabei beeilen sollten.

»Bis später. Bleib am Funk«, befahl Ben und schloss hinter sich die Tür. Den erhobenen Mittelfinger seines Deputys konnte er nicht mehr sehen.

»Und, Ben, was meinst du? Kriegen wir den Kerl?«, fragte Rick, der für Bens Dafürhalten mal wieder viel zu munter wirkte – schließlich war es gerade erst kurz nach 5 Uhr.

»Sicher«, antwortete er knapp. Bevor Rick zu weiteren Fragen ansetzen konnte, schob Ben hinterher: »Und jetzt konzentriere dich auf die Straße.« Enttäuscht darüber, kein Fachgespräch mit seinem Chef im wahrscheinlich aufregendsten Fall seiner bisherigen Karriere führen zu können, grunzte er kurz und

114

richtete seinen Blick nach vorn. Aus dem Augenwinkel sah er, dass Bens Kopf an der Scheibe des Seitenfensters lehnte und kurz darauf vernahm er Schnarchgeräusche des Sheriffs, die er nur zu gut kannte. Schließlich haute Ben sich fast täglich einige Stunden zu Dienstbeginn in einer der Zellen aufs Ohr, während er vorne den Laden schmiss.

Detective Moose und sein Partner hatten die kurze Nacht in einem von Louisas Gästezimmern verbracht. Gerade goss sie ihnen frischen Kaffee nach, als Ben und sein Deputy eintraten. Auch Sam saß bereits am Tisch und im Saloon versammelten sich langsam die freiwilligen Helfer. Das gelegentliche Gebell einiger Hunde drang in ihren Besprechungsraum.

Nach einer kurzen Begrüßung sagte Moose:

»Okay, kommen wir gleich zur Sache. Wir haben gestern ja bereits besprochen, wie wir die Aktion angehen.« Er wartete, bis die Anwesenden zustimmend genickt hatten. »Ich habe gesehen, dass einige Helfer bewaffnet sind. Passt auf, dass nicht wild herumgeballert wird. Das Letzte, was wir gebrauchen können, ist, wenn sich die Männer gegenseitig anschießen.«

»Das habe ich den Leuten heute Nacht bereits gesagt«, mischte sich Sam ein, »aber es wird besser sein, wenn Ben es nochmal vor allen wiederholt. Die Raubeine hier haben einfach vor Uniformierten mehr Respekt.«

»Kein Problem«, sagte Ben.

»Wir werden vier etwa gleich große Trupps bilden, die je einer von uns anführt.«

»Wie verständigen wir uns denn unterwegs?«, wollte Rick wissen. Collins griff in eine Kiste neben dem Tisch, zog vier Funkgeräte raus und legte sie vor sich auf den Tisch.

»Wir gehen auf Kanal 2«, sagte er knapp und schob jedem der Polizisten eines der handlichen Geräte hin.

»Dann lasst uns rübergehen«, sagte Ben, nachdem er seines eingestellt und in der Jackentasche verschwinden lassen hatte.

Trotz der frühen Morgenstunde schienen die meisten Freiwilligen im Saal bereits hellwach zu sein. Angeregt unterhielten sie sich, lachten und raunten sich gegenseitig freundschaftlich gemeinte Beleidigungen an den Kopf. Der Geräuschpegel ebbte abrupt ab, als die Polizisten und Sam zu ihnen traten. Ben ergriff das Wort:

»Howdy, Männer«, begann er, wartete kurz die Erwiderungen ab und fuhr fort. »Ihr wisst, worum es geht. Edgar Conen scheinen die Sicherungen durchgebrannt zu sein und er ist auf der Jagd nach Louisas Neffen und einer jungen Frau.« Sofort brandete die Lautstärke wieder auf.

»Ruhig, Männer, hört bitte zu«, schaltete sich Sam ein und hob beschwichtigend die Arme. Danach erklärte Ben das weitere Vorgehen und teilte vier Gruppen ein, wobei er darauf achtete, dass in jeder davon jeweils ein Hund mit Herrchen zugeordnet war.

»Gruppe eins geht mit mir, Gruppe zwei mit meinem Deputy, Gruppe drei mit Detective Moose und die vierte mit Detective Collins«, klärte er auf und zeigte jeweils auf den betreffenden Kollegen. »Und vergesst nicht: Das ist keine Hetzjagd. Geschossen wird nur in einer Notsituation oder wenn wir –«, dabei zeigte er abermals auf seine Kollegen und sich, »es anordnen.«

»Habt ihr das verstanden, ihr gottverdammten Hinterwäldler?«, rief Sam in die Menge.

»Worauf du dich verlassen kannst, Sam!«, antwortete ein Bär von einem Mann, dessen Vollbart fast sein ganzes Gesicht bedeckte. Andere stimmten ein.

»Deswegen liebe ich diese Rednecks: Du kannst ihnen alles an den Kopf werfen, aber sie nehmen dir nichts krumm und lachen und trinken trotzdem einen mit dir«, flüsterte Moose seinem Kollegen Collins zu. Der zuckte nur kurz mit den Schultern, waren ihm doch zivilisierte Menschen in der Stadt deutlich vertrauter.

»Dann lasst uns loslegen und Louisa ihren Neffen wiederbringen«, sagte Ben und setzte sich in Bewegung.

***

Ein schrilles Pfeifen ließ Jonathan aus seinem tiefen Schlaf hochschrecken. Das erste Tageslicht fiel durch den Spalt zwischen den zusammengezogenen Baumwollvorhängen. Er schüttelte sich kurz, dann schaute er zur immer noch schlafenden Kerry. Er lächelte und bewunderte den Anblick ihres hellblonden Haares, das durch die Sonnenstrahlen golden schimmerte.

»Ich komm ja schon«, hörte er Gina in der Küche rufen, im nächsten Moment verstummte das Pfeifen. Er wuchtete sich aus dem Bett und schlurfte nur mit Unterhose und T-Shirt bekleidet zu ihrer Gastgeberin, die gerade dampfend heißes Wasser aus einem Blechtopf in eine Kaffeekanne goss.

»Ah, daher der Krach«, nuschelte er und erntete ein Lächeln von Gina. Der Geruch von gebratenem Speck und frischem Kaffee stieg in seine Nase.

»Guten Morgen, Jonathan, jetzt brauche ich euch wenigstens nicht mehr zu wecken. Wozu Campingausrüstung doch gut sein kann.« Er nickte und setzte sich an den Tisch mit einer Platte aus massivem Holz. Sie schenkte den Kaffee in eine Tasse und schob sie ihm hinüber.

»Danke, aber Kerry schläft noch, die müssen wir –«. Er unterbrach sich und folgte dem Blick Ginas über seine Schultern hinweg, die sagte:

»Guten Morgen, Kerry, wie geht's dir?«

»Morgen«, murmelte sie, »geht so.« Sie humpelte leicht und verzog bei jedem Schritt kurz das Gesicht. Umständlich zog sie einen Stuhl vom Tisch und ließ sich darauf fallen, sodass sie gegenüber von Jonathan saß.

»Ich glaube, ich bin zu dick, wenn ich sehe, dass du eines meiner Shirts als Nachthemd tragen kannst.«

Kerry blickte an sich hinunter und strich über den weichen Stoff.

»Das hat damit zu tun, dass Kerry nur eine Handbreit größer als ein Hausschwein ist, aber keinesfalls mit deinem Gewicht.« Er zwinkerte Gina zu und bekam einen bösen Blick von Kerry.

Nachdem Gina auch ihr einen Becher hingeschoben und Kerry die ersten Schlucke getrunken hatte, war die allgemeine Müdigkeit in der Küche deutlich reduziert.

»Ich habe den Wagen zum See gefahren, wir können anfangen, sobald ihr mit dem Frühstück fertig seid.« Mit diesen Worten stellte sie den beiden jeweils einen Teller Rührei mit gebratenem Speck und einer Scheibe Brot vor ihre Nase, worauf sowohl Kerry als auch Jonathan anfingen, es herunterzuschlingen. »Und Kerry, es geht mir einfach nicht aus dem Kopf, irgendwoher kenn ich dich.«

Kerry unterbrach das Kauen und sah zu ihr hoch.

»Tut mir leid, aber ich habe keine Ahnung, wo wir uns gesehen haben sollten.« Gina zeigte ein verschwörerisches Lächeln.

»Ich komm schon noch drauf.«

»Na dann viel Glück dabei, in Europa war ich jedenfalls noch nie«, antwortete Kerry und ahmte den Gesichtsausdruck Ginas nach.

»Vielleicht auf dem Cover von `ner Modezeitschrift?«, warf Jonathan flirtend dazwischen und erhielt dieses Mal ein Lächeln seiner Gefährtin dafür.

Kerry und Jonathan zogen sich nach dem Essen ihre Klamotten an, während Gina die Küche aufräumte. Kurz darauf brachen sie zum See auf.

Die Werkstatt auf Ramseys Farm war gut sortiert, so konnte jeder mit einer Schaufel oder einem Spaten seinen Teil dazu beitragen, dass sie den Anhänger in kürzester Zeit befüllt hatten.

»Das reicht«, sagte Gina und zeigte auf die Reifen, die bereits gefährlich nachgaben. »Ich möchte nicht riskieren, dass der Anhänger auf halbem Wege zusammenbricht.« Sie warfen die Werkzeuge oben auf die Ladung und fuhren langsam über die offene Fläche, passierten die Hütte und folgten dem teilweise mit mächtigen Schlaglöchern gesäumten Weg in Richtung Ruby Road.

»Jetzt verstehe ich, warum du dir Sorgen gemacht hast«, sagte Jonathan, als der Anhänger nicht zum ersten Mal bedrohliche Geräusche von sich gab, nachdem er einen weiteren Schlag vom Weg einstecken hatte müssen. Glücklicherweise erwies er sich jedoch als robust und überstand die restliche Fahrt.

Am Ziel angekommen stiegen sie aus dem Wagen. Jonathan zog seine Augenbrauen hoch, als er die Baustelle und die nähere Umgebung inspizierte. Dieses Teilstück wirkte auf den ersten Blick wie ein Vorsprung einer Felswand, nur war dieser Vorsprung der Weg, den sie mit dem Wagen passieren müssten.

Der Abhang rechts fiel seiner Schätzung nach mindestens zwanzig Meter steil bergab, einzelne dünne Bäume ragten aus dem überwiegend felsigen

Untergrund, bis das Gefälle deutlich abnahm und schließlich in eine großflächige Ebene mündete. Er konnte sich kaum vorstellen, dass man einen Sturz dort hinunter mit dem Wagen überleben könnte. Links rahmte ein dicht von Bäumen bewachsenes Waldstück den Weg, das zwar auch anstieg, was aber in keinem Verhältnis zum Abgrund auf der rechten Seite stand. Was ihn allerdings mehr in Erstaunen versetzte, waren die von Gina geleisteten Bauarbeiten am Untergrund. Etwa durch die Mitte des höchstens drei Meter breiten Weges zog sich ein Riss, wobei die rechte Hälfte sprichwörtlich wie vom Erdboden verschluckt schien.

»Wow, bist du Architektin? Oder Tischlerin?«, fragte Jonathan und zeigte auf die Einschalung, die Gina in den letzten Tagen angebracht hatte, sodass auf einer Länge von etwa vier Metern dort, wo vor dem Unterspülen der rechte Wegesrand gewesen war, jetzt mehrere Bretter ähnlich wie Leitplanken den seitlichen Abschluss bildeten. Sie waren an in den Boden gerammten Pflöcken befestigt. Den durch diese Konstruktion entstandenen Hohlraum hatte Gina fast bis auf die Höhe des verbliebenen Weges mit dem Sand vom See aufgefüllt.

»Nein«, erwiderte sie nicht ohne Stolz. »Ich bin lediglich handwerklich nicht unbegabt – das ist eine Grundvoraussetzung, um Ramseys Hütte überhaupt mieten zu dürfen.«

»Jetzt weißt du auch, warum«, sagte Jonathan und lachte kurz auf.

»Bist du sicher, dass es halten wird?«, warf Kerry ein. Gina zuckte mit den Schultern.

»Das hoffe ich, Gewissheit bekommen wir nachher. Aber es steht dir beziehungsweise euch natürlich frei, den Weg zu Fuß zu laufen.« Jonathan schüttelte den Kopf.

»Nein, darüber haben wir gestern doch gesprochen. Das würde ewig dauern.« Er schaute von der Baustelle zum Wagen und wieder zurück. »Wenn wir den Sand gut genug verdichten, sollte es für das eine Mal halten. Wir müssen einfach schnellstmöglich drüberfahren.« Gina nickte zustimmend.

»Wenn du meinst«, gab Kerry klein bei.

Da sie den Wagen nicht wenden konnten und somit nicht direkt mit dem Anhänger an die Baustelle kamen, dauerte das Herunterschaufeln und Schleppen der Fracht deutlich länger als das Beladen am See. Trotz der kühlen Temperaturen tropfte ihnen der Schweiß von der Stirn, was etliche Mücken als Einladung fehlinterpretierten.

Allen Widrigkeiten zum Trotz schafften sie es, die komplette Ladung Sand in die Lücke zu füllen, und betrachteten nach getaner Arbeit ihr Werk.

»Mist«, sagte Gina, »das reicht doch nicht.« Sie ließ ihre Schultern hängen und seufzte.

»So viel fehlt nicht mehr«, beruhigte sie Jonathan. »Vielleicht noch eine halbe Ladung. Vorschlag: Ihr beiden fahrt zum See und holt das Zeug. In der Zwischenzeit versuche ich, den Sand möglichst fest zu treten. Ich bin der schwerste von uns.« Er schaute die Frauen im Wechsel an.

»Können wir so machen«, sagte Kerry. »Kommst du, Gina?« Gina nickte, warf ihre Schaufel auf die Ladefläche und stieg in den Wagen. Etwas besorgt guckte Jonathan den beiden hinterher, da Gina das Gespann ungefähr hundert Meter rückwärts rangieren musste, bevor sie eine Möglichkeit hatte, in die andere Richtung zu wenden. Als sie nach wenigen Sekunden hinter einer Kurve und aus seinem Sichtfeld verschwunden waren, stöhnte er kurz auf und machte sich an die Arbeit.

***

Ein über sein Gesicht krabbelnder Käfer weckte Edgar aus seinem unruhigen Schlaf. Er wischte das Getier mit seiner Hand weg und es dauerte einen Moment, bis sich die Ereignisse der vergangenen Stunden wieder in seinem Kopf ausbreiteten. Der sofort aufbrandende Hass ließ ihn die Schmerzen verdrängen, die sein Körper ihn als Quittung für das unbequeme Nachtlager vom kleinen Zeh bis zu den Haarwurzeln spüren ließ. Wenigstens hat es nicht geregnet, dachte er grimmig und wuchtete seinen Körper aus dem höhlenähnlichen Bau, der in dieser Nacht sein Schlafzimmer ersetzt hatte. »Wo seid ihr?«, fragte er sich leise. Er würde sie schon finden. Mit beiden Händen klopfte er seine Kleidung ab, von der weitere Käfer und einige Spinnen herunterfielen, wie auch kleine Äste und Krümel des Waldbodens.

Nach einigen Schritten merkte er, wie gut ihm die paar Stunden Schlaf getan hatten. Auch wenn der unbändige Zorn weiter seine treibende Kraft war, sah er in seinem ausgeruhten Zustand doch alles viel klarer. Und diese Tatsache, war er sicher, würde der Schlampe definitiv zum Verhängnis werden. Kurz überlegte er, wohin es die beiden getrieben haben könnte. Falls sie überhaupt noch vorwärtskamen mit ihren Verletzungen und der körperlichen Schwäche. Er konnte sich nicht vorstellen, dass sie unterwegs ein Lunchpaket gefunden hätten.

Es dauerte nicht lange, bis er auf einen Fußabdruck stieß, den er eindeutig dem Mann zuordnen konnte, der mit dem Miststück zusammen war. Zufrieden darüber, seiner Erlösung näher zu kommen, grunzte er auf und beschleunigte seinen Schritt. Es würde nicht mehr lange dauern.

Die Sonne schien mittlerweile durch die Baumkronen und die Wärme ihrer Strahlen ließ die Feuchtigkeit aus dem Boden verdampfen. Edgar näherte sich dem Rand des Waldes, als ihm mit einem Schlag bewusst wurde, dass er sich in der Nähe der Hütte, Ramseys alter Farm, befand. Gut möglich also, dass die beiden sie gefunden und sich dort verbarrikadiert hatten. Oder, falls gerade jemand dort wohnte, mit ihm in den Ort gefahren waren. Abermals erhöhte er die Geschwindigkeit.

Links konnte er bereits die Spiegelung der Sonnenstrahlen auf der Wasseroberfläche des Sees sehen, der sich hinter dem kleinen Anwesen in Richtung Norden erstreckte. Jetzt musste er nur noch am spitz zulaufenden Waldabschnitt vorbei, dann würde er sich von hinten der Hütte nähern und seiner Beute eine bitterböse Überraschung bereiten, falls er sie dort richtig vermutete. Plötzlich blieb er stehen. Ein diabolisches Lächeln umspielte seine Lippen, als er am Ufer zwei Frauen erblickte, die zwischen einem Anhänger und dem See standen. Er duckte sich hinter einen Strauch, denn er war noch zu weit entfernt, um sie direkt zu attackieren. Er müsste sich noch etwas heranpirschen, dann würde das Überraschungsmoment auf seiner Seite sein. Denn, obwohl sie noch recht weit von ihm entfernt waren, konnte er doch erkennen, dass es sich bei einer der beiden Frauen um SIE handelte.

Kapitel 14

Ben hatte bewusst Sam seiner Gruppe zugeordnet. Durch diese Entscheidung hoffte er, dass sie den am besten passierbaren Abschnitt erwischt hatten. Sam würde schließlich in seinem Alter darauf achten, dass er nicht die unwirtlichste Passage durchkämmen musste. Sie hatten auf dem Weg zu ihrem Startpunkt die anderen drei Trupps gemäß Sams Plan zurückgelassen und verteilten sich gerade, sodass sie eine Linie bildeten und die Teammitglieder nicht mehr als vierzig, höchstens fünfzig Meter voneinander entfernt waren.

»Ihr wisst Bescheid, Männer. Los geht´s!« Die Anweisung wurde von Mann zu Mann weitergegeben und nachdem Ben sicher war, dass alle es gehört hatten, setzten er und die mehrere hundert Meter lange Menschenkette sich in Bewegung.

Ben, der den Anfang der Reihe bildete, fluchte leise vor sich hin. Er erwischte sich sogar bei dem Gedanken, dass er es fast lieber gesehen hätte, wenn dieser Edgar die beiden gestern erwischt hätte. Dann würde sich die State Police und vielleicht sogar das FBI darum kümmern und er könnte jetzt ein schönes Nickerchen in seiner Stammzelle im Sheriffbüro halten. Eine Mücke, die sich an seinem Blut laben wollte, war es, und keineswegs das schlechte Gewissen, welche ihn aus diesen Überlegungen riss.

»Hau ab, du Biest«, sagte er und erschlug den Blut-
sauger.

Rechts von ihm konnte er gerade noch den letzten
Mann aus der dritten Gruppe erkennen, links von
ihm lief Sam, darauf folgte der, der den Hund mit-
führte. Diese Position sollte also nicht wirklich gefährlich sein. Wenigstens etwas, dachte er und pustete tief
durch.

***

Detective Moose hatte sich selbst der ersten Gruppe
zugeteilt. Im Gegensatz zum Sheriff interessierte ihn
weder die Beschaffenheit des Untergrundes, noch
störte es ihn, seine Zeit in den Wäldern der Rockys zu
verbringen. Er sinnierte eher darüber, dass dieser Fall
für seinen Kollegen Collins zu einer persönlichen
Herausforderung werden würde, beziehungsweise
auf dessen Hitliste der beliebtesten Ermittlungsorte
bereits jetzt ganz unten stehen dürfte. Nicht nur die
raubeinige Umgangsform, die hier zwischen den
Menschen herrschte, sondern auch die Wildnis, durch
die sie die nächsten Stunden oder gar Tage streifen
würden, waren sicher ein Martyrium für ihn, dachte
er mit einer Mischung aus Mitgefühl und Schaden-
freude.

Damals, als Collins aus privaten Gründen vom FBI
in Denver zur State Police in Boise gewechselt war,
hatte Moose Schwierigkeiten, sich mit seinem neuen
Partner zu arrangieren. Es hing irgendwie mit der

Pflege seiner Eltern zusammen, genau wusste Moose es nicht. Collins redete kaum über sein Privatleben. Kein Wunder, sprach er doch generell wenig. Im Laufe der Jahre lernte er ihn wegen seines analytischen Verstandes mehr und mehr schätzen. Moose hatte keine Ahnung, wie viele Fälle mit seinem vorherigen Partner ungelöst geblieben wären, bei denen Collins mit seiner teilweise beängstigenden Kombinationsgabe den entscheidenden Mosaikstein gefunden hatte. Da Collins Ehrgeiz allein darauf ausgerichtet war, seinen Job zu erledigen, und er mit Lob und Ehrungen nichts anfangen konnte, würde Moose seinen Partner heute nicht mehr eintauschen wollen. Moose konnte sich an kein einziges Mal erinnern, bei dem Collins nicht ‚wir haben die Lösung gefunden‘ gesagt hätte, obwohl sein eigener Anteil eher zu vernachlässigen war.

Nichtsdestotrotz konnte er sich gerade einen Schmunzler nicht verkneifen, dachte er doch an das angewiderte Gesicht seines Kollegen, als sie diese Aktion beschlossen hatten. Der Ruf seines Nebenmannes holte ihn aus seinen Gedanken.

»Hey Boss, gibt's eigentlich ein Kopfgeld für den, der den Vogel abknallt?« Moose verdrehte die Augen.

»Hören Sie, Mann«, sagte er mit ernster Stimme, »wenn überhaupt, dann wird nur im Notfall geschossen. Und nur dann, wenn ich es sage. Verstanden?« Der Angesprochene brabbelte irgendetwas vor sich hin. »Verstanden?«, wiederholte er.

Noch war kein Kopfgeld ausgesetzt, sollte ihre Aktion jedoch nicht von Erfolg gekrönt sein, dürfte es recht schnell einen stattlichen Betrag einzustreichen geben. Da es sich bei Edgar Conen jedoch nicht um einen mutmaßlichen Terroristen, sondern lediglich um einen Doppel- oder Mehrfachmörder handelte, würde die Höhe im Vergleich zu den vermeintlichen IS-Jüngern überschaubar bleiben, wusste Moose aus Erfahrung.

»Was immer Sie sagen, Boss«, antwortete er knapp und spuckte vor seine Füße. Hoffentlich finden wir ihn, solange es hell ist, bei Dunkelheit trau ich den Hillbillys alles zu, dachte Moose und schlug eine Bremse aus seinem Gesicht.

Sie waren etwa eine Stunde unterwegs, da zog er sein Funkgerät heraus.

»Moose an alle: Kommt ihr voran und gibt es Neuigkeiten?« Es knackte und knisterte, schnell kam die erste Antwort.

»Collins, keine Vorkommnisse.« Kurz darauf folgte der Nächste.

»Sheriff Glover, wir kommen gut voran, bisher alles ruhig.«

»Moose an Deputy Barnes, kommen.« Nach etwa einer Minute antwortete auch dieser.

»Deputy Barnes hier, tut mir leid, ich hatte wohl den falschen Kanal eingestellt. Also, bei uns ist soweit alles ruhig, die Männer verhalten sich gut und –«

»Barnes, schon mal von Funkdisziplin gehört? Kurz und knapp bitte.« Moose hatte bereits gestern die

Nervosität des jungen Mannes gespürt und fand es auch nicht weiter tragisch. Doch im Einsatz kannte er keine Nachsicht, daher konnte er ihn besser einmal etwas schärfer angehen, als dass er jedes Mal einem minutenlangen Monolog von Barnes lauschen müsste.

»Tut mir leid, also keine Vorkommnisse«, kam kleinlaut zurück, wobei es Moose jetzt fast schon wieder leidtat. Plötzlich hörte er einen Schuss, der in weiter Ferne abgegeben wurde. Sofort fragte er nach.

»Moose an alle: Habt ihr den Schuss gehört? Kam der von euch?« Erneutes Rauschen und Knistern.

»Collins hier, negativ. Gehört ja.«

»Barnes hier, wir haben den Schuss auch gehört, aber von unserer Gruppe hat niemand einen abgegeben. Scheint irgendwo, ach, sorry.« Zum Glück hat er selbst gemerkt, dass er schwafelt, dachte Moose und wollte gerade nachfragen, da meldete sich auch Ben.

»Glover hier. Wir haben ihn nicht abgegeben. Sam meint, er wäre in nördlicher Richtung gefallen.«

»Collins hier, nordöstlich.« Kurz und prägnant, so mag ich das, schoss es Moose durch den Kopf.

»Glover hier. Sam sagt, in dieser Richtung läge Ramseys Farm. Das ist eine Hütte, die momentan an eine Urlauberin vermietet ist. Eventuell übt die sich ja gerade im Schießen. Könnte natürlich auch ein Jäger oder Wilderer sein.« Moose überlegte kurz, dann drückte er wieder auf die Sprechtaste:

»Moose hier. Wir ziehen die Gruppen eins und zwei wie auch drei und vier zusammen. Sam, Sheriff Glover und Collins kehren zu den Fahrzeugen zurück und sehen bei dieser Farm nach dem Rechten. Nehmt noch einen Hundeführer mit. Deputy Barnes übernimmt die Leitung der einen, ich die der anderen Gruppe. Bestätigen!«

»Collins, verstanden, kehre um«, hörte man Collins sagen und Moose hätte schwören können, ziemliche Erleichterung in dessen Stimme wahrgenommen zu haben.

»Sam und ich gehen zurück und fahren zur Farm. Nehmen einen Hund mit. Verstanden.«

»Barnes hier, übernehme die Führung der zweiten Gruppe. Wir kommen gut voran.«

»Deputy Barnes, wir halten die Richtung.«

»Verstanden.« Moose steckte sein Gerät zurück in die Jackentasche und gab zu beiden Seiten seine Instruktionen weiter. Sie bewegten sich bereits in Richtung des Schusses, demnach schien Sam grundsätzlich richtig gelegen zu haben.

***

Kerry zögerte nur kurz, als der Schuss die Stille zerriss. Ihr war bewusst, dass er ihr gegolten hatte, daher rannte sie zum Wagen, sprang hinein und ließ den Motor aufheulen. Das Gefährt machte einen Satz nach vorn, doch das Gewicht des halb beladenen Anhängers wirkte wie ein ausgeworfener Anker mit der Folge, dass der Motor ausging.

»Verdammt, spring an!« Kerry drückte erneut auf den Startknopf und gab dieses Mal vorsichtiger Gas, sodass der Wagen zwar etwas ruckelte, der Motor jedoch weiterlief. Sie beschleunigte kontinuierlich, der Anhänger hüpfte trotz der Ladung einige Male bedenklich über die Schlaglöcher.

Sie hatte die Hütte fast erreicht. Nervös blickte sie in den Rückspiegel und sah gerade noch, wie Edgar sich über die am Boden liegende Gina beugte, dann verschwanden sie aus ihrem Sichtfeld, da sie um das Gebäude herumfuhr. Kurz dachte sie darüber nach, anzuhalten und Ginas Gewehr zu holen. Aber sie wusste nicht genau, wo es lag, und ihr blieb auch keine Zeit, denn Edgar würde sich sicher nicht länger als nötig am See aufhalten. Und so viel Vorsprung hatte sie auf diesem Stück nicht herausholen können.

Ihr Puls raste, jedoch musste sie aufpassen, das nicht auf ihren Fahrstil zu übertragen. Bei der ersten Fahrt wurden sie schon vom unebenen Weg durchgerüttelt, und jetzt liegenzubleiben wäre das sichere Todesurteil.

Dass die Klappe hinten nicht geschlossen war, sie somit ständig Sand verlor und eine Spur zog, der Edgar spielerisch würde folgen können, war ihr absolut egal. Sie musste, so schnell es ging, Jonathan erreichen und heil über die Baustelle kommen – dann wären sie in Sicherheit.

***

Jonathan kam gut voran, wobei ihm sein Fitnesszustand sehr in die Karten spielte. Zwar machten sich leichte Kopfschmerzen bemerkbar und ihm war zwischendurch kurz schwindlig geworden, das überraschte ihn jedoch nicht, angesichts dessen, dass er minutenlang wie Rumpelstilzchen über den frisch aufgefüllten Sand gesprungen war. Einmal knackte es verdächtig, da befürchtete er schon, dass die Stützvorrichtung nachgab, die Gina so professionell gezimmert hatte. Beim Hinschauen konnte er jedoch durchatmen, denn die Flucht der Bretterkante verlief genau wie zuvor.

Ihm lief ein eiskalter Schauer den Rücken hinunter, als er den Schuss hörte, der für ihn eindeutig aus der Richtung der Hütte kam. Konnte es sein, dass er sie wirklich aufgespürt hatte? Sie waren doch mittlerweile meilenweit von der Stelle entfernt, an der sie in den Fluss gesprungen waren. Kurz überlegte er, zu den Frauen hinauf zu spurten. Aber was dann? Sollte er sich mit einem Spaten dem bewaffneten, gewissenlosen Killer entgegenstellen, der bereits bewiesen hatte, dass er auf sie schießen würde? Nein, er würde abwarten müssen, ob die beiden es hierher schafften. Er gab ihnen fünf Minuten. Wenn sie bis dahin nicht bei ihm sein würden, würde er zurückgehen und vorsichtig nachschauen.

Jonathan begann, langsam bis 300 zu zählen, und wurde von Sekunde zu Sekunde unruhiger.

»Einhundertsechzig, Einhunderteinundsechzig, ach, scheiß drauf«, fluchte er, schnappte den Spaten und wollte gerade losrennen. Das sich nähernde Motorgeräusch von Ginas Wagen ließ ihn durchatmen. Im nächsten Moment konnte er das Fahrzeug auch sehen. Jonathan stutzte. Eine nur? Tatsächlich, wenn ihn seine Augen nicht täuschten, war da nur die Silhouette eines Kopfes hinter der Windschutzscheibe auszumachen. Die Gedanken rasten. Der Wagen kam näher und er erkannte, dass es Kerry war, die hinter dem Steuer saß. Eine Welle der Erleichterung durchflutete ihn. Aber wo war Gina? Hatte der Killer sie erwischt? Oder nur angeschossen und sie lag neben Kerry und er konnte sie deshalb nicht sehen? Er ging Kerry entgegen, die den Wagen langsam zum Halten brachte.

Als sie aus dem Wagen heraussprang, war Jonathan sofort klar, dass Gina es nicht geschafft hatte. Kerry liefen die Tränen über das Gesicht, ihre Haare und Klamotten waren nass und in ihrem Blick lag eine Mischung aus Angst, Trauer und Hoffnungslosigkeit.

»Wir müssen weg«, schluchzte sie und warf sich ihm in die Arme. Er spürte, dass sie am ganzen Körper zitterte.

»Was ist passiert? Und wo ist Gina?« Er hielt sie eine Armlänge entfernt und sah ihr ins Gesicht. Sie wischte sich die Haare und Tränen weg, und begann mit erstickter Stimme:

»Ich, er, also –«

»Beruhig dich erstmal, hol Luft«, versuchte er, ihr gut zuzureden, wobei sein Puls konsequent anstieg.

»Edgar, er hat auf uns geschossen. Und er hat Gina erwischt, glaube ich jedenfalls. Ich rief ihr zu, dass wir zum Wagen laufen und schnell weg müssten, doch sie stürzte und blieb liegen. Was sollte ich denn tun? Wenn ich gewartet hätte, dann ...« Jonathan schluckte, zog sie zu sich heran und umarmte sie.

»Dann wärst du jetzt ebenfalls tot«, beendete er fast tonlos ihren Satz und ihm wurde bewusst, wie sehr ihn das getroffen hätte. Er strich über ihr Haar. »Du konntest nichts tun. Aber nun haben wir kaum noch Zeit. Vielleicht zehn Minuten, dann ist er hier.« Kerry nickte heftig und wieder rannen Tränen über ihre Wangen.

»Ich konnte ihr nicht helfen. Obwohl sie uns gerettet hat. Ich ...« Jonathan räusperte sich und drückte seinen Rücken durch.

»Lass uns schnell noch etwas aufschütten. Ich kopple den Anhänger schon mal ab. In fünf Minuten versuchen wir es dann.« Kerry nickte, griff zaghaft nach einer Schaufel und begann, den Sand zum Loch in der Straße zu bringen. Jonathan trieb sie an, schneller zu machen, denn er wusste, die Zeit arbeitete gegen sie.

***

Edgar nahm seine Hand von Ginas Hals. Sie war tot. Mitgefühl kannte er nicht mehr – das ist irgendwo in seinem früheren Leben verloren gegangen. Er richtete sich auf und warf einen letzten Blick auf die Frau, deren Kopf in einer Blutlache lag, die gierig vom Sandboden aufgesogen wurde. Kollateralschaden. Sie war einfach ein Kollateralschaden. Zur falschen Zeit am falschen Ort.

In dem Moment, in dem er sich von ihr abwandte, um seine Verfolgung fortzusetzen, hatte er sie bereits vergessen. Er wusste, dass die Chancen schlecht standen, das Miststück jetzt noch zu erwischen. Aber sie war hier, in unmittelbarer Nähe. Er lief dem Wagen hinterher, der gerade hinter der Hüttenecke verschwand.

Sie musste dem Weg folgen, so viel war klar. Edgar versuchte, sich die Gegend ins Gedächtnis zu rufen. Klar, die Kurve, dachte er und ein triumphierendes Lächeln umspielte zum wiederholten Male seine Lippen. Ihm war eingefallen, dass der Weg eine weite Linkskurve beschrieb. Wenn er also mitten durch den Wald lief, könnte er den Wagen mit etwas Glück an der Stelle erreichen, wo der Weg wieder in ein gerades Teilstück überging.

So rannte er nicht mehr dem Fahrzeug hinterher, sondern bog vor der Hütte und den Nebengebäuden nach links ab und schlug sich durch den dichten Kiefernwald, der leicht abschüssig verlief.

Edgar unterschätzte das Gefälle und stürzte. Laut fluchend rappelte er sich wieder auf und lief weiter. Sollte Gott gerecht sein, dachte er – nein, mit Gott hatte er abgeschlossen – sollte es eine kosmische Gerechtigkeit geben, dann würde er sie erwischen. Ob er danach in der Hölle schmoren und tausend Jahre bestialische Qualen erleiden müsste, war ihm egal.

Er hätte mehr auf den Weg achten, als sich mit seinen kurzfristigen Plänen beschäftigen sollen, dann wäre er nicht unvermittelt aus dem Waldstück herausgeprescht und würde mitten auf dem Weg stehen, zu allen Seiten sichtbar wie ein Leuchtturm, der meilenweit vor der Küste aus dem Meer ragte. Zwar sah er die beiden und den Wagen in etwa hundert Metern Entfernung, aber sie sahen auch ihn. Verdammt, fluchte er in sich hinein, das Überraschungsmoment war dahin.

Egal jetzt! Sein Gesicht verzerrte sich zu einer furchterregenden Fratze und er rannte auf die beiden zu.

Kapitel 15

Ben war heilfroh, dass er seinen Marsch abbrechen konnte und sich wieder zivilisiert mit dem Auto fortbewegen durfte. Am Fahrzeug angekommen wartete bereits Detective Collins auf sie und Ben konnte ihm von weitem ansehen, dass es den Kollegen der State Police genauso erging.

Aber anders als bei dem Cop aus der Großstadt störte Ben das Schnüffeln des schwarzen Labradors nicht.

»Na, mein Junge, du holst uns den Schweinehund, nicht wahr?«, sagte er zu dem Rüden und klopfte ihm auf die Flanke, während der Hund seine Nase am Hosenbein des Sheriffs rieb.

»Der zerreißt ihn in der Luft, wenn Sie wollen, Sheriff!« Ein donnerndes Gelächter legte einige Zahnlücken beim Herrchen des Hundes frei. Nicht untypisch für diese Gegend, wusste Ben, schließlich hatten sie seit ein paar Jahren nicht einmal mehr einen normalen Doc hier im Dorf. Der nächste Zahnarzt praktizierte im dreißig Meilen entfernten Sandpoint. Ironischerweise direkt neben dem Sheriffbüro.

Collins hatte sich bereits hinten in den Wagen gesetzt und die Tür zugezogen. Er scheint es tatsächlich noch eiliger zu haben, hier wegzukommen, als ich, stellte Ben amüsiert fest. Ben ging um seinen Wagen herum. Der Hundeführer stieg mit seinem

Tier auf der Beifahrerseite ein, während Sam sich hinten zum Detective setzte.

»Wir müssen umkehren. Nach ungefähr drei Meilen führt ein schmaler Weg links hoch zur Farm. Allerdings kommen wir nur bis zu der unterspülten Stelle.«

»Okay, Sam«, sagte Ben und drehte den Wagen. Die anfahrenden Reifen ließen Sand und Kieselsteine nach hinten spritzen. Der trockene Boden wirbelte den Untergrund auf, sodass sie eine große Staubsäule hinter sich erzeugten.

»Da vorn«, sagte der Beifahrer und zeigte auf die von Efeu und Bodengewächsen überwucherte Abzweigung. Ohne diesen Hinweis hätte Ben sie übersehen. Er musste stärker bremsen als geplant, sodass der Wagen ins Schleudern geriet.

»Passen Sie doch auf!«

»Ich hab alles im Griff«, erwiderte Ben und wunderte sich, wie emotionslos der Stadtcop klang. Seltsamer Vogel. Mit einem gekonnten Manöver schaffte es Ben, den Wagen sicher zurück auf den Waldweg zu lenken.

»Hier musst du etwas langsam machen«, warnte Sam von hinten, »gerade das erste Stück besteht mehr aus Schlaglöchern als aus Weg.« Ben nickte und nahm den Fuß vom Pedal, wodurch das Gewicht des Wagens und der ansteigende Untergrund die Geschwindigkeit reduzierten.

»Wer bewohnt zur Zeit diese Farm?« Ben zuckte mit den Schultern und sah zu seinem Beifahrer. Bevor dieser etwas sagen konnte, antwortete Sam:

»Eine Frau namens Gina Winter, Detective Collins. Sie verbringt dort seit ein paar Wochen ihren Urlaub.«

»Allein?«, wollte Collins wissen.

»Soweit ich weiß, ja. Als sie den Schlüssel bei mir rausgeholt hat, war jedenfalls niemand bei ihr.«

»Warum ist das wichtig?«, hakte Ben nach.

»Weil es eine weitere unbekannte Komponente ist. Die Verfolgten, der vermeintliche Mörder und diese Frau.« Ben nickte zustimmend, obwohl er keine Ahnung hatte, worauf Collins hinauswollte. Er sah im Rückspiegel zu Sam, der auch nur seine Augenbrauen hochzog. Collins schien das mitbekommen zu haben und ergänzte: »Wenn Ms. Winter zwischen die Fronten gekommen ist, wird sie nicht wissen, dass wir kommen, um ihr zu helfen. Was ebenso für Jonathan und seine Begleitung gilt.« Jetzt hatte es auch Ben begriffen, und da er der einzige der Anwesenden war, der eine Uniform trug, oblag es ihm, nachher voranzugehen – und sich so zur Zielscheibe zu machen. Verdammt, warum hatte Moose nicht seinen Deputy anstelle von ihm hier hochgeschickt?

»Warten wir ab, was wir gleich vorfinden«, sagte Ben mürrisch, doch bevor jemand darauf reagieren konnte, hörten sie zwei Schüsse. Sie blickten sich wortlos an und Ben drückte das Gaspedal durch.

Sie kamen nur bis zur nächsten Kurve, da erschütterte das Geräusch einer gewaltigen Explosion die Luft und ließ den Wagen samt der Insassen vibrieren. Ben trat schockiert auf die Bremse.

***

Kerry sah ihn zuerst und kreischte auf. Jonathan wirbelte herum und folgte ihrem Blick. »Wo zur Hölle kommt der so schnell her?« Sein Herz raste. Sie mussten sofort hier weg! Er packte sie unsanft an den Hüften und schleuderte sie in Richtung des defekten Weges. »Lauf! Ich nehm den Wagen!«

»Aber ich bin leichter«, sagte sie kläglich. Jonathan war kurz davor, in Panik zu geraten, und das Letzte, was er jetzt brauchte, war eine überflüssige Diskussion über physikalische Begebenheiten.

»Du sollst laufen!« Seine Stimme überschlug sich. Ein schneller Blick zu Edgar – er kam näher, gefährlich nahe. Er schubste sie von sich, worauf Kerry sich schleppend in Bewegung setzte, lief dann zum Wagen und sprang hinein. Ein Schuss peitschte auf und prallte am Kotflügel ab. Instinktiv zog er den Kopf ein. Jonathan startete, während ein zweiter Schuss durch die Heckscheibe krachte, die in tausend Teile zerbarst. Ein verficktes Déjà-vu!, fluchte er in sich hinein, dann trat er das Pedal bis zum Anschlag durch. Der Wagen machte einen Satz nach vorn, die Vorderreifen bekamen Grip und er schoss weiter auf die Baustelle zu. Er krallte sich am Lenkrad fest und schickte ein Stoßgebet gen Himmel. Komm schon, du packst das!

Der Wagen sackte ein wie eine Melone, die man aus einem Meter Höhe in einen Berg Neuschnee warf. »Das darf doch nicht sein! Gottverdammte Scheiße!« Er warf den Rückwärtsgang ein – nichts, wieder den Vorwärtsgang – nichts – nochmal zurück, nichts! Jonathan schaute zu Kerry, die auf der anderen Seite des defekten Wegstückes auf ihn wartete und hektisch winkend nach hinten zeigte. Beim Blick in den Spiegel rutschte Jonathan fast das Herz in die Hose: Edgar fehlten vielleicht noch 50 Meter. Er startete einen letzten, erfolglosen Versuch, dann beeilte er sich, auszusteigen, und rannte zu Kerry. Er packte sie und beide hetzten den Weg entlang. Jeden Moment rechnete er damit, von einem weiteren Schuss getroffen und niedergestreckt zu werden. Niemals zuvor hatte er so viel Angst gehabt wie in diesem Augenblick.

Jonathan wusste zwar, dass er allein problemlos ihrem deutlich älteren und wahrscheinlich untrainierteren Jäger entkommen könnte, wenn er sich einfach seitlich in das Waldstück absetzen würde, aber er konnte sie unmöglich dem Killer überlassen. Kerry schrie auf und kurz befürchtete er, dass sie von einem Schuss getroffen worden war. Du Idiot, hast du etwa einen gehört? Er drehte sich um und sah, dass sie gestürzt war und sich gerade wieder aufrappelte. Warum müssen Frauen immer hinfallen, wenn sie von Psychopathen gejagt werden, schoss es ihm völlig unpassend durch den Kopf. Wie konnte er nur in so einer Situation wieder an schlechte Filme denken? Er lachte auf, doch entsprang es der Verzweiflung und nicht einem guten Witz.

Kaum hatte sie sich wieder aufgerafft, schloss sie zu ihm auf und wollte ihn anschreien, warum er stehenblieb. Doch er rührte sich nicht, er schaute nur perplex an ihr vorbei. Er müsste wirken, als wäre gerade ein UFO hinter ihnen gelandet, dachte er, als ihm sein verwirrter Gesichtsausdruck bewusst wurde. Langsam drehte sich auch Kerry um und folgte seinem Blick. Jonathan sah bei ihr die gleichen verdatterten Regungen, die sie eben bei ihm gesehen haben musste. Der Weg nach hinten war frei, kein Auto, kein Edgar.

»Was?«, fragte sie nur. Und bevor Jonathan ihr sagen konnte, dass die hölzerne Schalung genau in dem Moment nachgegeben hatte, als Edgar sich umständlich über den quer auf dem Weg stehenden Wagen Ginas mühte, und dadurch das Fahrzeug mitsamt ihrem Verfolger in den Abgrund gerissen wurde, hörten sie die markerschütternde Explosion. Sie hielten sich die Ohren zu und duckten sich. Die Druckwelle ließ die Baumkronen hin- und herschwingen, Krähen und Spatzen verließen panisch ihre Nester und Aussichtstürme. Der Boden erzitterte wie bei einem schwächeren Erdbeben. Instinktiv griffen beide nach der Hand des anderen.

Als wenige Sekunden später Stille eingekehrt war und eine riesige Rauchsäule Zeugnis der Explosion ablegte, merkten sie, bis eben die Luft angehalten zu haben, und sogen kräftig die Waldluft in ihre Lungen. Sie richteten sich langsam auf. »Wo ist –?«

»Er ist mit abgestürzt«, beantwortete er ihre unausgesprochene Frage. Nach einer Pause fügte er hinzu: »Es ist vorbei.«

Zögerlich näherten sie sich der Unfallstelle und schauten von oben auf das Flammenmeer und die nicht enden wollende Qualmentwicklung. Rußpartikel wurden in die Luft gewirbelt. Da der Wind von ihrer Seite her blies, verteilten sie sich nicht über ihnen, sondern wurden in die Richtung des schmalen Bachlaufes getrieben. Sie hielten sich immer noch an den Händen und Kerry drückte sich fest an ihn. Die Erleichterung fiel wie Waschbetonplatten von ihnen ab. Irgendwo da unten in den lodernden Flammen schmorte der Mann, der ihnen den letzten Tag zum schlimmsten Albtraum ihres Lebens gemacht hatte. Gewöhn dich schonmal dran, schickte Jonathan Edgar einen gedanklichen Gruß hinunter. Er legte den Arm um ihre schmalen Schultern und zog sie noch näher an sich heran. Dabei spürte er, wie ihr Herz in ihrem Brustkorb wummerte.

»Ja, es ist vorbei«, wiederholte Kerry seinen letzten Satz, schloss die Augen und sog die Wärme auf, die Jonathans Körper ihr schenkte.

Beide bemerkten nicht, dass sich ihnen von hinten jemand näherte.

Kapitel 16

Da die beiden letzten Schüsse und die Explosion rechts von Detective Moose zu hören waren, Deputy Barnes und seine Leute hingegen links von ihm die Gegend durchkämmten, konnte er sich zumindest bei diesem die Nachfrage sparen, ob er etwas dazu sagen könnte. Und obwohl er es besser wusste, denn es war schwer vorstellbar, dass die Abordnung zu Ramseys Farm ihn noch empfangen könnte, zückte er sein Funkgerät.

»Moose an Sheriff Glover, was ist los bei euch?« Statisches Rauschen war die einzige Antwort, die er bekam. Auch weitere Versuche blieben erfolglos, bis auf die Information, die Barnes meinte, ihm mitteilen zu müssen. Moose verdrehte die Augen, während er dem jungen Mann zuhörte.

»Deputy Barnes an Detective Moose. Detective, ich glaube, die sind außerhalb der Reichweite.« Was du nicht sagst, Klugscheißer, dachte Moose, sagte aber:

»Danke. Wir gehen trotzdem erstmal weiter. Ich schicke zwei Männer rüber.«

»Verstanden, wir gehen weiter.« Moose rief zwei seiner Leute zu sich und instruierte sie, zu Collins und dem Sheriff zu fahren und anschließend jemanden mit der aktuellen Entwicklung zu ihm zu entsenden. Es verhielt sich ja nicht so, dass er ohne Sinn und Zweck hier stundenlang herumkrebsen wollte. Die einzige Sorge, die er im Moment hatte, war, dass der Sheriff und seine Mitfahrer in die Explosion verwickelt waren. Das mochte er sich gar nicht ausmalen.

***

Abrupt kam der Wagen des Sheriffs zum Stehen. Die Männer schauten aus den Fenstern in alle Richtungen und tauschten danach fassungslose Blicke aus. Der Hund winselte und drückte sich an sein Herrchen.

»Was zur Hölle war das?«, fragte Ben in den Raum.

»Ein ordentlicher Bumms«, sagte das Raubein auf dem Beifahrersitz und lachte auf. Dann streichelte er beruhigend seinen Vierbeiner. Zum Lachen war den anderen Dreien nicht zu Mute.

»Der Rauchsäule nach zu urteilen ist ein Kraftfahrzeug explodiert«, sagte Collins ungerührt und deutete dorthin, wo schwarzer Qualm gen Himmel stieg. Damit sprach er aus, was die anderen wahrscheinlich dachten. Sie verließen das Fahrzeug.

»Du bleibst mit dem Hund besser hier, bis wir eine Übersicht haben.«

»Alles klar, Sheriff.« Der Mann beugte sich zu seinem Gefährten, der immer noch etwas verängstigt im Fußraum vor dem Beifahrersitz lag.

»Wir sollten uns aufteilen«, schlug Collins vor. »Sie nehmen den Weg und ich gehe dort entlang.« Er deutete mit dem Kopf in das Waldstück rechts neben der Spur.

»Was ist mit mir?«, fragte Sam. Bevor der Sheriff etwas sagen konnte, antwortete Collins:

»Sie haben uns hergeführt. Damit ist Ihre Aufgabe erstmal erledigt.« Ben vermutete, dass es dem Detective nicht um die Dienstvorschriften ging, sondern er Sam wegen seines hohen Alters schonen wollte. Da sie jedoch keine Zeit hatten und ihm zudem die Lust auf ein Streitgespräch mit dem wortkargen Citycop fehlte, stimmte er kurzerhand zu.

»Sam, du hältst mit ihm hier die Stellung. Wenn wir in zwanzig Minuten nicht zurück sind, holt Verstärkung.« Sam seufzte und begann ein Gespräch mit dem Hundeführer, während sich die Polizisten in Richtung der Explosion vorarbeiteten.

Ben nahm das Gewehr, das er eben aus dem Kofferraum geholt hatte, in beide Hände und setzte sich langsamer als nötig in Bewegung. Inständig hoffte er, dass die Guten überlebt hätten, unbewaffnet wären und sich schnell von hier fortbringen lassen würden. Er sehnte sich mehr denn je nach der durchgelegenen Matratze in der Ausnüchterungszelle seines Büros. Ihm wäre wohler gewesen, wenn sowohl Sam als auch, an Stelle von Collins, dessen Kollege Moose ihm zur Seite gestanden wäre. Er hielt den lebhafteren der beiden für wesentlich praxiserfahrener, sollte es zu einem Feuer- oder Zweikampf kommen. Allein, wie Collins seine Dienstwaffe hielt, was er gerade noch erkennen konnte, ließ ihn beten. Als ob sie giftig wäre! Fehlte nur noch, dass er ein Tuch um den Griff gewickelt hätte, damit er sich bloß nicht mit dem

Waffenöl beschmierte. Konzentrier dich, Ben, du kriegst das schon hin.

Es dauerte einige Minuten, bis Ben in der Ferne jemanden entdecken konnte. Da es um seine Augen aber nicht mehr zum Besten stand und er natürlich kein Fernglas dabei hatte – das lag sicher im Handschuhfach – konnte er nicht zweifelsfrei erkennen, um wen es sich dabei handelte. Aber in einem Punkt war er sicher: Der Mann, den er dort hinten wahrnahm, trug ein Gewehr. Und ihm war überhaupt nicht daran gelegen, sich auf dem Präsentierteller zum Abschuss zu servieren, sollte es sich dabei um Edgar handeln. Schließlich hatten sie von Sam erfahren, dass er ein ausgezeichneter Schütze wäre, was Ben von sich nicht behaupten konnte. Er setzte Collins mittels Handzeichen darüber in Kenntnis und verschwand im Unterholz. Seite an Seite mit dem ungesprächigen Kollegen näherten sie sich ihrem Ziel.

***

Die schwarze Wolke wurde immer dichter und der Gestank von verbranntem Gummi stieg Jonathan in die Nase, die er angewidert rümpfte. Es erinnerte ihn an den Besuch eines Stockcar-Rennens vor einigen Jahren. Allerdings war er damals mit seinen beiden Freunden dort, das Bier floss in Strömen, die Sonne brannte und die Mädels ließen jede Menge Haut aufblitzen. Damals war es schön, jetzt gerade nicht so. Auch wenn Kerry, das Mädchen neben ihm, jedes der

Boxenluder von der Rennpiste in den Sack stecken konnte.

»Kann er das überlebt haben?«, holte sie ihn aus seinen Erinnerungen. Jonathan kratzte sich an seinem Kinn, welches mittlerweile von harten Bartstoppeln übersät war, wodurch ein ratschendes Geräusch entstand.

»Das kann ich mir beim besten Willen nicht vorstellen. Der Sturz muss ihm das Genick und alle Knochen gebrochen haben, und wenn das nicht ausgereicht hat, dann übernehmen die Flammen den Rest.« Der Wagen hatte bei seinem Absturz eine Schneise der Verwüstung hinterlassen. Etliche junge Bäume waren unter dem tonnenschweren Gewicht wie Strohhalme weggeknickt, bis eine mächtige Kiefer, deren Spitze bis zu ihnen hochreichte, den fast freien Fall gebremst hatte. Wie ein Schal umschlang die Blechbüchse den kräftigen Stamm und die ersten Flammen fraßen sich bereits den Baum hoch. In der Ferne verlief ein schmaler Fluss – von dort könnten sie nachher Löschwasser besorgen, dachte Jonathan noch, dann drückte er kurz ihre Hand, die sich weich und gut in seiner anfühlte. »Komm, lass uns nach Hause gehen.« Er warf den vorhin aufgehobenen Holzpflock, den letzten verbliebenen Hinweis auf Ginas Konstruktion, in Richtung des brennenden Wracks. Sie nickte und als die beiden sich zum Gehen wandten, setzte ihr Herz aus.

Kapitel 17

Ben hielt sein Gewehr fest, krampfhaft darauf bedacht, nicht aus Versehen abzudrücken. Der Blick hinüber zu Collins beruhigte ihn nicht unbedingt, da es diesem ähnlich zu gehen schien.

Sie hatten es geschafft, sich unbemerkt zu nähern, sodass Ben sich trotz ihrer mangelhaften Gewandtheit bezüglich ihrer Schusswaffen auf der sicheren Seite wähnte, als der Mann sich plötzlich umdrehte.

»Polizei, bleiben Sie ruhig.« Ben versuchte, möglichst entspannt zu klingen. Mit der rechten Hand umklammerte er weiter fest sein Gewehr, die linke hielt er mit der Handfläche nach vorn und bewegte sie langsam vor und zurück.

»Zum Glück!«, hörte er den jungen Mann sagen, den er jetzt vom Foto her erkannte, welches ihnen Louisa gezeigt hatte, auch wenn er im Moment wesentlich ungepflegter aussah. Es gab keinen Zweifel: Vor ihnen stand eindeutig Jonathan Hunter.

Das sah wohl auch Collins so, denn er hatte seine Waffe bereits unter der Jacke verschwinden lassen, nachdem er gesehen hatte, dass die junge Frau hinter dem Mann in ihr Sichtfeld getreten war.

»Sind Sie in Ordnung, Ms. Harrington, Mr. Hunter?«

»Ja, Sir, danke«, erwiderte Jonathan und Kerry nickte.

»Was ist mit Edgar?«, wollte Ben wissen. Jonathan deutete mit dem Kopf Richtung Abhang.

»Der brennt im Höllenfeuer.«

»Gut«, sagte Ben, griff nach dem Walkie-Talkie und rief Sam, der die Nachricht über das Funkgerät des Dienstwagens hörte und antwortete, dass sie verstanden hätten.

»Wo ist die Urlauberin, Gina Winter?«, fragte Collins. Jonathan senkte den Kopf und schüttelte ihn langsam.

»Saß sie im Auto?«, wollte Ben wissen und schaute in Richtung der Rauchsäule.

»Nein«, erwiderte Jonathan, »er hat sie hinten am See erwischt. Kerry ist ihm gerade so entkommen.« Er zog sie an sich. Man konnte sehen, wie sich das Zittern ihres Körpers auf den Jonathans übertrug.

Als Sam mit dem Dienstwagen eintraf, bat er ihn, die beiden Geretteten nach Burns Creek zu bringen.

»Ja«, meinte Ben auf Sams Nachfrage, »bring sie erstmal zu Louisa, da können sie sich frisch machen.« Er schaute zu Collins, danach zu Jonathan und Kerry. »Ich denke, später werden die beiden Detectives noch einige Fragen an euch haben.« Beide nickten und stiegen zu Sam in den Wagen.

»Geben Sie im Ort bitte meinem Kollegen über Funk Bescheid.«

»Geht klar, Detective.«

Wie eben Jonathan und Kerry am Rand des Weges gestanden und in den Abgrund gesehen hatten, blickten nun Ben, Collins und der Hundeführer von oben auf das brennende Wrack.

»Das überlebt keiner«, sagte letzterer und klopfte seinem Hund auf die Seite.

»Nein«, bestätigte Ben.

»Solange wir seine Leiche nicht finden und identifizieren, wird er als lebend eingestuft und wir suchen weiter nach ihm.«

»Wenn Sie meinen, Detective, das ist Ihr Fall.«

***

Noch bevor Sam und seine Passagiere die Ruby Road erreicht hatten, kamen ihnen die beiden von Detective Moose beauftragten Männer entgegen. Knapp teilte Sam ihnen mit, was sie Moose ausrichten sollten, und fuhr dann weiter nach Burns Creek.

Kaum hatte er den Wagen vor Louisas Saloon zum Stehen gebracht, kam die rothaarige Tante Jonathans auf sie zugestürmt und schloss ihren gerade ausgestiegenen Neffen in die Arme.

»Jonathan! Wie geht's dir? Ist alles in Ordnung? Was ist passiert?« Es prasselte nur so aus ihr heraus, sodass er Mühe hatte, dazwischenzukommen.

»Mir geht es gut, Tante Louisa, glaube mir.« Er hielt sie etwas auf Abstand und schaute auf ihr erleichtertes Lächeln, welches ihre schiefen Schneidezähne freilegte.

»Mach das nie wieder, hörst du?«, sagte sie, knuffte ihn auf die Brust und riss ihn erneut in ihre Arme.

»Du zerquetschst mich«, sagte er und löste sich behutsam von ihr. »Das ist Kerry. Kerry, das ist meine Tante Louisa.« Die junge Frau war langsam um den Wagen gegangen und stand seitlich hinter Jonathan. Unsicher streckte sie Louisa ihre Hand entgegen.

»Warum so förmlich?«, fragte Louisa überrascht. Sie griff nach Kerrys Handgelenk, zog sie zu sich heran und umarmte auch sie herzlich. »Freunde von Jonathan sind auch meine Freunde.«

»D ... Danke«, stotterte sie und entspannte sich erst, als Jonathan ihr seinen Arm über die Schultern legte.

»Nun kommt erstmal rein. Sam, du auch.« Der Angesprochene wehrte die Einladung mit den Händen ab.

»Heute Abend vielleicht, jetzt muss ich dem Sheriff seinen Wagen zurückbringen. Zu Fuß schafft er es nicht hier herunter.« Louisa nickte und schob ihre beiden Gäste vor sich her in den Saloon.

»Zeig Kerry oben das Bad und gib ihr ein paar frische Sachen von mir. Und dann kommt runter, ich mach euch was zu essen.«

»Okay, wird erledigt.«

»Ich rufe eben deine Mom an, oder willst du das machen?« Jonathan überlegte kurz.

»Nein, jetzt nicht. Sag ihr, ich melde mich später mit den Details.« Er wandte sich zu Kerry, die neben ihm auf der Treppe stehengeblieben war. »Was ist mit deinen Eltern? Willst du telefonieren?« Der traurige, auf den Boden gerichtete Blick des Mädchens zerriss Louisa und ihm fast das Herz.

»Danke, bei mir gibt es niemanden, den ich anrufen könnte. Meine Eltern leben nicht mehr. Ich habe keine Familie.«

»Das tut mir leid«, sagte Louisa und Jonathan nahm Kerry spontan in den Arm. Seine Tante verschwand in der Küche.

»Komm, ich zeig dir mein Zimmer, aber wehe, du lachst!«, sagte er, nachdem sie eine Weile nur so dagestanden waren. Sie sah ihn herausfordernd an.

»Warum sollte ich? Erwarten mich rosa Plüschhasen?« Jonathan brach in ein schallendes Gelächter aus.

»Schlimmer«, sagte er, »viel schlimmer.« Dann zog er kurz an ihrem Ellbogen und sie gingen hinauf.

***

Viele der Männer zogen es vor, nach Hause zu fahren, gut zwanzig hatten jedoch Detective Moose und Deputy Barnes zum Tatort oder Unfallort, um was genau es sich handelte, stand für Moose noch nicht fest, begleitet.

Ben fasste für die Neuankömmlinge zusammen, was sie von Jonathan und Kerry erfahren hatten, und führte sie zum Steilhang. Noch immer stieg dichter, schwarzer Rauch in den Himmel, wenn auch nicht mehr so viel wie noch vor wenigen Stunden.

»Zum Glück hat sich das Feuer nicht großartig ausgebreitet«, stellte Moose fest.

154

»Nein«, sagte Ben, »der vom Regen der letzten Wochen durchnässte Boden hat gut gegen das Feuer gearbeitet und der Bachlauf grenzt es auch ein.«

Ihre Aufmerksamkeit fiel auf Detective Collins, der auf dem Rückweg von Ramseys Hütte war. Moose schaute ihn fragend an, als er sie erreicht hatte.

»Der Frau wurde sauber die Kehle durchtrennt. Wie den beiden Opfern aus dem Haus der Conens. Das Tatwerkzeug habe ich nicht gefunden.«

»Ich vermute, das werden wir in der Nähe des Wracks finden«, mutmaßte Moose. »Also gehen mittlerweile drei Menschen auf sein Konto.«

»Mindestens«, bestätigte Collins.

»Okay, dann unterhalten wir uns mal mit den beiden Überlebenden. Die Spurensicherung ist informiert und müsste gleich hier sein.«

»Die werden sich freuen, wenn sie ihre ganze Apparatur von hier an zu Fuß schleppen müssen«, warf Ben ein und bemühte sich, ein schadenfrohes Lächeln zu unterdrücken.

»Das sind Profis«, sagte Collins knapp.

Moose wandte sich der neugierigen Gruppe zu, die sich ähnlich wie am Morgen im Saloon mit derber Sprache und großer Lautstärke unterhielt.

»Männer, ich brauche zwei Freiwillige, die hier Brandwache halten.« Es überraschte ihn nicht, dass sich postwendend fast alle anboten. »Zwei würden reichen, aber wenn ihr alle hierbleiben wollt, auch gut. Ich werde euch Verpflegung herbringen lassen.« Dadurch wurde es noch lauter, am deutlichsten waren die Worte Bier, Whiskey und Steak zu vernehmen. Warum wundert mich das nicht?, dachte er kopfschüttelnd. Was hast du hier anderes erwartet? »Leute, ich will euch hier kein Trinkgelage spendieren. Aber an ein paar Flaschen Bier und Steaks wird es nicht scheitern.« Deputy Barnes trat neben ihn und sprach ihm flüsternd ins Ohr:

»Finden Sie nicht, Detective, dass eine offizielle Amtsperson hierbleiben sollte? Ich würde das wohl machen.« Moose fragte sich, ob Rick Barnes einfach nur auf die Vorschriften bedacht war, oder ob er ihm die Stiefel lecken wollte. Was jedoch egal war, denn in der Konsequenz lag der Deputy richtig.

»Sheriff, können Sie Ihren Mann bis morgen entbehren, damit er hier die Verantwortung übernehmen kann?« Ben brauchte keine Sekunde zum Überlegen und stimmte sofort zu. »Okay, Deputy, dann können Sie gleich den Jungs von der Spurensicherung zeigen, wohin sie müssen.«

Dann brachen sie nach Burns Creek auf und ließen fünfzehn durstige und hungrige Männer unter der Führung vom Deputy vor Ort zurück.

***

»Muss das denn heute noch sein? Die beiden sind völlig erschöpft und vorhin eingeschlafen.« Der sanfte Blick Louisas konnte nicht über ihre Entschlossenheit hinwegtäuschen. Anfangs wirkten sie noch aufgekratzt, was möglicherweise daran lag, dass

156

Kerry ihren Neffen wiederholt mit den *Michael-Jackson-Postern* aufzog, die sein Zimmer großflächig bedeckten.

»Ich fand halt toll, wie er getanzt hat«, verteidigte er sich erfolglos, woraufhin sie noch mehr stichelte.

Aber als wurde ihnen der Stecker gezogen, waren sie schlagartig träger und müder geworden. Kerry und Jonathan waren fast während des Essens eingeschlafen und die dunklen Ränder um ihre Augen hatte Louisa veranlasst, sie schlafen zu schicken.

Und nun wollte sie mit allen Möglichkeiten verhindern, dass sie schon wieder in ihrer Ruhe gestört wurden. Moose und Collins warfen sich einen Blick zu und zuckten mit den Schultern.

»Sie haben recht, Louisa, wenn Sie mir versprechen, dass die beiden morgen Nachmittag um 16 Uhr im Sheriffbüro in Sandpoint erscheinen, geht das klar.«

»Sie haben mein Wort darauf«, erwiderte sie lächelnd.

Kapitel 18

Pünktlich lieferte Louisa die beiden zur Vernehmung im Sheriffbüro ab. Sie waren vorher kurz zur Wohnung Kerrys gefahren, welche nur einige Straßen entfernt lag. Sie hatte sich etwas frisch gemacht und war, nachdem sie zwei Tage die Kleidung fremder Frauen tragen musste, wieder in ihre eigenen Klamotten geschlüpft.

»Ich gehe mit Sam solange Kaffeetrinken. Meldet euch, wenn ihr fertig seid, okay?« Sie hatte sich noch am Vorabend mit Sam verabredet, da auch ihm der Tag in den Knochen steckte.

»Geht klar«, sagte Jonathan und hielt demonstrativ sein Smartphone hoch. Er hatte es bei der überstürzten Flucht in seinem Wagen gelassen, den Sam und Louisa am morgen dort abholten, wo er ihn stehengelassen hatte. Auch Kerry nickte.

»Danke, Louisa, für alles.« Louisas Gesichtsfarbe glich sich der ihrer feuerroten Haare an.

»Ach Kindchen«, sagte sie nur. Dann hakte sie sich bei Sam, den sie mitgenommen hatten, unter und schlenderte mit ihm davon.

Kerry und Jonathan sahen sich an.

»Wollen wir es wagen?«

»Ja, bringen wir es hinter uns«, antwortete sie und öffnete die breite Tür.

Statt vom Sheriff oder einem der Detectives wurden sie von einem mürrisch dreinschauenden Deputy empfangen. Ben hatte es sich nicht nehmen lassen, Owen nach seinem Nachtdienst eine weitere Tagschicht aufzubrummen, damit er selbst sich ausruhen konnte.

»Guten Tag, wir haben einen Termin bei Detective Moose.« Gerade wollte der Deputy zu einer unfreundlichen Antwort ansetzen, da fiel sein Blick auf Kerry, die nach Jonathans Meinung in ihrem schulterfreien, zitronengelben Top und der knallengen Jeans einfach bezaubernd aussah. Genauso empfand es offensichtlich auch der Deputy. Er streckte seinen Rücken durch und ließ bei einem breiten Lächeln zwei Reihen strahlendweißer Zähne aufblitzen.

»Guten Tag, ja, ich bin informiert. Die Herren müssten gleich kommen. Setzen Sie sich doch bitte solange dorthin.« Er zeigte auf zwei Stühle ihm schräg gegenüber. Wahrscheinlich, so Jonathans Vermutung, damit er Kerry besser anstarren konnte, denn es standen noch vier weitere Stuhlpaare im Raum, die er jedoch nur sehen hätte können, wenn er sich auffällig verrenken würde.

»Danke«, sagte Kerry und nahm neben Jonathan Platz.

***

Moose und Collins fuhren gerade in Richtung Sandpoint. Sie kamen direkt von der Absturzstelle des Wagens. Im Laufe des Abends hatte Regen eingesetzt, der den Brand löschte, sodass in den frühen Morgenstunden die Spurensicherung ihre Arbeit aufnehmen konnte.

»Was für ein Teufelskerl muss das sein, der so einen Unfall überlebt?« Moose war immer noch verwirrt von der Tatsache, dass weder im Wrack selbst noch in dessen Nähe die Leiche von Edgar Conen gefunden worden war.

Zwar konnte der einzig vor Ort verbliebene Hund die Witterung aufnehmen, doch bereits fünfzig Meter weiter hatte er sie wieder verloren. Kein Wunder, dachte Moose, schließlich war Edgar Conen jagderfahren, da sollte ihm klar sein, dass er nur zum Bach musste, um Hunde von seiner Spur abzubringen.

Sie fanden sein Gewehr und auch das Messer, mit dem mutmaßlich die Urlauberin getötet wurde, in der Nähe des Wracks. Beide waren den Flammen zum Opfer gefallen.

»Er hat Glück gehabt«, sagte Collins.

»Glück hin oder her, der Typ ist doch nicht Rambo, dass er sich zwanzig Meter fast in freiem Fall in die Tiefe stürzen kann und lediglich die Frisur etwas verrutscht.«

»Das erfahren wir, wenn wir ihn haben.« Collins telefonierte während der Fahrt mit allen umliegenden Polizeidienststellen und auch das FBI setzte Edgar Conen zur Fahndung aus. Da der Vizepräsident aus Boise abgereist war, bekamen sie von zwei Helikoptern Unterstützung aus der Luft. Beide kreisten bereits seit einigen Stunden und suchten mit technischer Hilfe nach dem Flüchtenden. Nach Mooses Einschätzung dürfte es höchstens eine Frage von Stunden sein, bis sie ihn hätten.

***

Jonathan erhob sich, als die Detectives eintraten. Moose schüttelte ihm und Kerry die Hand, während Collins nickend an den beiden vorbeiging und im hinteren Bereich des Gebäudes verschwand.

»Wir würden gerne zuerst mit Ihnen sprechen, Kerry.« Erfahrungsgemäß – und die Blicke der beiden bestätigten es – wurde diese Ansage stets falsch aufgefasst und die Befragten kamen sich sofort wie Verdächtige vor. »Keine Sorge«, sagte er deshalb und hob beschwichtigend beide Hände, »das ist eine völlig normale Verfahrensweise. Wir befragen Sie nur, wir verhören Sie nicht.«

»Kein Problem«, sagte Kerry und folgte Moose unter den bewundernden Blicken des Deputys, der sich fast den Hals verrenkte. Jonathan nahm es schulterzuckend hin, griff nach einem ausliegenden Motorradmagazin und begann, lustlos darin herumzublättern.

***

Nachdem Kerry den beiden Ermittlern gegenüber platzgenommen und Moose sie über den Ablauf der

Befragung in Kenntnis gesetzt hatte, drückte er auf den Knopf des Aufnahmegerätes. Moose sagte den Standarttext auf und Kerry bestätigte die Angaben zu ihrer Person.

»Ms. Harrington, bitte schildern Sie uns den Ablauf der letzten Tage.« Kerry räusperte sich, bevor sie mit leiser Stimme begann.

»Also, mein Freund Pete hatte mich eingeladen, ein paar Tage mit ihm bei seinen Eltern zu verbringen, damit sie mich mal kennenlernen.«

»Sie kannten Edgar Conen also vorher nicht?«, wollte Moose wissen.

»Nein. Das heißt, vielleicht habe ich ihn mal gesehen. Schließlich arbeite ich in Toms Diner hier in Sandpoint und Petes Vater hat sein Büro ja auch hier, vielleicht war er mal in der Mittagszeit bei meiner Schicht da – aber daran kann ich mich nicht erinnern.« Das Diner lag vom Büro Conens aus am anderen Ende der Stadt, daher hörte es sich für Moose plausibel an. Er selbst hatte schon dort gegessen, konnte sich an die Bedienungen aber ebenfalls nicht erinnern.

»Woher kannten Sie Pete und wie lange waren Sie mit ihm zusammen?«

»Er hatte mir mit seinem Wagen mal die Vorfahrt genommen, als ich mit dem Rad unterwegs war. Und nachdem er sich so süß um mich gekümmert hatte, obwohl mir gar nichts passiert war, hab ich mich mit ihm verabredet. Das ist vielleicht zwei Monate her und seit einem waren wir zusammen.« Collins reichte ihr ein Taschentuch, da ihr die Tränen über die

Wangen rannen und dunkle Flecken auf dem grell-gelben Shirt erzeugten, wo sie auftrafen. »Danke«, sagte sie und ihre Stimme drohte, zu brechen.

»Gut, Sie sind zu seinen Eltern gefahren. Was passierte dann?« Kerry beruhigte sich.

»Als wir ankamen, war erst nur seine Mutter Amy da. Eine tolle, liebe Frau, die mich sofort herzlich begrüßt hat. Sein Vater, Edgar, kam etwas später. Anfangs hielt ich ihn auch einfach nur für nett und freundlich. Aber dann zwinkerte er mir öfter zu, wenn keiner es mitbekam, drückte sich übertrieben an mich, wenn er an mir vorbei musste. Zur Toilette oder ins Büro. Das war mir total unangenehm und da Pete von seinen Eltern immer geschwärmt hatte, konnte ich es nicht über das Herz bringen, ihm davon zu erzählen. Ich hoffte einfach nur, dass die Tage schnell vorbeigehen würden.«

»Hat er sie unsittlich berührt?« Kerry schüttelte den Kopf.

»Nein, am ersten Tag nicht. Am nächsten Morgen war er zum Glück zur Arbeit gefahren und ich hatte mir schon überlegt, mir abends eine Migräne-Auszeit zu nehmen, damit ich meine Ruhe vor ihm habe. Als er nach Hause kam, war er völlig anders, keine Blicke oder Andeutungen. Ich dachte schon, er hätte abends zuvor vielleicht etwas zu viel Wein gehabt. Dass er dann wegfuhr, beruhigte mich noch mehr.

Nach ein, zwei Stunden kam er zurück. Und als wir draußen zum Essen saßen, ging ich in die Küche, um mir noch etwas Obst zu holen. Plötzlich stand er hinter mir und zog mich an sich, dann quetschte er meine Brüste und rieb sich an mir. Dabei raunte er mir Dinge ins Ohr wie ‚Du willst es doch auch‘ oder ‚du brauchst das doch‘ ...« Kerry bat schluchzend und um ein Glas Wasser. Collins stand auf und kehrte kurz darauf mit der Erfrischung zurück.

»Fahren Sie bitte fort«, sagte Moose. Kerry trank einen großen Schluck. schrie

»Ich war entsetzt und konnte mich nicht von ihm losreißen. Das fasste er wohl erst recht als falsches Signal auf, drehte mich herum und presste mir seinen Mund auf die Lippen. In dem Moment hörte ich Pete schreien. Er stand in der Küchentür und hat es gesehen. Daraufhin schrien er und sein Vater sich an, worauf auch seine Mom dazukam. Pete und Edgar gerieten in Rage. Pete brüllte seiner Mom zu, was er gesehen hatte. Darauf rannte sie weinend aus der Küche. Ich stand völlig hilflos daneben, flehte Pete an, dass wir wegfahren sollten. Aber er war wie sein Vater vollkommen außer sich und sie begannen, sich zu prügeln. Urplötzlich griff Edgar zu einem Messer aus dem Holzblock und stach es Pete in den Hals.« Kerrys Stimme wurde immer brüchiger.

»Brauchen Sie eine Pause?«

»Nein«, sagte sie schniefend, »geht schon. Ich rannte zu meinem Freund und wollte ihm helfen, doch das Blut spritzte nur so aus ihm heraus. Er torkelte zur Tür ins Wohnzimmer. Edgar musste kurz vorher hineingegangen sein, ich habe nicht auf ihn geachtet. Ich lief weinend hinter Pete her und sah dann Edgar hinter seiner Frau stehen. Erst beim erneuten Hinsehen begriff ich, dass er ihr die Kehle aufgeschlitzt hatte. Ich war wie paralysiert. Pete schleppte sich zu seiner Mutter und brach neben ihr zusammen. Edgar ging einen Schritt zur Seite und schnitt auch Pete die Kehle durch. Dabei sah er mir in die Augen, als wollte er mir zeigen, was mir gleich bevorstehen würde. Dann aber ließ er das Messer fallen und schien zur Besinnung zu kommen. Nach einem Moment änderte sich sein Zustand wieder: Er stürzte sich auf mich und würgte mich. Irgendwie gelang es mir, mich zu befreien und wegzulaufen.« Moose wechselte einen kurzen Blick mit Collins, der kaum sichtbar nickte. Die Aussage des Mädchens passte mit den Begebenheiten am Tatort also zusammen. Der Rechtsmediziner hatte bestätigt, dass der erste Angriff auf Pete Conen von einer Person aus- geführt worden sein musste, die größer war als er selbst. Dies traf auf Edgar zu und die Fingerabdrücke auf dem blutverschmierten Griff des Messers, welches als Tatwerkzeug identifiziert worden war, waren ein- deutig dem Gesuchten zuzuordnen.

»Erzählen Sie weiter.«

Kerry berichtete von ihrer Flucht, wie Jonathan sie hilflos auflas. Dass kurz darauf Edgar mit dem Wagen hinter ihnen her war, wie sie durch die Berge geflüch- tet waren – den Part mit dem Fluss ließ sie aus, da sie daran keine Erinnerung mehr hatte. Wie sie trotz der Kälte die Nacht überlebt hatten und wie sie Ramseys Hütte fanden, wo sie von Gina aufgenommen wurden. Moose und Collins hörten aufmerksam zu und machten, obwohl das Band mitlief, hin und wieder Notizen. Kerry stockte kurz, als sie zu der Begegnung mit Edgar am See kam.

»Hier bitte«, sagte Collins und reichte Kerry die ganze Taschentuchbox. Sie schnäuzte sich laut.

»Jonathan ist bei der Baustelle geblieben und hat da irgendwas gemacht. Gina und ich sollten noch etwas Sand holen. Wir waren fast fertig, als der Schuss fiel. Ich konnte Edgar erkennen, er rannte auf uns zu. Ich schrie Gina an, dass wir wegmüssten, doch sie stürzte. Da dachte ich, er hätte sie getroffen. Ich konnte ihr nicht mehr helfen und bin mit dem Auto weg. Im Rückspiegel konnte ich dann sehen, dass sich Gina doch noch aufgerappelt hatte – da war Edgar aber schon hinter ihr. Das Letzte, was ich sehen konnte, war, dass sie wieder umfiel.«

»Er hat auch ihr die Kehle aufgeschlitzt«, fügte Collins hinzu. Kerry hielt sich die Hand vor den Mund und die Tränen wollten nicht mehr aufhören, zu fließen.

»Sie hat uns gerettet. Und wenn ich drüber nachdenke, dass uns der verdammte Sand auch nicht geholfen hat ...« Kerrys Stimme versagte endgültig.

Nach einer kurzen Unterbrechung schilderte sie den weiteren Verlauf. Die Ermittler beendeten das Gespräch und baten Kerry, vorne zu warten, bis sie Jonathans Befragung beendet haben würden.

***

Jonathans Aussagen deckten sich mit denen von Kerry, soweit es um gemeinsam erlebte Dinge ging. Er konnte die Informationslücke von den Geschehnissen am Fluss schließen und den Absturz des Wagens und Edgars ergänzen. Nachdem sich die Detectives darauf kurz allein besprochen hatten, baten sie Kerry und Jonathan zusammen in den Besprechungsraum.

»Vielen Dank für Ihre Mitarbeit«, begann Moose, worauf die beiden nickten. »Nun kommen wir zu der aktuellen Situation.« Jonathan sah verwirrt zu Kerry, die ebenfalls verunsichert von den Detectives zu Jonathan schaute. »Nun, wir haben leider keine Leiche von Edgar Conen finden können.« Er wartete einen Moment, bis die Information bei ihnen angekommen war.

»Aber das gibt's doch nicht!« Jonathan war perplex. »Wie kann er das überlebt haben?«

»Das können wir sagen, wenn wir ihn haben«, wiederholte Collins die gleiche Aussage, die er am Vortag Sheriff Glover gegeben hatte.

»Es ist so, dass er sich – wie auch immer – vom Absturzort entfernt hat. Wir suchen großräumig aus der Luft und am Boden mit Hunden nach ihm. Es dürfte nicht mehr lange dauern, bis wir ihn finden.« Jonathan atmete erleichtert aus, Kerry hingegen traf diese Mitteilung wie ein Donnerschlag.

»Diese Explosion, die Flammen, der Sturz ...«, murmelte sie vor sich hin.

»Ms. Harrington, wir können davon ausgehen, dass er hinter Ihnen her ist. Von daher kann ich Ihnen anbieten, einen Streifenwagen vor Ihrer Wohnung und vor dem Diner bereitzustellen, wenn Sie im Dienst sind, bis wir ihn gefasst haben.« Kerry nickte dankbar, dann wandte sich Moose an Jonathan. »Auch für Sie können wir –«, doch Jonathan unterbrach ihn.

»Das können Sie sich sparen. Sie sagen ja selbst, er sei hinter ihr her.« Er deutete in Kerrys Richtung. »Von mir weiß er weder meinen Namen noch wo ich derzeit wohne. Falls er sich an mein Kennzeichen erinnert, müsste er in Colorado nach mir suchen. Ich verzichte also auf Polizeischutz. Passen Sie dafür einfach besser auf Kerry auf.« Sie griff nach seiner Hand und drückte sie.

»Wie Sie meinen. Ich denke, Sie liegen damit auch richtig.« Moose klatschte mit der flachen Hand auf den Tisch, erhob sich und verabschiedete die beiden.

Eine halbe Stunde später stand Kerry unter der Dusche ihres kleinen Appartements und Jonathan berichtete auf der Heimfahrt nach Burns Creek Louisa und Sam von der Befragung.

Kapitel 19

Zwei Monate später

Das Bier floss in Strömen und die Stimmung der erfolgreichen Absolventen war mehr als ausgelassen. Jonathan saß mit seinen Freunden in einer Nische, von der sie ihre Mitstudenten gut beobachten konnten.

»Alter, ich bin immer noch fassungslos, dass du dich so gut vorbereiten konntest nach der Nummer, die dir da passiert ist«, sagte Bob. Trotz seines dramatischen Aufenthaltes hatte Jonathan das Kunststück vollbracht, als einer der fünf besten des Jahrgangs abzuschließen.

»Bob, du weißt doch, dass Jo unser Wunderkind ist«, näselte Peter. Sie hatten vor wenigen Stunden ihre Abschlussurkunden überreicht bekommen und mittlerweile schon einigen Alkohol intus.

»Wisst ihr was, Leute, scheiß drauf!«, sagte Jonathan, stand auf und erhob sein Glas. »Heute geht es nicht um Menschenjagd oder um Examina – heute zählt nur eines: ...«

»Feiern bis der Arzt kommt!«, riefen die drei gleichzeitig und stießen so kräftig an, dass ihre Gläser fast zersplitterten. Die befremdlichen Blicke einiger humorloser Gäste, die ihren Tisch erreichten, quittierten sie mit lautem Gelächter.

»Und wann lernen wir endlich deine unglaubliche neue Freundin kennen?«, fragte Bob einige Runden später.

»Genau«, näselte Peter, »bevor wir sie nicht leibhaftig gesehen haben, glauben wir dir die ganze Horrorstory sowieso nicht.« Neue Freundin, na ja, so weit war es noch nicht. Klar, sie hatten gemeinsam die wohl schlimmsten Stunden ihres Lebens miteinander verbracht und sich gegenseitig mehr als einmal den Arsch gerettet. Jonathan lehnte sich zurück und grinste seine beiden Freunde breit an, während er an die letzten Wochen mit Kerry zurückdachte.

Nachdem sie in Sicherheit gebracht worden waren, hatte er zwei Tage nichts von Kerry gehört. Dann aber meldete sie sich mit einer Textnachricht und sie trafen sich in einer ruhigen Bar etwas außerhalb Sandpoints. Er war nervös gewesen wie ein Teenie vor dem ersten Date und gespannt darauf, wie es sich anfühlen würde, Kerry in einer alltäglichen Situation zu erleben. Und es fühlte sich gut an, nein, es fühlte sich fantastisch an. Was natürlich auch daran lag, dass Kerry fantastisch aussah, obwohl sie sich nicht besonders aufgebrezelt hatte.

Anfangs nahm ihre Flucht vor Edgar die zentrale Rolle ihrer Unterhaltung ein, doch je länger sie miteinander sprachen – und sie sprachen viele Stunden – desto mehr geriet dieses Thema in den Hintergrund und sie redeten über banale Themen, ihre Hobbys, ihre Lieblingsfarbe, natürlich über Musik, wobei Jonathan wenig überraschend wegen seiner *Michael Jack-*

son Schwärmerei früherer Jahre von ihr aufgezogen wurde, und vieles andere.

Natürlich war ihm bewusst, dass sie vor gerade mal ein paar Tagen ihren Freund verloren hatte. Und Jonathan wollte weder als Notnagel herhalten noch sie möglichst schnell flachlegen. Doch es war unbestreitbar, dass zwischen den beiden eine Spannung herrschte, die fast mit den Händen greifbar war.

In den folgenden Wochen telefonierten sie fast täglich miteinander oder schrieben sich kurze Nachrichten. Bei einem ihrer letzten Treffen – sie hatte ihn mal wieder in Burns Creek besucht – nahm er seinen ganzen Mut zusammen und küsste sie. Dabei spürte er, wie sie kurz zögerte.

»Es ist okay, wenn es zu früh für dich ist«, sagte er.

»Das ist es nicht«, erwiderte sie und sah seitlich an ihm vorbei. »Es ist nur ... Ich möchte es nicht kaputtmachen, das zwischen uns.« Er nahm ihr Gesicht in seine Hände und drehte es sanft zu sich.

»Du machst es weder kaputt, wenn du mich jetzt küsst, noch, wenn du es nicht tust.« Gerade wollte er ihr zum Zeichen einen kurzen Kuss auf die Stirn geben, da presste sie ihre Lippen auf seine. Jetzt war es Jonathan, der für den Bruchteil einer Sekunde stutzte, dann jedoch ließen sie ihrer Leidenschaft freien Lauf.

Sie waren gerade dabei, sich ihre Shirts vom Körper zu reißen, als es an der Tür klopfte. Die Klinke wurde heruntergedrückt, da rief Jonathan:

»Stop!« Aber es war zu spät: Louisa hatte ihren Kopf bereits zwischen Tür und Zarge geschoben.

»Jonathan, ich wollte nur ... Oh, du hast Besuch. Hi, Kerry. Sorry, ich lass euch allein.« Kerry winkte ihr verlegen zu, während sie die Arme dicht an ihrer Brust ließ, um diese zu verdecken. Bevor Louisa die Tür schließen konnte, fragte Jonathan:

»Worum geht es denn, Tante Louisa?«

»Dein Handy klingelte. Es liegt auf dem Küchentisch und auf dem Display stand, dass der Anruf von Detective Moose war. Dachte, das wäre vielleicht wichtig.« Jonathan und Kerry sahen sich an. Sie zog ihr Shirt schnell drüber und lief zu ihrer Handtasche, die sie auf der mittig unter einem breiten Spiegel stehenden Anrichte gegenüber des Bettes abgelegt hatte. Sie fischte ihr Smartphone heraus, wischte über das Display und nickte.

»Hab es lautlos gestellt. Aber mich hat er auch versucht, anzurufen.«

Die beiden kamen einige Minuten nach Louisa in die Küche. Jonathan schnappte sein Smartphone und ging mit Kerry in ein Zimmer, das seiner Tante als Büro diente – und das einzige im Haus war, in dem es einen Festnetzanschluss gab. Kerry diktierte ihm die Nummer, Jonathan stellte auf Lautsprecher.

»State Police Idaho, Detective Moose am Apparat«, erklang es gut verständlich.

»Detective Moose, hier spricht Jonathan Hunter. Sie haben gerade versucht, mich und Kerry zu erreichen. Worum geht es?«

»Guten Abend, Jonathan, richtig. Sie wissen, dass ich auch Kerry angerufen habe? Ist sie bei Ihnen?«, fragte er und es klang nicht überrascht.

»Ja, sie sitzt neben mir. Sie hört mit.«

»Das ist gut, dann spare ich mir, alles zweimal zu erzählen.«

»Wir hören«, sagte Jonathan.

»Gut, ich will Sie beide nur auf den aktuellen Stand bringen. Es fehlt weiterhin jede Spur von Edgar Conen. Da wir innerhalb der letzten sechs Wochen jeden Stein und jeden Ast in weitem Umkreis der Absturzstelle umgedreht haben und weder in den umliegenden Ortschaften noch in den vereinzelt stehenden Hütten auch nur einen Fußabdruck von ihm gefunden haben, wurde die Suche abgebrochen.«

»Hm«, machte Jonathan und sah Kerry an, in deren Augen die zurückgekehrte Angst aufloderte. »Was heißt das jetzt für uns?«

»Nun, er bleibt weiterhin auf der Fahndungsliste. Allerdings gehen unsere Experten wie auch die vom FBI davon aus, dass er es möglicherweise über den Bach zum Fluss geschafft, aber mit an Sicherheit grenzender Wahrscheinlichkeit nicht überlebt hat. Entweder ist er an Unterkühlung gestorben oder die Bären und Wölfe haben ihn erledigt.«

»Also verstehe ich richtig, dass Sie die Akte vorerst schließen? Und der Personenschutz?« Sie hörten, wie sich Moose am anderen Ende der Leitung räusperte.

»Wir schließen die Akte natürlich erst, wenn wir Edgar Conen gefunden haben – tot oder lebendig.

Aber weder wir noch andere Dienststellen haben das Personal dafür, weitere Wochen jemandem hinterherzujagen, der höchstwahrscheinlich tot ist. Schließlich geht es nicht um Bin Laden.« Er machte eine kurze Pause. »Der Personenschutz für Ms. Harrington ist offiziell eingestellt. Der Wagen wurde heute Vormittag abgezogen. Aber vertrauen Sie mir, Sie sind nicht in Gefahr.«

Nachdem das Gespräch beendet war, saßen die beiden eine Weile schweigend nebeneinander. Ihm machte diese neue Information nichts aus, er fühlte sich seit der Explosion sicher und rechnete keine Sekunde damit, dass Edgar plötzlich vor ihm stehen könnte.

Kerrys Gesichtsausdruck hatte sich während des kurzen Telefonates jedoch stark verändert. Es traf Jonathan ins Herz, wie sie offenbar hart kämpfte. Er ging zu ihr und zog sie zu sich heran. Er spürte ihr Zittern und war sicher, dass es nicht von demselben Grund ausgelöst wurde, wie vor einer Viertelstunde auf seinem Zimmer.

»Hör zu, was hältst du von einer Luftveränderung?« Sie runzelte die Stirn.

»Was meinst du damit?« Jonathan lächelte.

»Ich habe dir doch erzählt, dass ich einen Job in Boise angeboten bekommen habe?« Sie nickte. »Ich hab bereits vor einigen Tagen zugesagt. Und die Firma hat versichert, mir eine Wohnung zu stellen, die ich ab nächster Woche bereits beziehen darf.«

»Obwohl du erst in zwei Wochen Prüfung hast und in drei Wochen dort anfangen wirst?« Sie schaute ungläubig. In ihrer bisherigen kurzen beruflichen Karriere kümmerten sich ihre Chefs höchstens darum, nicht einen Cent zuviel bezahlen zu müssen.

»Ja. Das heißt, du könntest erstmal dorthin. Da würde dich Edgar auf keinen Fall finden, sollte er überhaupt noch leben. Und du hast doch oft genug gesagt, dass du von deinem Job und dem Kleinstadtleben die Nase voll hast. Also?« Er konnte an ihrem Gesichtsausdruck erkennen, wie es hinter ihrer Stirn ratterte. Fast glaubte er, das Ineinandergreifen der Zahnräder hören zu können.

»Das würdest du für mich tun?« Er lächelte und streichelte über ihr Haar.

»Das und noch vieles mehr.« Das Vibrieren ihres Körpers, welches er beim folgenden Kuss spürte, konnte er abermals eindeutig zuordnen.

In den folgenden Tagen trafen sie sich noch dreimal und Louisa funkte glücklicherweise diese Male nicht dazwischen. Er lächelte in sich hinein.

»Alter! Was stimmt nicht mit dir?« Die fast geschriene Frage Bobs und das Anstoßen an seiner Schulter riss ihn wieder ins Hier und Jetzt.

»Ach Jungs, ich habe nur ein wenig in Erinnerungen geschwelgt«, erwiderte er und griff nach seinem Bier.

»Erinnerungen am Arsch, Alter, du bist mit bestellen dran«, raunte er ihn an und Peter wiederholte es.

»Genau, du bist dran, Träumer.«

»Is´ gut, ich mach ja schon.« Jonathan stand auf und bewegte sich in Richtung des Tresens. Über seine Schulter hinweg rief er ihnen zu: »Und keine Sorge, Leute, ihr werdet sie schon noch kennenlernen.« Peter und Bob prosteten grinsend dem davon schreitenden Jonathan hinterher.

»Hey, Josie, gib mir drei Bier bitte«, sagte er lässig an der Theke lehnend zu der Bedienung, die wie alle Tresenkräfte aus dem unteren Jahrgang stammte. Eine langjährige Tradition, die gerne fortgeführt wurde, um den Neuen einen Motivationsschub zu verpassen, indem sie die frischen Absolventen bei ihrer letzten Party miterleben konnten.

»Kommt sofort.«

»Danke und ... hey?« Abrupt wurde er unterbrochen. Jemand hielt ihm von hinten die Augen zu. Anstatt sich hektisch umzudrehen, blieb Jonathan cool und tastete nach den Händen, die auf seinem Gesicht ruhten. Sein Puls stieg an, als er meinte, die schlanken, weichen Finger wiedererkannt zu haben. Erst jetzt drehte er sich langsam um. »Was? Du? Hier?«, stotterte er.

»Soll ich wieder gehen?«, fragte Kerry und kniff die Augen zusammen. Er hielt immer noch ihre Hände und zog Kerry jetzt ruckartig zu sich heran. Der Schmetterlingsschwarm in seinem Bauch schien auf Koks, er konnte es nicht mehr leugnen – er war schwer verliebt in diese Frau.

»Was? Nein, natürlich nicht. Aber wieso bist du hier? Ich meine, du wolltest doch –«, Sie unterbrach sein wirres Gestammel, indem sie ihn küsste.

»Ja, ich wollte mir einen Job und eine Wohnung suchen. Mit dem Job hat es auch schon geklappt. Aber du glaubst doch nicht, dass ich dich an deinem großen Tag alleine feiern lassen würde? Schließlich bist du ab heute erwachsen.« Sie zwinkerte ihn an.

»Du hast einen Job? Super, davon musst du mir erzählen. Ich freue mich wahnsinnig, dass du da bist.« Er bestellte ein weiteres Bier bei Josie und küsste seine Freundin erneut. »Komm, ich stell dir meine Freunde vor.«

Sie schnappten sich jeder zwei Flaschen und Kerry folgte Jonathan zum Tisch. Peter sah die beiden und machte seinen Freund auf seine Entdeckung aufmerksam.

»Alter, wenn das nicht die sagenhafte, unglaubliche Kerry ist!«, rief er ihnen entgegen, stand auf und nahm die überraschte Freundin Jonathans unvermittelt in den Arm. Kurz darauf tat Peter es ihm gleich.

»Darf ich vorstellen? Das ist Kerry, aber das scheint ihr Schnarchnasen ja bereits kombiniert zu haben«, sagte Jonathan und deute auf sie, danach auf die beiden Jungs. »Und das sind meine völlig nutzlosen, ahnungslosen, aber unglaublich sympathischen Kumpanen Peter und Bob.«

»Alter!«, empörte sich Bob und Peter schnaubte verächtlich. Darauf brachen sie in Gelächter aus, was wieder für Blicke von den anderen Tischen sorgte –

doch dieses Mal hefteten sie sich eher an die blonde Schönheit am Tisch der drei Männer und pikiert waren nur noch die Damen.

Jonathan freute sich darüber, wie gut sich Kerry mit den Jungs verstand. Obwohl ihm bewusst war, dass er die beiden in Zukunft nur noch selten sehen würde, zog es sie doch in verschiedene Richtungen und traten ihre Jobs mehrere hundert Meilen voneinander entfernt an. Aber für ihn zählte nur das Hier und Jetzt. Die Party verlief, wie Partys häufig verliefen. Sie tranken Runde um Runde, und zu fortgeschrittener Stunde schwangen sie zu aktueller Chartmusik nicht unbedingt elegant, jedoch sehr engagiert das Tanzbein. Ob es am Alkohol, an der vergangenen Zeit oder doch an den Hormonen lag, die ihn und Kerry fluteten – nie zuvor hatte er sie so unbeschwert und fröhlich gesehen wie an diesem Abend. Und auch wenn er nicht der geborene Romantiker war, diesen Abend hätte er nur zu gern eingefroren und nie enden lassen.

Kapitel 20

Der Kater am nächsten Morgen hatte die Ausmaße eines sibirischen Tigers angenommen. Selbst das Drehen seines Kopfes fühlte sich für Jonathan an, als würde ein Hufschmied ein frisches Eisen an selbigem anbringen. Als er jedoch in das engelsgleiche, zarte Gesicht Kerrys blickte, die leise und gleichmäßig atmete und nur wenige Zentimeter von seinem entfernt lag, konnte er seine Schmerzen etwas verdrängen. Solange er sich nicht bewegte.

Nachdem er sie eine Weile verliebt beobachtet hatte, stieg er, so leise es ihm möglich war, aus dem Bett seiner Studentenbude, die er heute noch abgeben müsste – der Gedanke daran, sich mit dem Verwalter wegen der Abnutzungen und kleinerer, notwendiger Instandsetzungen auseinandersetzen zu müssen, ließ das Hämmern anschwellen. Er fasste sich an den Kopf und massierte seine Schläfen, dann schlich er ins Bad und suchte nach den Kopfschmerztabletten, die zur Basisausstattung jeder Studentenhausapotheke gehörten. Nach einem kurzen Blick in den Spiegel, der ihn doch etwas erschreckte, warf er sich zwei Tabletten ein und schluckte sie mit Wasser hinunter.

Noch etwas restalkoholisiert fragte er sich erstaunt, wie viel so eine Harnblase doch ansammeln konnte. Er spülte und ging dann unter die Dusche. Das Prasseln auf seinem Körper wirkte in Kombination mit den Pharmazeutika Wunder, die Kopfschmerzen schwanden von Minute zu Minute.

Er wollte gerade die Brause abdrehen, da öffnete sich die Badtür, gleich darauf die der Dusche und Kerry schlüpfte zu ihm hinein und schmiegte ihren Körper an seinen. Als er in sie eindrang, waren jegliche Kopfschmerzen vergessen.

***

Nachdem die Wohnungsübergabe überraschend reibungslos verlaufen war, entwickelte sich die Verabschiedung von seinen Freunden emotionaler, als Jonathan erwartet hatte. So standen bei ihrer für lange Zeit letzten Umarmung neben Bob und Peter auch ihm die Tränen in den Augen. Kerry, die Jonathans Freunde bereits ins Herz geschlossen hatte, kämpfte offensichtlich dagegen an, ihrer Rührung freien Lauf zu lassen.

»Macht es gut, ihr Sauhunde. Und wehe, ihr vergesst, euch zu melden«, raunte Jonathan den beiden aus dem heruntergelassenen Seitenfenster seines mittlerweile reparierten Pick-ups zu. Sie erwiderten etwas, das weder er noch die neben ihm sitzende Kerry verstehen konnte.

»Tolle Jungs«, sagte Kerry. Sie hatten mittlerweile Seattle hinter sich gelassen und folgten der Route südöstlich. Es würde ein paar Stunden dauern, bis sie ihre neue Heimat Boise erreicht haben würden.

»Das sind sie«, bestätigte er. »Aber nicht halb so toll wie du.«

»Wenn du dir das blöde Zwinkern eben gespart hättest, würde ich es dir fast glauben.«

Nach weiteren Neckereien und belanglosen Smalltalks lenkte Jonathan das Gespräch auf ernstere Themen. Sie hatte es ihm zwar am Vorabend bereits erzählt, doch der leicht außer Kontrolle geratene Bierverzehr hatte einige Lücken in sein Gedächtnis gerissen. Nachsichtig wiederholte sie für ihn, dass sie einen Job in einer Snackbar gefunden hatte. Klar, sie würde nicht viel verdienen, das meiste würde über das Trinkgeld kommen müssen. Und die Arbeitszeiten, tja, sie würde öfter die Schicht bis Mitternacht übernehmen müssen, aber es war ja nur für den Übergang. Sie würde sich nebenbei umhören und sobald sie etwas Solides fände, würde sie wechseln. Jonathans Lücken schlossen sich, jetzt war er wieder im Bilde. Er freute sich darüber, dass es so schnell geklappt hatte mit ihrem Job. An ihre Arbeitszeiten müsste er sich zwar gewöhnen, aber da auch er häufig bis spät abends arbeiten müssen würde, sollte es kein größeres Problem darstellen. Dass sie wenig verdiente, sah er entspannt, da sein Einstiegsgehalt mehr als anständig war. Und insgeheim war er überhaupt nicht traurig darüber, dass sie noch keine Wohnung gefunden hatte. So würden sie einige Wochen schon mal zur Probe zusammen wohnen. Und wer weiß, dachte er, wenn das gut funktioniert, warum sollten sie sich keine etwas größere gemeinsame Wohnung suchen? Kerry drängen und ihr die Pistole auf die zugegeben sehr erregende Brust setzen würde er definitiv nicht.

***

Idahos Hauptstadt Boise, deren Name aus dem Französischen stammte und bewaldet bedeutete – deswegen auch gerne *City of Trees* genannt – lag im südwestlichen Teil des Staates. Mit knapp einer Viertelmillion Einwohnern war es für Kerry, die im ländlichen Raum aufgewachsen war und die letzten Jahre in der Kleinstadt Sandpoint verbracht hatte, eine enorme Umstellung. Einige Male hatte er sie auf ihre Kindheit angesprochen, jedoch redete sie nicht gern darüber, und da sie früh ihre Eltern verloren hatte, entschied er sich, ihr die Zeit zu lassen, bis sie von selbst darüber reden wollen würde.

Für Jonathan hingegen, der aus der Millionenmetropole Denver kam und sein Studium in Seattle absolviert hatte, in deren Region fast vier Millionen Menschen lebten, wirkte Boise schon fast beschaulich.

»Da sind wir«, sagte Kerry und wies Jonathan ein, wo er den Wagen abstellen konnte. Er hatte die Wohnung bisher nicht gesehen. Nachdem er telefonisch mit seiner neuen Firma abgesprochen hatte, dass seine Freundin die Schlüssel entgegennehmen würde, hatte sich Kerry um alles Weitere gekümmert. Die dreigeschossige Anlage, in deren ersten Stock Jonathans möbliertes Apartment lag, verfügte tatsächlich über einen überdachten Pool im Erdgeschoss, der den Bewohnern kostenlos zugänglich war. Der Vorgarten mit der Hecke aus Büschen war sehr gepflegt und passte zur Fassade des Gebäudes, die sandfarben verputzt war.

»Im ersten Moment würde ich sagen, wir sind im Urlaub«, meinte Jonathan, den sein neues Zuhause angenehm überraschte. Bisher hatte er nur ein paar Fotos als Emailanhänge davon gesehen, die der Realität nicht annähernd das Wasser reichen konnten. Kerry grinste, nahm seine Hand und zog ihn hinter sich her.

»Warte ab, bis du die Wohnung siehst.«

»Da bin ich ja gespannt.« Er folgte ihr die metallene Außentreppe nach oben. Weiter ging es durch einen überdachten Gang vorbei an mehreren dunkelgrün gestrichenen Holztüren, bis Kerry vor der vierten stehenblieb.

»Willst du aufmachen? Es ist schließlich deine«, sagte sie und hielt ihm den Schlüssel hin.

»Sei nicht albern. Mach schon auf.« Gespannt betrat er daraufhin den Eingangsbereich, von dem man ins Wohnzimmer und von dort in alle anderen Zimmer gelangte, und der Geruch, der ihm entgegenkam, nahm ihn sofort gefangen. Es roch nach ihr und ihrem Parfum, welches sie bei ihren letzten Dates aufgetragen hatte. Eine Mischung aus Rose, Lavendel und Vanille. Was er allerdings nur wusste, weil sie es ihm verraten hatte. Sein erster Blick fiel auf den überdimensionierten Flachbildschirm, der gegenüber der extragroßen, cremefarbenen Wohnlandschaft an der Wand montiert war. Die Küche erschien ihm zweckmäßig ausgestattet, das Bad ausreichend, das Schlafzimmer übertrieben groß. Vom hinteren Teil des Wohnzimmers führte eine bodentief verglaste Tür auf einen niedlichen Balkon, von dem sie den Innenhof einsehen konnten, der ähnlich einer Hotelanlage – oder eines Gefängnisses, je nach Sichtweise – eine quadratische Form aufwies und auf allen Seiten von der Wohnanlage gerahmt wurde.

»Wow, ich bin tatsächlich etwas geflasht.«

»Ja, das war ich auch. Dass ich noch keine eigene Wohnung gefunden habe, hat natürlich absolut nichts damit zu tun, dass diese hier paradiesisch ist.« Kerry kicherte. »Ich mach mir einen Kaffee, willst du auch?«

»Gern, danke.«

Kapitel 21

Die Zeit verging und Jonathan hatte sich an das Zusammenleben mit Kerry mehr als gewöhnt. Mit seinen Kollegen kam er glänzend zurecht, die Arbeit forderte ihn zwar, aber sie war nicht überfordernd.

Auch Kerry arrangierte sich mit dem Job und wenn sie abends völlig geschafft nach Hause kam, war sie froh darüber, mit Jonathan jemanden zu haben, der ihre Füße massierte, die vom langen Stehen hinter der Theke dick und schmerzhaft waren, und der sie immer in den Arm nahm, wenn sie es brauchte. Da er morgens früher losmusste, kümmerte sie sich um den Haushalt, bis ihre Schicht gegen Mittag begann.

Sie dachte sich auch im ersten Moment nichts dabei, als ihre Kollegin Alice, mit der sie sich gut verstand und auch schon mal zusammen weggegangen war, ihr sagte, dass sich jemand nach ihr erkundigt hätte.

»Wer denn? Der süße Rothaarige von vorgestern?« Der junge Mann hatte ihr mehr als deutliche Avancen gemacht und sich viel Mühe gegeben. Bis sie ihm später doch unmissverständlich klargemacht hatte, dass sie nicht interessiert wäre.

»Nein, nein, das war so ein komischer Typ.« Alice verzog das Gesicht. »Den hab ich hier noch nie gesehen.« Das war der Augenblick, in dem Kerry etwas mulmig wurde.

»Was wollte er denn? Und wie sah er aus?«

»Hm, er fragte, wie lange du hier schon arbeitest. Und wo du herkommst und so `nen Kram. Ich hab ihm aber nichts gesagt.« Sie zögerte etwas. »Also nur, dass du seit ein paar Wochen hier bist. Danach wurde es mir etwas unheimlich und zum Glück kam ein anderer Gast rein. Der Typ hat mich nur angegrinst, hat ein geiziges Trinkgeld gegeben und hat sich verdrückt.«

Kerry wurde nervös. Alice wusste nichts von den dramatischen Ereignissen der letzten Monate. Sie wusste nur von ihr, wo sie herkam, wo sie ungefähr wohnte und dass Jonathan ihr Freund war. Und das sollte auch so bleiben. Gleich das erste Mal, als er sie vom Dienst abgeholt hatte und Alice ihn gesehen hatte, war sie von ihm angetan und beglückwünschte Kerry zu ihrem Fang.

»Ja, und wie hat er nun ausgesehen?«

»Ganz normal eigentlich. Dunkle, kurze Haare, vielleicht 1,78 Meter groß, normale Figur. Und er stank nach Zigarettenrauch, deswegen sah er wahrscheinlich auch älter aus, als er war. Ich schätze den auf um die 50.« Kerry atmete erleichtert aus. Die Beschreibung passte überhaupt nicht auf Edgar Conen, der mindestens 1,90 Meter maß. Sie überlegte. Der einzige ihr bekannte Mann, auf den die Beschreibung einigermaßen zutraf, war Detective Moose. Aber der hatte ihre Nummer. Und er hätte seinen Ausweis gezeigt, war sie sicher. Dass er Raucher war, wäre ihr bisher zumindest auch nicht aufgefallen.

»Keine Ahnung, wer das war. Falls der nochmal kommen sollte und ich nicht da bin, lass dir bitte den Ausweis zeigen oder mach heimlich ein Foto von ihm.« Alice nickte kurz, auch wenn ihr die ganze Sache nicht geheuer schien. Doch die ersten Gäste kamen und die nächsten Stunden hatten die beiden mit dem Ausschenken der Getränke, dem Zubereiten der Snacks und dem Saubermachen zwischendurch so viel Ablenkung, dass Kerry den Mann vergaß.

***

Erst später, auf dem Heimweg, drängte sich die Information von Alice wieder in ihr Bewusstsein. Wer der Kerl wohl war? Aufmerksam beobachtete sie jeden Mann, der ihr auf dem Weg zur Bushaltestelle und von ihrer Ausstiegsstelle nach Hause über den Weg lief. Es nahm sie mehr mit, als sie anfangs gedacht hatte. Doch auf keinen der wenigen Männer, die um diese Zeit noch unterwegs waren, passte die Beschreibung. Sie nahm sich vor, gleich mit Jonathan darüber zu sprechen.

Kerry stutzte, als sie vor der Wohnungstür stand. Normalerweise schien Licht durch die Vorhänge des Wohnzimmerfensters und er hatte immer eine Kleinigkeit für sie zubereitet, da er von ihrer Abneigung gegen das Fastfood wusste, welches sie den ganzen Abend ihren Gästen servierte. Anscheinend war Jonathan nicht zu Hause. Sie griff zu ihrem Handy, aber sie hatte keine Nachricht von ihm, dass er länger arbeiten müsste. Wäre nicht das Hinterherspionieren gewesen, hätte sie sich möglicherweise nichts dabei gedacht und wäre einfach hineingegangen. Jetzt ratterte es in ihrem Kopf. Sie war hin- und hergerissen, die Polizei zu rufen oder wenigstens einen der Nachbarn aufzuwecken. Aber es war halb ein Uhr nachts. Die würden alles andere als erfreut sein, wenn es sich als falscher Alarm entpuppte. Sie haderte mit sich, bis sie schließlich den Schlüssel ins Schloss steckte und leise die Tür aufschob. Es war stockdunkel, aber sie konnte deutlich den Geruch frisch geschnittenen Obstes wahrnehmen, der wahrscheinlich vom Salat ausging, den er ihr wie so oft zubereitet hatte. Kerry lehnte die Tür nur an, sicher war sicher.

Sie setzte den nächsten Schritt in den Raum, als ein explosionsartiges Geräusch sie zusammenzucken ließ.

***

Der aus dem heruntergelassenen Seitenfenster des dunklen Fords austretende Zigarettenrauch zog dünne Fäden. Er wurde vom sommerlichen Abendwind in Richtung Süden verweht, wo er außerhalb des Lichtkegels der Straßenlaterne von der Dunkelheit verschluckt wurde, in dessen Randbereich der Wagen parkte.

Seit einer Stunde beobachtete der Mann die Frontseite des Apartmenthauses aus sicherer Entfernung. Er zog ein letztes Mal an seiner Marlboro und warf die Kippe achtlos auf die Straße.

Der Husten beim Ausatmen wurde langsam immer schlimmer, stellte er nicht zum ersten Mal fest. Aber es gab nur einen Weg zur Lunge, und der musste gut geteert sein. Wie er diesen Toilettenwandspruch doch liebte. Und an irgendetwas musste man ja schließlich verrecken.

Was für eine nette Wohngegend das hier doch war, fiel ihm auf. Breite Straßen mit noch breiteren Fuß- und Radwegen, Parkplätze für alle Anwohner. Sein Ford war der einzige Wagen, der nicht auf einem festen Parkplatz stand. Er war sich jedoch sicher, dass seine Ziele sich darüber noch keine Gedanken gemacht hatten und er ihnen nicht auffallen würde. Sie waren schließlich frisch verliebt, da war die Aufmerksamkeit auf andere Dinge gerichtet. Die Vorgärten der kompletten Straße schienen vom selben Gärtner gepflegt zu werden. Solche einheitlich auf Vordermann gebrachte Grundstücke kannte er nur aus dem TV, vorrangig aus Serien, in denen die Reichen und Schönen Mittelpunkt der Story waren. Er warf einen Blick auf sein Spiegelbild und lachte sich an, was war er doch für ein romantischer Spinner.

Ein Pick-up, der gerade um die Ecke bog und auf die Wohnanlage zusteuerte, erregte sein Interesse. Er drehte das Radio ab. Die Jazzmusik, die während seiner Wartezeit für Entspannung gesorgt hatte, störte jetzt seine Konzentration. Und das konnte er nicht gebrauchen.

»Guten Abend, Mister Hunter, wie war dein Tag?«, sagte er zu sich selbst, als er Jonathan aus dem Wagen steigen sah. Er erkannte ihn sofort. Von seiner Position aus hatte er freie Sicht und folgte ihm mit den Augen die Treppe hinauf, wo er für einen Moment verschwand, jedoch sofort wieder auftauchte, als er den Gang erreicht hatte.

Der Mann wartete einige Minuten, bevor er ausstieg. Er vergewisserte sich, dass keine Neugierigen an ihren Fenstern klebten. Die Balkone der Wohnungen in dieser Gegend befanden sich glücklicherweise an den von der Straße abgewandten Seiten, sodass es ruhig war, als er die Fahrbahn zu Fuß überquerte und den Pick-up Jonathans genauer unter die Lupe nahm. Dann passierte er die Gebäudefront, bis er die Treppe erreichte.

Seine Bewegungen waren fließend und zielgerichtet, sodass einem Vorbeifahrenden nicht in den Sinn käme, dass er hier nicht wohnen würde. Zwei Stufen auf einmal nehmend flog er die Treppe hinauf und warf einen Kontrollblick über den Vorgarten und die Straße. Dann ging er bis zur vierten Tür.

Kapitel 22

Ihr erster Impuls war, zur Tür hinauszurennen. Doch nach wenigen Sekunden hatte ihr Neuronennetzwerk das Geräusch als das identifizieren können, was es war: Ein extrem lautes Schnarchen, das von der Couch zu ihr herüberdrang und ihr fast einen Herzinfarkt beschert hätte.

»Was bist du nur für ein Schwachkopf«, sagte sie sich und gleitete erleichtert mit ihrer Hand über den Sensor, mit dem das Deckenlicht gesteuert wurde. Sie beließ es bei der mittleren Stufe, sodass es den Raum nicht grell ausleuchtete, sie aber alles sehen und erkennen konnte.

»Oh, Kerry«, sagte Jonathan mit verwaschener Stimme, sich auf dem Sofa streckend. »Ich muss tatsächlich vor dem TV eingeschlafen sein. Es war ein harter Tag heute – ich bin fix und fertig.« Klar, dachte sie, das TV-Gerät hatte einen Timer und schaltete sich nach einer gewissen Zeit automatisch aus. Sie kam sich unendlich dumm und naiv vor.

»Dann geh ins Bett«, erwiderte sie sanft, neigte sich zu ihm hinunter und gab ihm einen langen Kuss. »Ich komme mit.« Wenn sie das jemandem erzählen würde – nein, sie beschloss, es dabei zu belassen. Wahrscheinlich war es wirklich nur ein Gast, der sich in sie verguckt hatte und sich nicht traute, sie selbst anzusprechen. Sie löste sich von ihm und ging zur Garderobe.

»In der Küche steht noch Essen für dich.«

»Habe ich schon gerochen. Das werde ich natürlich noch eben hineinschlingen.« Kaum ausgesprochen, hielt sie einen Löffel in der Hand und ließ sich die Kreation aus Äpfeln, Maracuja, Grapefruit, Bananen und Rosinen mit Jonathans selbstgemachtem Spezialdressing schmecken, während er sich im Bad fertig machte.

Jonathan kreiste mit der elektrischen Zahnbürste, der seiner Meinung nach zweitbesten technischen Errungenschaft nach dem Barbecue-Gasgrill, über seine Kauwerkzeuge. Der Tag war die Hölle gewesen und er hatte das erste Mal richtig Stress mit seinem Chef gehabt. Damit wollte er Kerry nicht belasten und erstmal sehen, ob es morgen in der Firma wieder normal ablaufen würde. Die Folge der Auseinandersetzung mit seinem Boss war, dass er die Mittagspause durchgearbeitet und es nach einem Zwölfstunden Arbeitstag gerade noch geschafft hatte, Kerry einen Happen zuzubereiten, um dann in der ersten Werbeunterbrechung vor der Glotze einzuschlafen. Ach halt, da war ja noch der späte Besuch des Mannes von der Telefongesellschaft, der wegen Übertragungsstörungen in der Nachbarschaft einige Telefone überprüft hatte. Den hatte er fast verdrängt. Vielleicht würde er Kerry später davon erzählen, dass auch andere scheiß Arbeitszeiten hätten.

Nun war es jedenfalls allerhöchste Zeit, ins Bett zu kommen, und er freute sich darauf, obwohl schlaftrunken, gleich mit Kerry kuschelnd einzuschlafen.

***

Aus seinem Ford heraus beobachtete er die blonde Kerry, die er ebenfalls sofort erkannte, wie sie von der Bushaltestelle zur Wohnung eilte und sich dabei häufig umsah.

»Da hat wohl jemand etwas von meinem Besuch ausgeplaudert«, murmelte er selbstgefällig vor sich hin. Kurz blieb ihr Blick auf seinem Wagen haften und für einen Moment befürchtete er, dass sie zu ihm kommen oder ein Foto vom Wagen machen würde. Doch nach einem Augenblick schien sie das Interesse an ihm verloren zu haben und nahm denselben Weg, den vor ihr Jonathan und er selbst genommen hatten. Er wartete ab, bis sie im Dunkeln der Wohnung verschwand, startete den Wagen und fuhr davon.

Während der Fahrt wählte er die Nummer seines Auftraggebers und gab seine Erkenntnisse über die Freisprechanlage weiter.

***

Kerry schlief wie ein Stein. Am nächsten Morgen weckten sie die Sonnenstrahlen, die ihre Nase kitzelten. Sie tastete zu ihrer Rechten, doch Jonathan lag nicht da. Sie drehte den Kopf zur Seite. Klar, es war 9 Uhr durch, er saß schon seit über einer Stunde im Büro. Wie fast jeden Morgen fand sie auch heute einen Zettel auf seinem Kopfkissen, der von einem roten Herzchen geziert wurde. Sie nahm ihn, drückte ihn mit einem verschlafenen Lächeln an ihre Brust und kam sich jetzt, bei Tageslicht, noch ein Stück weit lächerlicher vor, als sie über den gestrigen Abend und ihre Panikattacke nachdachte. Vielleicht solltest du dir tatsächlich Hilfe suchen, sagte sie sich. Andererseits – war es nach einem solch einschneidenden Erlebnis nicht normal, dass man daran zu kauen hatte? Natürlich war es das, du dumme Nuss.

Aber, so fiel ihr ein, hatte es ihr damals geholfen, als sie monatelang zu Dr. Snyder gegangen war, damit er ihr half, den Tod ihrer Eltern zu überwinden? Nein, ganz im Gegenteil: Kerry hatte es gehasst und konnte schließlich irgendwann auch ihre Pflegemutter davon überzeugen, nicht mehr zu ihm zu müssen.

Sie rollte sich aus dem Bett und nach einer heißen Dusche gönnte sie sich ein ausgiebiges Frühstück auf dem Balkon. Ein paar Nachbarn, die es ihr gleich taten, winkten freundlich herüber und sie erwiderte die Grüße. Anschluss hatten sie hier in den vergangenen Wochen zwar noch nicht gefunden, was auch an ihren unglücklich langen Arbeitszeiten lag, im Grunde vermisste sie das aber auch nicht. Ihr reichte Jonathan zum Glücklichsein.

Zwischen den Bissen griff sie zum Smartphone und schrieb Jonathan eine Liebesnachricht, wie sie es häufig machte. Er malt mir Herzen auf Zettel und ich male sie virtuell. Bin da wohl etwas moderner, aber ich bin ja auch ein Jahr jünger, dachte sie und freute sich. Darüber, einen solch tollen Mann gefunden zu haben, und über das Leben, welches sie gerade führte.

Wenn sie demnächst noch einen Job mit humanen Arbeitszeiten ergattern könnte, wäre es perfekt. Der Mann von gestern befand sich gedanklich mittlerweile mehrere Tausend Meilen von ihr entfernt.

Das Klingeln des Telefons riss sie aus ihren Gedanken. Zuerst musste sie den ungewohnten Ton zuordnen, dann folgte sie ihm in die Küche, dort hing das Gerät die meiste Zeit an der Ladestation. Nur sehr wenige Menschen hatten überhaupt diese Nummer und wenn, dann war es in der Regel Jonathan, der über das Festnetz mit seinen Eltern telefonierte. Aber das passierte höchstens jede zweite Woche.

»Ja bitte?«

»Bin ich da beim Anschluss von Mister Jonathan Hunter?«, wollte eine tiefe, raue, männliche Stimme wissen.

»Äh, ja, das ist mein Freund. Der ist nicht da. Kann ich Ihnen helfen?«

»Das können Sie. Mein Name ist Mike Farewell, ich arbeite für die Telefongesellschaft. Wir hatten gestern eine Störung in Ihrer Gegend und überprüfen jetzt stichprobenartig einige Anschlüsse.«

»Okay, was muss ich tun?«

»Ganz einfach: Sie gehen in den Lautsprechermodus und drücken auf dem Tastenfeld einmal den Knopf mit der Raute. Dann den Lautsprecher wieder ausstellen.« Kerry wiederholte die Anweisungen, während sie die jeweiligen Knöpfe drückte.

»Lautsprecher an, Raute, Lautsprecher aus.« Es knackte und rauschte zwischendurch. »War es das?«

»Das war es schon, vielen Dank, Ms. Harrington, auf Wiederhören.« Kerry drückte auf die rote Taste um das Gespräch zu beenden, legte das Gerät auf die Station zurück und frühstückte zu Ende.

Pünktlich erreichte sie um 13 Uhr die Snackbar. Alice verlor kein Wort über das gestrige Thema. Sie hatte es möglicherweise vergessen und Kerry hatte heute auch nur kurz daran denken müssen, als der Mann von der Telefongesellschaft ihren Namen zum Abschied erwähnte. Sie war jedoch unsicher, ob sie eventuell bei der Wohnungsübergabe ihren kompletten Namen eingetragen hatte und er jetzt bei den Telefon- und Versorgungsgesellschaften mit in den Unterlagen vermerkt war.

***

Kerrys Nachricht war, nach dem Anblick ihres Gesichts als sie noch schlief, das erste positive Ereignis an Jonathans Tag. Sein Chef hatte ihn heute Morgen ähnlich unterkühlt begrüßt, wie er ihn gestern verabschiedet hatte. Das fängt ja toll an, da wird es wohl wieder keine Pause geben, dachte er gerade, als jemand ihm auf die Schulter klopfte. Jonathan zuckte kurz, entspannte sich aber, als er über die Schulter hinweg seinem Kollegen Frank ins ovale Gesicht blickte. Frank war Anfang Dreißig, seit einigen Jahren in der Abteilung, der Jonathan zugeteilt wurde, und saß ihm gegenüber am Schreibtisch. Anfangs kam Frank ihm suspekt vor, weil er grundsätzlich zu jedem und allem eine Meinung hatte und sie gefragt oder ungefragt verkündete. »Je mehr du redest, umso kleiner sind die Chancen deines Diskutanten, dir seine Meinung aufzuzwingen«, weihte Frank ihn vor zwei Wochen in seine Denkweise ein und bestätigte damit das, was Jonathan bereits vermutete. Seitdem verstand er sich blendend mit ihm.

»Hi, Frank«

»Na, du siehst ja aus. Wegen dem Alten? Mach dir da keinen Kopf. Der hat das alle paar Tage, da sucht er sich einen, bei dem er Dampf ablassen kann.«

»An den Ton werde ich mich schon gewöhnen.« Frank lachte laut auf, sodass einige Kollegen aus dem Großraumbüro zu ihnen schauten.

»Es gibt nichts zu sehen, meine Herrschaften, gehen Sie bitte weiter.« Er senkte seine Stimme und richtete sie an Jonathan. »Da mussten wir alle durch. Gedanken musst du dir nur machen, wenn es dich ein paarmal hintereinander erwischt. Dann heißt es ...« Frank wedelte mit der Hand einen Abschiedsgruß.

»Das beruhigt mich ungemein.« Frank setzte einen verschwörerischen Blick auf und sprach noch leiser.

»Pass auf, ich hab dem Alten heute Morgen, bevor du da warst, deine Arbeit auf den Schreibtisch gelegt. Er war anstandslos zufrieden damit.«

»Ist ja auch kein Wunder, ich hab dafür mindestens drei Extrastunden gemacht.«

»Du peilst es nicht, Junge, ich habe ihm das gegeben, was du nicht überarbeitet hattest.« Er grinste breit.

»Das, was er mir um die Ohren gehauen hat?«, fragte Jonathan jetzt leicht gereizt. Frank nickte kräftig.

»Ganz genau das. Wobei ich natürlich schnell drüber geguckt habe, ob du nicht wirklich einen Scheiß zusammengeschrieben hast. Aber das war tipptop.« Jonathan wusste gerade nicht, ob er lachen oder weinen sollte. Aber insgesamt beruhigte ihn die Erkenntnis, dass es wohl doch keine persönlichen Differenzen zwischen seinem Chef und ihm gab.

»Na toll, aber danke für die Information.« Er würde sich schon daran gewöhnen. Schulterzuckend beschäftigte er sich mit seinem neuen Projekt.

Kapitel 23

Zwei Wochen später.

Frank hatte recht behalten. Der Chef pickte sich wie nach einem Zufallsprinzip immer wieder verschiedene Kollegen heraus. Jonathan mutmaßte bereits, dass er das mit Kalkül machte, um seine Belegschaft ständig auf Trab zu halten, wobei sich diese Herangehensweise – sollte sie denn bewusst von ihm ausgeführt werden – zumindest in Franks Fall als Rohrkrepierer erwies. Doch von Tag zu Tag machte sich Jonathan weniger Gedanken darum. Er hatte sich mittlerweile in die Firma integriert. Es lief an sich alles wie am Schnürchen.

Sorgen bereitete ihm einzig Kerry. Tagsüber schien alles in Ordnung, aber fast jede Nacht wurde er wach, weil sie unruhig im Schlaf herumzappelte, mit den Armen und Beinen ausschlug. Mindestens dreimal bekam er mit, wie sie aufrecht neben ihm saß, von kaltem Schweiß überzogen und ins Leere starrend. Er redete in diesen Situationen beruhigend auf sie ein und streichelte sie sanft, wodurch sie nach einigen Minuten wieder einschlief.

Nach der zweiten unruhigen Nacht hatte er sie am folgenden Abend darauf angesprochen. Sie sagte, sie könnte sich nicht erinnern, auch nicht daran, schlecht geträumt zu haben. Er gab vorsichtig zu bedenken, dass sie viel mitgemacht hätte und sich vielleicht

Hilfe suchen sollte. Es gäbe dafür Spezialisten und überhaupt wäre es in der heutigen Zeit absolut gesellschaftsfähig, sich hin und wieder mit einem Psychologen zu unterhalten.

»Glaubst du, ich bin verrückt?«, fragte sie mit leicht aggressivem Ton. Jonathan hob die Hände.

»Gott bewahre, nein«, beruhigte er sie. »Ich bin aber kein Experte und möglicherweise schafft es dein Unterbewusstsein alleine nicht, die schrecklichen Geschehnisse zu verarbeiten. Ich meine, du musstest Sachen mitansehen ...« Kerry verschränkte ihre Arme vor der Brust.

»Und du meinst, so ein Psychofuzzi könnte das ändern? Mir die Bilder aus dem Kopf entfernen?« Sie kniff die Augen zusammen und fixierte ihn. So hatte er sie noch nie erlebt.

»Nein, äh, ja. Ach Kerry, ich weiß es doch auch nicht.« Plötzlich änderte sich ihr Gesichtsausdruck und sie nahm seine Hand in ihre.

»Tut mir leid, du willst mir ja nur helfen«, sagte sie leise und blickte zu Boden. »Gib mir etwas Zeit. Und wenn es dann nicht besser wird, verspreche ich dir, mir einen Termin zu besorgen.« Jonathan hob ihr Kinn etwas, sodass sich ihre Blicke trafen.

»Danke. Mehr wollte ich auch nicht.« Er zog sie heran und sie küssten sich. Hoffentlich würde es von selbst besser, dachte er, da er sich gerade nicht vorstellen konnte, dass sie sich tatsächlich an jemand anderen wenden würde.

***

Seit einigen Wochen lebte, oder eher vegetierte er in diesem einfachen, heruntergekommen Gästezimmer über der nicht weniger versifften Spelunke in Creston, einem kleinen Kaff nahe der südlichen Grenze Kanadas zu Idaho, USA.

Er hatte mittlerweile seinen Stammplatz auf der kleinen Bank in der Ecke der kurzen Tresenseite, von wo er alles überblicken konnte, er jedoch kaum auffiel.

Gerade bestellte er seinen dritten Whiskey bei Big Bill, wie die anderen Gäste den riesigen Kerl hinter der Theke nannten, dessen Gesicht vor Haaren kaum zu erkennen war, als das Wegwerfhandy in seiner Jackentasche brummte. Er lehnte sich zurück und drückte auf die grüne Taste.

»Ja?«

»Ich bin´s«, antwortete die ihm mittlerweile geläufige Stimme.

»Ich höre.« Der Mann am anderen Ende räusperte sich.

»Also, ich habe alles so erledigt, wie Sie es gewünscht haben. Die Kleine ist regelmäßig zwischen 7 und 12 Uhr allein in der Wohnung. Dann fährt sie zur Arbeit und kehrt pünktlich mit dem Bus gegen halb eins in der Nacht zurück. Der Kerl scheint ein Arbeitstier zu sein, hat wohl einen Zwölfstundentag und ist meist zwischen 20 und 21 Uhr wieder da. Alles andere habe ich Ihnen beim letzten Mal erklärt.«

»Gut«, brummte er, »Ihr Geld ist unterwegs. Und vergessen Sie, was Sie die letzten Wochen gemacht haben. Das ist besser für mich – und für Sie.«

»Okay, okay, ich will gar nicht wissen, was Sie vorhaben. Sobald mein Geld angekommen ist, lösche ich Sie aus meinem Gedächtnis.« Der Mann an der Bar grunzte bestätigend und beendete das Gespräch. Einen Moment betrachtete er nachdenklich das Display, dann ließ er das Gerät in seiner Tasche verschwinden und nippte an seinem Glas. Mit der Zunge leckte er einen Tropfen des Gesöffs, welches den Namen Whiskey nicht wirklich verdient hatte, vom Rand und stellte es zurück. Dennoch war Edgar zufrieden.

Er dachte sehr viel nach in der vergangenen Zeit. Wie sooft in den letzten Tagen ging er auch jetzt in sich:

Mit mehr Glück als Verstand hatte er den Absturz überlebt. Er verfing sich nach wenigen Metern am Geäst eines Baumes, während das tonnenschwere Gefährt weiter den Abhang hinunterstürzte. Lange konnte er sich zwischen den Ästen nicht halten und rollte dem Wagen hinterher. Die Explosion hatte ihn einige Haare gekostet und ein paar üble Verbrennungen an seinen Armen verursacht, aber er kam lebend da raus.

Erst später, er hatte sich schon auf der anderen Seite des Baches vor etwaigen Verfolgern in Sicherheit gebracht, merkte er, dass er sich das rechte Bein zumindest angebrochen haben musste. Doch das

Adrenalin, sein immer noch brodelnder Hass und eine provisorische Schienung, die er aus einem Ast und seiner Jacke erstellt hatte, ließen ihn weiter und weiter gehen – weg von denen, die im Moment eher ihm gefährlich waren als andersherum.

Er brauchte einen weiteren Tag, um sich bis zu seinem Grundstück zu schleppen. Als Edgar das Absperrband vor seinem Haus und das Siegel an der Haustür sah, lief das Gemetzel, welches drinnen stattgefunden hatte, erneut vor seinem inneren Auge ab. Er versicherte sich, dass kein Cop Stellung bezogen hatte. Das war der Vorteil in diesen dünn besiedelten Gegenden: Die Polizei verfügte einfach nicht über ausreichend Personal, um in einem solchen Fall für jede Kleinigkeit jemanden abzustellen.

Edgar schlich zur Rückseite der Garage und betastete den Wandabschluss. Die Bretter des Daches ragten dort über einen kleinen Spalt, und genau da musste er versteckt sein.

»Gut«, murmelte er, als seine Finger das Metall des Schlüssels für den Hintereingang erspürten.

Die Tür gab knarrend nach, als er sie vorsichtig öffnete. Seine Stiefel stellte er davor ab und ging hinein. Er meinte, das metallische Aroma des vielen Blutes auf seiner Zunge zu schmecken, welches im Wohnzimmer und in der Küche vergossen worden war.

Seine Frau und sein Sohn befanden sich nicht mehr auf der Couch, jedoch bezeugten die dunkelroten Flecken und die Markierungen der Spurensicherung die

Tat. Es schüttelte ihn, dann blitzte wieder Kerrys Gesicht vor ihm auf.

Ohne etwas zu verändern, ging er nach oben ins Bad. Der Blick in den Spiegel erschreckte ihn.

»Was ist nur aus dir geworden?«, fragte er sein Ebenbild, welches er kaum wiedererkannte. »Bist du überhaupt noch?« Kurz kämpfte er mit den Tränen, dann schlug er fest mit der Faust auf das Waschbecken, was unter dieser Gewalt erzitterte und fast brach. »Ja, verdammt!« Edgar zwang sich zur Ruhe.

Nachdem er sich aus dem Fenster spähend vergewissert hatte, dass er weiterhin alleine war, sprang er schnell unter die Dusche. Darauf suchte er sich einige Sachen wie Schmerzmittel, Bandagen und Hygieneartikel zusammen und stopfte sie in einen Rucksack, den er noch aus vergangenen Army-Zeiten besaß. Schnell bereitete er sich in der Küche Proviant zu, eilte weiter ins Arbeitszimmer und holte aus seinem unter den Bodendielen versteckt installierten Tresor eine Rolle Bargeld.

Ein weiterer Fensterblick gab ihm grünes Licht. Er lief zur Garage hinaus und schob seine Geländemaschine, eine Kawasaki älteren Baujahrs, die ihm bisher treue Dienste geleistet hatte, aus dem angebauten Geräteschuppen.

Mit seinem unverletzten Bein trat er routiniert den Kickstarter, warf einen letzten Blick auf sein Haus und röhrte in nördlicher Richtung davon. Die Grenze zu Kanada lag nur etwa dreißig Meilen entfernt und am nächsten Morgen erreichte er Creston. Er nahm sich das erstbeste Zimmer und rückblickend war diese Schänke die beste Wahl gewesen. Es wurde wenig geredet und noch weniger gefragt. Meist lief Eishockey auf einem uralten Röhren-TV, das auf einer wackligen Holzkommode stand. Wenn man daran vorbeiging, was man musste, wenn man auf die übelriechende Toilette wollte, hatte man wegen des statischen Knisterns das Gefühl, der Bildschirm greife nach einem.

Vieles hatte sich in seinem Leben in den letzten Wochen geändert – aber eines blieb, und wenn es das Letzte war, was er auf dieser Welt tun würde: Kerry Harrington musste sterben!

»Ja«, sagte Edgar laut und griff nach dem nächsten Whiskey. »Darauf trinke ich.« Weder Big Bill noch einer der wenigen Gäste reagierte darauf.

Kapitel 24

Endlich Wochenende, schoss Jonathan als Erstes durch den Kopf, kaum dass er aufwachte. Aus der Küche hörte er das Zischen und Blubbern des Kaffeeautomaten und der Duft frischer Croissants stieg ihm in die Nase.

Er hievte sich aus dem Bett und machte sich frisch, bevor er sich mit zwei Tassen Cappuccino zu Kerry auf den Balkon gesellte. Eine davon stellte er vor ihr ab, wo sie neben den Aufstrichen und Gelees gerade noch Platz dafür gelassen hatte, und hauchte ihr einen Guten-Morgen-Kuss auf die Wange.

»Na, Langschläfer«, begrüßte sie ihn zwischen zwei Bissen.

»Sagt die, die täglich bis mittags in den Federn liegt.« Einige Neckereien später lenkte sie das Thema um.

»Und du meinst wirklich, es ist eine gute Idee mit den beiden?« Er lachte auf.

»Deine Alice ist Single, mein Frank ebenfalls. Vom Alter her könnte es passen und optisch, na ja, Frank ist jetzt nicht so der Hingucker – aber Alice ist auch nicht die, deren Badewasser ich spontan schlürfen würde.« Jonathan wusste gar nicht mehr, wer von ihnen den Vorschlag unterbreitet hatte, mit den beiden mal einen Abend etwas zu unternehmen und für sie quasi ein Blind Date zu arrangieren. Doch er freute sich darauf. Mit Frank verstand er sich immer besser und er wusste, dass sich Kerry und Alice ebenfalls mochten. Warum also nicht etwas Hilfestellung für eine neue Liebe geben?

»Warten wir es mal ab. Zur Not können sie sich im Club ja auch jemand anderen suchen, falls es nicht passt.«

»Eben«, erwiderte er. Sie hatten sich mit dem Westernclub extra einen ausgesucht, der samstagabends gut besucht war. Nichts wäre peinlicher, als wenn sich Frank und Alice nichts zu sagen hätten und er mit Kerry für die Unterhaltung sorgen müsste. Im Club gab es laute Menschen und noch lautere Musik, von daher sollte es – zumindest für ihn und Kerry – ein gelungener Abend werden. Zumal es Wochen zurücklag, dass sie selbst zusammen ausgegangen waren. »Und außerdem«, betonte er, »wird es Zeit, dass wir mal wieder tanzen gehen. Das letzte Mal, als wir den Dancefloor gerockt haben, war auf meiner Abschlussfeier mit Peter und Bob.« Sie lachte auf und hielt sich die Hand vor den Mund, damit sie nicht das Essen dabei ausspuckte.

»Tanzen nennst du das? Du hast das Rhythmusgefühl eines gehörlosen Hydranten.«

»Hallo? Nur, weil ich unter einer milden Bewegungslegasthenie leide, musst du mich nicht mobben. Kann nicht jeder so sexy aussehen wie du, wenn er die Hüften schwingt.«

»Danke«, sagte sie und warf ihm ein Küsschen rüber. »Aber selbst hüftsteif wäre eine noch zu bewegliche Beschreibung für den Frankensteins-

Monster-Move, den du aufs Parkett legst. Allerdings, –« Sie hob eine Hand, um seine echauffierte Antwort abzublocken, und deutete dann mit ihr auf ihn, wobei sie ihn sozusagen vermaß. »Solange das alles mir gehört, ist es mir völlig egal, dass du mal so überhaupt nicht tanzen kannst.«

»Pff ...« Demonstrativ wandte er sein Gesicht von ihr ab.

»Um dich zu beruhigen, deine Beweglichkeit auf dem anderen Parkett ist tadellos.« Sie deutete mit dem Kopf nach hinten, wo ungefähr ihr Schlafzimmer lag. Er verstand, und eines folgte dem anderen.

***

Der Abend begann vielversprechend. Zumindest für Jonathan. Er konnte sich gar nicht sattsehen an Kerry, die in ein rotes Nichts geschlüpft war, das mit den gleichfarbigen Pumps ihre Beine und jede Rundung ihres Körpers betonte. Er selbst hatte sich für ein schlichtes Shirt und eine Jeans entschieden.

Am Club angekommen waren sie sehr überrascht, denn Alice und Frank warteten bereits neben der zweiflügligen Eingangstür. Zu Jonathans Erleichterung schienen sich die beiden gut zu verstehen, wenn er ihr Lachen richtig deutete.

»Jonathan, ich muss dich jetzt mal zurechtweisen«, begrüßte Frank ihn mit ernster Stimme. Jonathans verwirrter Blick amüsierte nicht nur Frank, auch Alice kicherte.

»Was hab ich jetzt schon wieder verbrochen?« Er passte seine Miene der Franks an, obwohl er sich nicht vorstellen konnte, dass etwas Tiefgründiges folgen würde.

»Warum machst du mich erst heute mit dieser zauberhaften jungen Frau bekannt?«

»Ich musste erst deinen Background checken, schließlich habe ich als Datedoctor einen Ruf zu verlieren«, antwortete er schlagfertig und musste seinem Kollegen zustimmen. Denn Alice sah wirklich niedlich aus mit ihrer Hochsteckfrisur und dem gepunkteten Pettycoat. Die vier begrüßten sich darauf erstmal und betraten den Innenraum des Clubs.

Insgeheim rechnete Jonathan damit, dass auf der Tanzfläche eine in Cowboyklamotten steckende Meute zu einem flotten Countrysong einen Square- oder Linedance hinlegte, doch ihnen dröhnte laute Technomusik entgegen. Er verzog das Gesicht und sah sich zu seinen Freunden um.

»Keine Sorge«, rief Alice, damit sie über den Krach zu hören war, »die wechseln hier alle ein bis zwei Stunden die Stilrichtung, damit jeder zum Zug kommt. Mit dem Technozeugs ist es gleich vorbei.« Da Alice offenbar die einzige war, die den Laden kannte, überließen sie ihr die Führung, was sich als vernünftig erwies. Sie lotste sie an eine etwas abgelegene Sitzecke, vor der eine Wand den üblen Bass der Musik etwas dämpfte, sodass sie sich zumindest mit leicht erhobener Stimme unterhalten konnten.

Alice behielt recht: Nach einer halben Stunde etwa ging es über zu Classic Pop aus den 70er bis 90er Jahren, wobei überraschenderweise auch viele europäische Stücke dabei waren. Als die schwedische Gruppe *ABBA* einen ihrer selbst in den USA bekannten Superhits zum Besten gab, musste Jonathan kurz an Gina zurückdenken, die doch aus Schweden stammte – oder zumindest irgendwo aus der Gegend. Frank holte ihn jedoch mit der Runde Bier, die er gerade anschleppte, schnell wieder aus seiner kurzen Melancholie.

Der Abend verlief feucht und fröhlich, der Club war brechend voll und mittlerweile hatten sich ihre Ohren an die Lautstärke gewöhnt. Kerry verabschiedete sich kurz, um, wie sie meinte, eine Arbeit für kleine Königstigerinnen zu verrichten. Sie drängte sich durch die schwitzende Menge auf und neben dem Dancefloor. Mehrfach wurde sie angerempelt, wobei sich der jeweilige Urheber sofort entschuldigte und sie in den meisten Fällen zu einem Drink einlud, was sie erst lächelnd, später eher genervt ausschlug. Sie musste nur noch um die nächste Ecke, dann an den Garderoben vorbei, dahinter führte eine schmale Treppe zu den Toiletten hinunter. Kerry bemerkte den Mann nicht, der ihr mit etwas Abstand folgte.

***

»Ich verschwinde auch kurz«, sagte Alice und stand auf. »Jonathan, du bist dafür verantwortlich, dass Frank noch hier ist, wenn ich zurückkomme.«

»Ich werde ihn notfalls mit Waffengewalt festhalten, versprochen.« Frank verfolgte den Dialog mit offenem Mund und wandte sich dann an Jonathan.

»Einen süßen Hintern hat sie ja«, sagte er und deutete auf Alice, die bereits einige Meter von ihnen entfernt war.

»Frank, du brauchst mir gegenüber kein Resümee abzuliefern. Wir wollten euch nur bekanntmachen. Ob oder was das mit euch wird, ist einzig und allein eure Sache.«

»Mein Junge, irgendwas wird das bestimmt«, antwortete er, wobei das langgezogene *irgendwas* in Verbindung mit seinem lüsternen Blick Jonathan etwas unangenehm berührte. Aber hey, sie waren erwachsen und falls es nur zu einem One-Night-Stand zwischen ihnen käme und Alice hinterher verärgert wäre, würde sie Kerry die Ohren vollheulen und nicht ihm. Also, scheiß drauf.

»Wohin es euch auch immer führen wird«, sagte er dann, hob seine Flasche und stieß mit ihm an.

»So sei es, solange es horizontal ist.«

***

Alice hatte ihr geraten, diese Toilette zu benutzen. Sie läge zwar etwas abschüssig und würde nicht von so vielen Gästen benutzt, dafür wäre sie wesentlich hygienischer als die anderen.

Was die Sauberkeit anging, stimmte Kerry ihr gedanklich zu, alles schien blitzblank zu sein. Ob das jedoch an der seltenen Benutzung lag – sie befand sich momentan allein an diesem Insider-Örtchen – oder daran, dass die Beleuchtung hier eher schummrig war, wollte sie nicht abschließend beurteilen.

Sie hatte die Kabinentür geschlossen und es sich gerade bequem gemacht, da hörte sie sich nähernde Schritte. Im ersten Moment dachte sie sich nichts dabei, die Toilette war bestimmt auch anderen Besucherinnen als Geheimtipp bekannt. Als diese sich jedoch verlangsamten, hielt sie inne. Irgendwas störte sie daran, passte nicht hierher. Das leise Knarren einer Kabinentür, die aufgeschoben wurde, erklang. Darauf folgten zwei Schritte. Kerry war sich mittlerweile sicher, dass es sich um einen Mann handeln musste, denn sie hatte den ganzen Abend nicht eine Frau gesehen, die keine Pumps oder noch höhere Schuhe trug. Diese Geräusche aber stammten eindeutig von flachen Schuhen, war sie überzeugt. Sie kramte möglichst leise in ihrer Handtasche. Verdammt! Warum hast du das Pfefferspray nicht dabei? Ihr Herz raste.

Das Prozedere wiederholte sich bei den nächsten Kabinen, bis die Schritte vor ihrer Tür stoppten. Ganz deutlich sah sie die schwarzen Spitzen zweier Lederschuhe. Ihr wurde fast schwindlig, so lange hielt sie bereits den Atem an. Sie schwitzte. Sie hatte nichts, absolut gar nichts dabei, mit dem sie sich gegen einen Angriff wehren hätte können. Verdammt! Und sie musste atmen, dringend, sonst würde sie kollabieren. Der Duft eines herben Aftershaves drang zu ihr in die Kabine.

Die Tür erzitterte unter einem donnernden Schlag, Kerry kreischte auf und drückte sich an die hintere Wand. Er hatte sie! Wie sollte sie hier nur herauskommen? Der nächste Faustschlag gegen die Tür, noch gab sie nicht nach.

»Bitte«, flehte sie, »lass mich doch einfach.« Dann versagte ihre Stimme.

Kapitel 25

Obwohl sie fast denselben Weg einschlug, wie Kerry wenige Minuten zuvor, kam sie ohne nennenswerte Zusammenstöße oder Anmachversuche durch die Menge.

Auf der letzten Stufe angekommen, kramte sie in ihrer Handtasche nach ihrem Lippenstift, den sie gleich zu benutzen gedachte. So schaute sie gerade in dem Moment nicht nach vorn, als der Mann aus der Damentoilette kam, an ihr vorbeiglitt und die Treppe nach oben eilte. Sie nahm lediglich aus dem Augenwinkel eine schemenhafte Bewegung wahr und auch das herbe Aftershave machte sie nicht stutzig.

Das aus einer der Kabinen dringende Weinen hingegen schon. Damit wäre das Klischee mal wieder bedient, dachte sie grimmig und erinnerte sich sofort an ihre Highschoolzeit, in der die Mädels reihenweise auf den Toiletten heulten, weil sie wieder vom Quarterback des Footballteams oder dem Star der schuleigenen Basketballmannschaft keines Blickes gewürdigt oder versetzt worden waren.

Im ersten Moment wollte sie es ignorieren, sich schnellstmöglich zurechtmachen und wieder verschwinden. Doch dann zögerte sie.

»Kerry?« Sie ging langsam auf die einzig verschlossene Tür zu. »Bist du das?« Sie hörte es rascheln und langsam öffnete sie sich. »Oh mein Gott, was ist denn mit dir passiert? Du bist ja blass wie eine Kalkwand.«

Kerry kramte in ihrer Handtasche, zog ein Taschentuch raus und schnäuzte sich.

»Ein Mann«, stotterte sie, »hier war ein Mann und der – du musst ihn doch gesehen haben, als du reingekommen bist.« Sie schaute Alice an, aus deren Blick sich nichts herauslesen ließ.

»Nein, ich habe niemanden gesehen.« Aber etwas unwohl war ihr schon. »Was hat er gemacht? Wollte er was von dir? Hat er dich angefasst?« Kerry schüttelte den Kopf.

***

Jonathan und Frank schauten sich fragend an.

»Was meinst du damit, er wollte rein?« Er war besorgt aufgesprungen, als die Mädels gerade an den Tisch zurückkehrten und Kerry aussah wie der Tod auf Schlappen.

»Er hat gegen die Tür geschlagen, mehrfach«, erklärte sie mit leiser Stimme, die wegen der Musik kaum zu verstehen war.

»Hat er etwas gesagt?« Sie verneinte. Jonathan wandte sich den anderen beiden zu. »Sorry, Leute, aber es ist besser, wenn wir gehen. Ihr könnt ja noch hierbleiben.« Etwas genervt registrierte er eine gewisse Erleichterung in ihren Blicken. Aber weder wollte er sie einweihen noch ihnen den Abend verderben. Er trank sein Bier aus, nahm Kerry bei der Hand und einige Minuten später standen sie auf dem Gehweg vor dem Eingang des Clubs. Zwei Männer mit Securityabzeichen standen davor, die wohl für einen störungsfreien Partyabend Sorge zu tragen hatten.

Kerry schaute verwundert zu Jonathan, der hektisch auf seinem Smartphone herum wischte.

»Was machst du? Da stehen doch Taxis.« Sie deutete zur gegenüberliegenden Straßenseite, an der mehrere Wagen eine gelbe Blechschlange bildeten. Er sah kurz hoch, konzentrierte sich dann wieder aufs Display.

»Ich habe irgendwo die Nummer von Detective Moose gespeichert«, antwortete er beiläufig.

»Ach so. Ich weiß nicht. Findest du das nicht etwas übertrieben? Nicht, dass meine Fantasie mal wieder mit mir durchgegangen ist. Ich meine, vielleicht war es ja nur irgendein Spinner, der gern Frauen einen Schrecken einjagt.«

»Kann sein«, sagte er beiläufig und er hoffte, sie würde damit richtig liegen, aber es könnte nicht schaden, sich mal wieder auf den aktuellen Stand bringen zu lassen. »Ah, hier ist sie.« Er tippte noch zweimal auf das Glas und hielt es sich dann ans Ohr.

»Ich weiß nicht, die denken nachher noch, dass ich verrückt wäre.« Innerlich ohrfeigte sich Jonathan dafür, dass er genau das vorhin auch kurz gedacht hatte, als Alice äußerst glaubwürdig dargelegte, niemanden auf dem Weg gesehen zu haben. In den letzten Nächten war es auch wieder besonders schlimm mit ihren seltsamen Panikattacken. Dann hob er den Kopf und räusperte sich.

»Jonathan Hunter hier, könnte ich mit Detective Moose sprechen?« Nach einer kurzen Pause fuhr er fort. »Detective, guten Abend, Jonathan Hunter hier, erinnern Sie sich an mich?« Kerry folgte offensichtlich etwas widerwillig dem Gespräch ihres Freundes. »Ach so, Sie vergessen niemals einen Namen, gut zu wissen. Es geht darum, dass uns gerade etwas seltsam Beunruhigendes passiert ist und daher wollte ich fragen, ob wir vielleicht morgen – was? Jetzt sofort? – Danke, wir machen uns direkt auf den Weg. Zu welcher Adresse müssen wir?«

Der farbige Taxifahrer mit den Dreadlocks, die ihm wild vom Kopf abstanden, reagierte verzückt, als Jonathan ihm die Adresse des State-Police-Departments nannte, bedeutete dies doch eine Fahrt quer durch die Stadt, was wiederum das Taxameter rattern ließ. Er nutzte die Zeit, um den beiden nicht nur seine, sondern auch die Lebensgeschichte seiner Eltern von deren Immigration aus Jamaika vor dreißig Jahren bis heute zu erzählen. Jonathan warf hin und wieder höfliche Zuhörgeräusche ein, während Kerry fast durchgängig aus ihrem Seitenfenster in die Nacht von Boise stierte, als hoffte sie, dass aus dem Nichts jemand auftauchen würde, der sie aus dieser unangenehmen Situation befreite.

***

Jonathan drückte den Kippschalter neben der verschlossenen Tür des Polizeigebäudes. Nach einem

Knistern meldete sich eine junge Männerstimme. Jonathan nannte ihre Namen und zu wem sie wollten, darauf summte es und sie konnten die schwere, mit Sicherheitsglas versehene Stahltür aufschieben.

Derselbe junge Officer begrüßte sie und erklärte ihnen, wie sie zum Büro von Moose und Collins gelangten.

»Guten Abend, oder besser guten Morgen, Mr. Hunter und Ms. Harrington, treten Sie ein und setzen Sie sich.« Er wies ihnen zwei Plätze an einer durchgewetzten Sofaecke zu. »Was können wir für Sie tun?«, fragte er, als Jonathan und Kerry saßen. Jonathan sah seine Freundin an, sie schien jedoch nicht gewillt, den Anfang zu machen.

»Okay«, begann er, »das mag sich jetzt vielleicht komisch anhören ...« Er fasste das, was Kerry widerfahren war beziehungsweise das, was sie ihm erzählt hatte, zusammen. Moose, der sich zu ihnen gesetzt hatte, wechselte zwischendurch Blicke mit Detective Collins, der neben ihnen an den Schreibtisch gelehnt stand. Dann sah er Kerry an.

»Und weder Sie noch Ihre Bekannte, Alice, haben den Mann gesehen?« Kerry schüttelte den Kopf. »Hat er etwas gesagt oder gibt es irgendetwas, das Ihnen an ihm aufgefallen ist?« Wieder drehte sie den Kopf langsam von rechts nach links.

»Nein, nichts, was Jonathan nicht bereits gesagt hat. Er ging von Tür zu Tür, bis er vor meiner stehenblieb und mehrfach stark dagegenschlug. Gesehen habe ich wirklich nur seine Schuhspitzen.«

218

»Das ist nicht viel. Und Sie glauben, dass es Edgar gewesen sein könnte?« Kerry blickte mit müden Augen zu ihm und Collins.

»Wenn Sie mich jetzt fragen, nein. Vorhin auf dem Klo war ich mir allerdings sicher.«

»Das ist nicht viel, ich weiß nicht, ob ...« Kerry unterbrach ihn.

»Mir fällt da noch etwas ein.« Sie blickte schuldbewusst zu Jonathan. »Tut mir leid, ich wollte es dir erzählen, bin dann aber drüber weggekommen.« Jonathan zuckte kurz zusammen. Was hatte sie ihm verschwiegen? Er versuchte, ruhig zu bleiben.

»Dann erzähl es halt jetzt.«

»Vor einigen Tagen, ich kam gerade zum Dienst, da sagte mir Alice, dass sich jemand nach mir erkundigt hätte.« Jonathan sog die Luft ein und wollte gerade etwas erwidern, da fuhr sie schnell fort. »Er wollte wissen, wie lange ich schon da arbeite und wo ich wohne. Aber die Beschreibung von Alice passte überhaupt nicht auf Edgar. Der Typ, den sie beschrieb, war mindestens einen halben Kopf kleiner. Und sie sagte, sie hätte ihm nichts von mir erzählt und dann wäre er gegangen. Seitdem war auch nichts mehr.« Sie wandte sich wieder ihrem Freund zu, der sie vorwurfsvoll ansah. »Das war an dem Abend, als du vor dem TV eingeschlafen bist. Ich wollte es dir am nächsten Morgen erzählen, aber da fand ich es nicht mehr so dramatisch und schließlich hab ich es vergessen.«

»Du hättest es mir sagen müssen!«, meinte er trotzig.

»Jetzt beruhigen wir uns alle mal«, schlichtete Moose, bevor es zu einem handfesten Streit ausartete. Er drehte sich zu Collins, der ihm ein Handzeichen gab. »Nun, ich verstehe, dass Sie das etwas aufwühlt. Allerdings hört sich das für mich eher nach einem Stalker an, bezogen auf den Mann bei Ihrer Arbeit. Und was die Situation im Club betrifft: Halten Sie es für möglich, dass es ein angetrunkener Gast gewesen ist, der die falsche Tür genommen hat?« Er zog fragend die Augenbrauen hoch und schaute zu dem jungen Paar. Kerry zuckte mit den Schultern.

Für Jonathan klang die Erklärung des Detectives einleuchtend und beruhigte ihn.

»Aber wenn wir schon mal hier sind«, fragte er Moose, »gibt es denn etwas Neues wegen diesem Edgar Conen?« Er beobachtete, wie die Cops sich erneut wortlos absprachen.

»Ich will ehrlich zu Ihnen sein. Wir haben keine Spur von ihm. Sheriff Glover hat uns vor einigen Wochen darüber in Kenntnis gesetzt, dass sich in den Tagen, nachdem die Spurensicherung im Hause der Conens ihre Arbeit beendet hatte, wohl mindestens eine Person zeitweise im Haus aufgehalten hat.« Bevor Jonathan oder Kerry dazwischenreden konnten, sprach er weiter. »Aber der Sheriff geht davon aus, dass es Leute aus der Gegend gewesen sein müssten, da so ziemlich alles, was Geld bringen konnte, geklaut wurde. PC, TV, Werkzeuge, die beiden Motorräder und selbst ein paar Bilder an der Wand fehlten. Der Wagen von Mrs. Conen steht aber noch in der Garage. Es ist also nicht davon auszugehen, dass es sich dabei um Edgar handelte, die Sachen sind doch eher schwierig auf einem Motorrad zu transportieren. Es war wohl eine klassische Plünderung.« Er hob die Hände als Zeichen, dass er sonst nichts zu vermelden hatte.

»Er steht jedoch weiter auf allen Fahndungslisten«, fügte Collins hinzu.

»Was ich Ihnen anbieten kann, ist, dass wir öfter mal einen Streifenwagen bei Ihnen zu Hause und am Arbeitsplatz vorbeischicken. Und Sie haben meine Nummer – zögern Sie nicht, uns anzurufen, falls Ihnen wieder etwas komisch vorkommt. Auch wenn wir in diesem Fall nichts tun konnten.«

***

Auf dem Weg nach Hause herrschte Schweigen auf dem Rücksitz des Taxis. Zum Glück hatten sie einen kurz angebunden Fahrer erwischt, dachte Jonathan. So wurde die Ruhe während der halbstündigen Fahrt nur von einigen Funksprüchen aus der Taxizentrale und dem leisen Bluessound aus dem Radio gestört.

»Ich ertrage es nicht, wenn du böse auf mich bist«, sagte sie leise. Jonathan seufzte.

»Kerry, ich bin nicht böse, nur finde ich, dass du es mir hättest sagen müssen.«

»Was hätte das geändert?«, fragte sie unterkühlt. Jonathan dachte darüber nach. Ja, was hätte das geändert? Wahrscheinlich nichts, außer, dass er sich Sorgen gemacht hätte. Er griff nach ihrer Hand und spürte, dass sie ihre wegziehen wollte, sie dann aber doch liegen ließ.

»Solange sie das Schwein nicht erwischt haben, müssen wir aufmerksam sein. Und versteh mich richtig, ich mache mir keine Gedanken um mich, denn du bist es, die er will.« Jetzt drückte sie seine Hand und rückte an ihn heran. Jonathan legte seinen Arm um sie. Und wenn ich darüber nachdenke, mit welch mangelnder Motivation der Polizeiapparat nach ihm fahndet, werde ich mir wohl noch sehr lange Sorgen machen müssen.

***

Detective Moose schaute dem jungen Paar hinterher, als es den Flur hinunterging.

»Was hältst du davon?«, wandte er sich an seinen Kollegen.

»Ich glaube ihr, dass sie die Dinge so wahrgenommen hat. Aber ich bezweifle, dass es mit Edgar Conen zu tun hat.« Collins stand auf und fuhr sich durch die Haare. »Wenn wir betrachten, wie zielstrebig er hinter ihnen her war – er hatte versucht, das Mädchen zu erwürgen, sie angeschossen, im Vorbeigehen eine weitere Frau abgeschlachtet – das passt nicht zusammen mit jemandem, der sie ausspioniert und

222

ihr ein bisschen Angst macht.« Moose nickte zustimmend.

»Ich denke auch, dass Edgar Conen entweder die Tür zur Kabine eingetreten oder sie schlicht durch sie hindurch erschossen hätte.«

»Mir kommt da so eine Idee, ich werde morgen nochmal hoch nach Burns Creek fahren.« Wegen des fragenden Blickes seines Kollegen fuhr er fort. »Nur so eine Idee.«

Er weihte Moose in seine Überlegungen ein.

»Mach das. Wenn uns das nur einen Schritt weiterbringt, wäre uns viel geholfen. Es wird Zeit, dass wir auf diese Akte den Deckel bekommen. Außerdem wäre es doch ganz nett, mal wieder einen Serienmörder zu überführen und für andere Schlagzeilen zu sorgen, als die über Korruption im kompletten Justizsystem oder über die unverhältnismäßige Gewalt, die wir angeblich immer noch gegen Migranten an den Tag legen.« Moose registrierte zwar die nickende Zustimmung seines Kollegen, wusste jedoch mittlerweile, dass es Collins zu hundert Prozent um den Fall ging, den er gerade zu bearbeiten hatte, und nie um die politischen oder journalistischen Begleitumstände. Einerseits beneidete er ihn darum, sich ausschließlich auf seinen Job fokussieren zu können, andererseits war Moose froh darüber, nach Feierabend zu seiner Familie fahren zu können, obwohl die Beziehung zu seiner Frau Monica in den letzten Jahren oft, zu oft auf harte Bewährungsproben gestellt wurde. Aber, so versuchte er, sich zu rechtfertigen, er hörte von seinen

Kolleginnen und Kollegen immer wieder davon, dass die Worte Cop und glückliche Beziehung in einem Satz ein Oxymoron seien – sie widersprachen sich selbst.

Kapitel 26

Ob es am erlittenen Stress lag oder ob herumfliegende Keime dafür verantwortlich waren, wusste Kerry nicht. Was sie wusste, war, dass es ihr an diesem Montag schlecht ging. Sie fühlte sich ausgelaugt und klagte über Schmerzen im ganzen Körper.

Nach dem Anruf in der Snackbar, mit dem sie sich für diese Woche krankgemeldet hatte, meldete sich nur kurz ihr schlechtes Gewissen, dass Alice nun für eine Weile allein mit dem Laden klarkommen müsste. Aber hey, was konnte sie dafür, dass ihr Chef zu geizig war, Aushilfskräfte zu engagieren. Alice stöhnte zwar kurz auf, wünschte ihr jedoch eine schnelle Genesung.

»Obwohl du mich eigentlich auch anstecken könntest, dann hätte ich nächste Woche frei«, scherzte sie.

»Glaub mir, Alice, das willst du nicht«, antwortete sie mit belegter Zunge. Es kostete sie etwas Mühe, Alice am Telefon abzuwimmeln – offenbar war gerade nichts los in der Bar – doch ihre kränkelnde Stimme, die von Minute zu Minute heiserer zu werden schien, überzeugte ihre Kollegin schließlich, das Gespräch besser zu beenden.

Kerry stellte das Gerät wieder in die Ladestation und schleppte sich zurück ins Bett. Sie brauchte nur Schlaf, nach mehr verlangte sie nicht.

***

Jonathan überraschte es nicht, dass Kerry ihn anrief, um ihm von ihrem Krankenstand zu erzählen. Sie sah den gestrigen Tag nicht gut aus, daher erschien es ihm als logische Konsequenz, dass sie heute noch nicht wieder auf dem Damm war.

»Nein, du brauchst nichts zu besorgen. Mach dir einen Tee, wirf eine Paracetamol ein, leg dich hin und kurier dich aus«, erwiderte er auf ihren Vortrag, dass sie doch fast nichts im Haus hätten und sie ihm gern heute Abend etwas zubereiten würde. »Ich kann das in der Mittagspause erledigen oder nach Feierabend.« Sie beendeten das Gespräch notgedrungen, da er ihre Stimme kaum noch verstehen konnte.

»Na, Sturm im Paradies?«, fragte Frank. Ihm war der angespannte Ton in der Stimme seines Kollegen offensichtlich aufgefallen.

»Was? Nein, alles okay. Kerry hat sich wohl etwas eingefangen. Grippe oder so.«

»Okay, ich dachte nur ... nach eurem plötzlichen Abgang am Samstag. Was genau war eigentlich los? So ganz hab ich das wegen der zwei bis vierzehn Biere nicht mehr auf dem Schirm.« Jonathan dachte kurz zurück an das Gespräch mit den Detectives. Wollte er mit Frank darüber reden? Nein, wollte er nicht.

»Kerry leidet ab und zu unter leichten Panikattacken. Das hat sie wohl alle paar Monate mal. Was es Samstag tatsächlich ausgelöst hat, weiß ich auch

nicht.« Er hoffte, Frank würde sich damit zufrieden-
geben.

»So ist das also. Das beruhigt mich, ich dachte
schon, es wäre etwas Ernstes. Dass ihr ein Geheimnis
habt, etwas sehr Gruseliges.« Frank ließ ein gespenstis-
ches *Wo-hoo* folgen, zumindest sollte es sich wahrscheinlich danach anhören. Jonathan lächelte und
erwiderte zwinkernd:

»Pst, nicht weitersagen. Tatsächlich sind wir zwei
Serienmörder auf der Flucht vor dem FBI.«

»Du verarschst mich doch?«, fragte Frank ernst und
zog die Augenbrauen hoch. Jonathan sah ihn verblüfft
an.

»Natürlich verarsch ich dich.« Frank lachte laut auf.

»Junge, du solltest dein Gesicht sehen.« Er schlug
mit der flachen Hand auf die Schreibtischplatte. »Das
war mir schon klar.« Kopfschüttelnd erwiderte Jonathan, dass er ein Penner sei und ihn jetzt in Ruhe
arbeiten lassen solle.

Seine Gedanken schweiften öfter zu Kerry ab, als an
den anderen Arbeitstagen, was zu Lasten seiner
Konzentration ging. So schredderte er seine Arbeit
der letzten Stunde und begann von Neuem. Mit der
Folge, dass Frank allein in die Mittagspause ging, ihm
jedoch anbot, ein Sandwich mitzubringen, was er dankend annahm.

***

Am Nachmittag wachte Kerry auf. Sie fühlte sich deutlich besser, auch wenn ihr Gesicht, welches sie auf dem Weg nach draußen kurz im Wandspiegel betrachtete, eine andere Sprache sprach.

Trotz der noch angenehm warmen Temperatur hatte sie sich eine gefütterte Jacke übergeworfen und stapfte zur Bushaltestelle. Die kurze Fahrt in die Innenstadt und das Einkaufen der nötigsten Dinge würden sie schon nicht umbringen. Sie hatte sich kurzerhand dazu entschlossen, nachdem sie die Nachricht Jonathans bekam, dass er es erst am Abend schaffen würde. Wenn sie sich darum kümmerte, könnte er auf direktem Wege nach Hause kommen. Und wenn er dann meinte, sie unbedingt pflegen zu müssen, sollte er ihr halt einen Tee kochen, dachte sie und stieg lächelnd in den gerade vorgefahrenen Linienbus. Sie zeigte dem Fahrer ihre Monatskarte und setzte sich allein auf eine Sitzbank nahe der hinteren Tür. Der Bus setzte sich schnaufend in Bewegung.

Kerry sah, wie die Vorgärten und modernen Häuser und Wohnanlagen an ihr vorbeizogen, Kinder von der Schule nach Hause gingen, verliebte Paare mit und ohne Hund spazierten – den dunkelgrünen Audi, der dem Bus folgte, sah sie nicht.

***

Edgar sorgte dafür, dass sich immer mindestens ein weiterer Wagen zwischen ihm und dem Bus befand.

Zu seiner Erleichterung fand er zügig einen freien Parkplatz in der Nähe der Haltestelle, an der Kerry ausstieg. Daher gelang es ihm, sie nicht aus den Augen zu verlieren.

Als sie das mehrgeschossige Einkaufszentrum in der belebten Innenstadt betraten, erschwerte die Menschenmenge den Sichtkontakt zwar, andererseits vereinfachten es ihm die unzähligen Leute mit ihren bunten Einkaufstaschen, unerkannt zu bleiben.

»Na, was steht auf deiner Shopping-Liste?«, sagte er leise, mehrere Meter von Kerry entfernt, während sie in der Auslage eines Markenladens für Damenoberbekleidung stöberte.

Die Mode der kommenden Wintersaison fesselte sie kurz, dann schlenderte sie zu einem Schmuckgeschäft und nachdem sie vor dem nächsten Schaufenster einige Hüte und Mützen aufgesetzt und im Spiegel begutachtet hatte, führte ihr Weg, ohne bisher etwas gekauft zu haben, zielstrebig zum Lebensmittelgeschäft, welches schräg gegenüber lag.

Kurz glaubte Edgar, sie hätte ihn gesehen. Zu dicht hatte er sich ihr genähert, als sie abrupt umdrehte und nur wenige Meter an ihm vorbeilief. Nur, weil er sich blitzschnell abwandte, konnte er es verhindern, dessen war er sicher.

Er griff nach einer Illustrierten, in der er scheinbar interessiert blätterte. Sein Blick ging jedoch ständig über den oberen Rand der Zeitschrift hinweg zum offenen Eingang, aus dem er in einigen Minuten Kerry mit ihren Einkäufen zurückerwartete. Bevor sie erschien, musste er seinen Standort wechseln und sich auf die andere Seite der Tür stellen, da sich kaum mehr Menschen zwischen ihm und dem Lebensmittelladen befanden, wodurch sie möglicherweise direkt auf ihn zulaufen würde. Und das war nicht sein Plan.

Kerry hielt sich länger drinnen auf, als er dachte, aber er hatte keine Eile. Schließlich tauchte sie auf. Zwei vollgepackte Stofftaschen in den Händen und einen genervten und angestrengten Ausdruck in ihrem Gesicht, steuerte sie auf das Café zu, welches sich nur drei Ladengeschäfte weiter befand und durch die bestuhlten Tische in die große Innenfläche des Einkaufkomplexes ragte. Edgar beglückwünschte sie in Gedanken zu ihrer Wahl, konnte er sie doch von einer der Bänke, die auf der Fläche verteilt befestigt waren und zur kurzen Rast einluden, hervorragend im Auge behalten.

Was Edgar von seiner Position aus nicht sehen konnte, war der sich verändernde Gesichtsausdruck Kerrys. Auch, dass sie ein kurzes, aufgeregtes Telefonat mit ihrem Smartphone führte, noch bevor eine Bedienung ihre Bestellung aufgenommen hatte, entging seiner Beobachtung.

Kapitel 27

Die Entfernung zu Kerry war zu groß, so konnte Edgar nicht verstehen, was sie in ihr Smartphone sprach, während sie den Cappuccino vor sich merkwürdigerweise ignorierte. Sie hatte ihre Bestellung bereits vor einer Viertelstunde aufgegeben und auch sofort serviert bekommen, aber sie rührte ihn nicht an.

Die Geräuschkulisse, die durch verschiedene Musiker, lärmende Kinder und sich angeregt unterhaltende Erwachsene erzeugt wurde, hätten es schon erschwert, wenn er direkt neben ihr, und nicht in einem Abstand von mehreren Metern sitzen würde.

Wegen dieses lauten Umfeldes hörte er zudem weder die überraschten Aufschreie einiger Frauen noch warnte ihn das Aufklatschen der schweren Stiefel auf dem gefliesten Boden.

Erst in dem Moment, als er von zwei Seiten uniformierte, mit Westen und Helmen geschützte Spezialkräfte des SWAT-Teams auf sich zustürmen sah, war ihm klar, mit wem und vor allem warum Kerry gerade noch so angespannt telefoniert hatte. Kerry, er blickte auf den leeren Stuhl, auf dem sie eben noch gesessen hatte. Seine Gedanken überschlugen sich. Wie konnte das passieren? Verdammt, warum habe ich keine Waffe dabei? Wann hat sie mich erkannt? Die Cops kamen immer näher – eine Flucht erschien ihm aussichtslos. Welchen Fehler habe ich gemacht?

Er sackte in sich zusammen, bereit, dem Unausweichlichen entgegenzutreten.

Kurz bevor sie ihn erreichten, änderten die beiden Spezialteams unmerklich ihre Richtung. Er traute seinen Augen nicht: Sie rannten an ihm vorbei, direkt in das Café, aus dem Kerry vor wenigen Sekunden geflohen sein musste! Einige Gäste sprangen entsetzt von ihren Stühlen, manche folgten gespannt, andere wiederum paralysiert dem Schauspiel, welches nur wenige Sekunden dauerte.

Direkt vor Edgar hatten sich einige Reihen Schaulustiger versammelt, die sich aufgeregt unterhielten. Alle wollten sehen, wen das SWAT-Team geschnappt hatte. Edgar beruhigte sich schnell und schob sich zwischen den Menschen nach vorne in die zweite Reihe. Nach den sechs Polizisten, die vorausgingen, folgten zwei, die einen mit Handschellen gefesselten Mann abführten.

Edgar fing an, die Sache zu begreifen: Er hatte zwar nicht gerade das Gefühl, seinem Spiegelbild gegenüberzustehen, aber ein flüchtiger Bekannter hätte den Mann durchaus mit dem alten Edgar verwechseln können. Aber Kerry, das Miststück? Ihr Blick musste von Angst und Panik getrübt sein, was eine kurze Welle freudiger Erregung durch seinen Körper schickte. Sie hätte es zumindest beim zweiten Hinsehen erkennen müssen, dass nur die Statur, die Haarfarbe und die Frisur, die er selbst bis vor drei Monaten trug, ins Bild passten.

Kerry kehrte kurz darauf in Begleitung zweier Männer zurück. Einen davon erkannte Edgar aus dem TV wieder. Bei ihm handelte es sich um einen Detective der State Police, an dessen Namen er sich nicht genau erinnern konnte – Noose oder Goose, egal. Wenn du wüsstest, Detective, wie dicht du an mir dran bist.

In den letzten Wochen hatte Edgar zwei Pressekonferenzen im TV verfolgt. Der Nachrichtensender hatte jedes Mal ein altes Foto von ihm groß hinter dem Podium eingeblendet, während dieser Cop der Öffentlichkeit erklärte, wie weit die Ermittlungen fortgeschritten waren.

Es erfüllte Conen mit Genugtuung, zu sehen, wie Kerry offensichtlich peinlich berührt dem Detective erklären musste, dass dieser arme Kerl ihm zwar ähnlichsah, es sich dabei jedoch nicht um ihn handelte. Ebenso unangenehm wie ihr dürfte es jetzt den Cops sein, sich bei dem mutmaßlichen Edgar entschuldigen zu müssen. Überraschenderweise sah er, dass es sein schlechter Doppelgänger offensichtlich mit Humor nahm. Er ließ sich die Hand von dem Cop in zivil schütteln, als dieser ihm einen Zettel aushändigen wollte – wahrscheinlich die Daten, die er bräuchte, um die Polizei zu verklagen – wehrte er ihn mit nach vorn gerichteten Handflächen ab, lächelte nervös und kehrte mit unsicherem Gang zurück zu seinem Platz.

Die Reihen lichteten sich, es gab nichts mehr zu sehen. Edgar zog sich unauffällig zurück und verließ das Einkaufszentrum in Richtung seines Wagens, schließlich musste er es nicht herausfordern, doch noch erkannt zu werden. Was auf dem Weg dorthin gar nicht so einfach war aufgrund der Ansammlung von Menschen, die scheinbar alle denselben Weg hatten. Er senkte den Blick und war darauf bedacht, in dem Getümmel nicht aufzufallen. Der Tag verlief völlig anders als geplant, jedoch konnte er durchaus positive Schlüsse für sein weiteres Vorgehen aus dem eben Erlebten ziehen. Am Parkplatz angekommen, drehte er sich um und ließ seinen Blick über den Marktplatz vor dem Einkaufszentrum schweifen. Irgendwo dort irrte das Miststück gerade umher, ohne den Hauch einer Ahnung zu haben, wo er wirklich war und was ihr bevorstehen würde. Er lächelte.

**

Jonathan wusste nicht recht, was er von dem Anruf halten sollte, den er gerade von Detective Moose erhalten hatte. Der gereizte Polizist setzte ihn über den nutzlosen Großeinsatz in Kenntnis, der durch Kerrys Fehlalarm für Aufsehen gesorgt hatte.

»Wir haben Ihre Freundin zur Dienststelle mitgenommen, sie wollte nicht allein nach Hause. Es wäre schön, wenn Sie sie zeitnah abholen könnten. Wir haben uns um richtige Fälle zu kümmern.« Was ist nur los mit ihr?, dachte Jonathan. Warum ist sie überhaupt dahin gegangen? Ihm graute vor dem Gespräch mit ihr und er hoffte, Moose gleich nicht über den Weg zu laufen.

»Ich komme, so schnell es geht«, sagte er knapp und spürte Franks neugierigen Blick. »Was?«, fuhr er ihn an. Frank wich erschrocken zurück und hob abwehrend die Hände.

»Junge, ich hab nichts gesagt, beruhig dich«, reagierte auch er pikiert. Jonathan griff nach seiner Jacke und sagte im Vorbeigehen, dass er kurz weg-müsse. Frank schüttelte den Kopf und ließ ihn wort-los abhauen.

Zwanzig Minuten später eilte er, zwei Stufen auf einmal nehmend, die Treppe hoch zum ersten Stock und lief den Korridor entlang, bis er vor dem Büro von Moose und Collins ankam, wo er seine Freundin sitzen sah. Kerry war blass, die langen blonden Haare klebten strähnig an ihrem Kopf. Das passte seiner Meinung nach überhaupt nicht zu ihr, achtete sie doch sonst sehr auf ihr Äußeres. Sie starrte die gegen-überliegende graue Wand an. Zwischen ihren Füßen ragten eine Stange Porree und das Ende eines Baguettebrotes aus den Einkaufstüten heraus.

Jonathan hockte sich vor sie und nahm ihre Hände in seine. Ihr glasiger Blick heftete weiter an der Wand.

»Was war denn los?«, fragte er mit milder Stimme. Sie schüttelte kaum sichtbar den Kopf.

»Ich weiß es nicht«, flüsterte sie, »mit mir stimmt etwas nicht.«

»Du hättest im Bett bleiben sollen, so wie du aus-siehst.« Er wollte ihr gerade hochhelfen, da öffnete Detective Collins die Tür. Verdammte Glastüren, fluchte Jonathan in sich hinein.

»Mr. Hunter, auf ein Wort«, sagte er knapp und winkte ihn hinein. Jonathan wandte sich an Kerry.

»Wir gehen gleich nach Hause, warte kurz hier.« Sie reagierte nicht. Es schmerzte ihn, seine Freundin so zu sehen, ohne eine Ahnung zu haben, was in ihr vorging. Er folgte der Bitte des Detectives, der hinter ihm die Tür schloss, und nahm auf demselben Sofa Platz wie vor nicht einmal 48 Stunden.

»Mr. Hunter, ich kann nicht gerade behaupten, ich sei erfreut, sie schon wieder hierzuhaben.«

»Was soll ich dazu sagen, Detective Moose? Ich wurde doch selbst überrumpelt.« Er hob entschuldigend die Hände, wobei es nichts gab, wofür er sich entschuldigen musste.

»Wir haben absolutes Verständnis für Ihre Freundin und auch für Sie, dass Sie uns benachrichtigen, falls Ihnen etwas zu Augen oder zu Ohren kommt. Wir freuen uns über jede Unterstützung in der Öffentlichkeit. Aber das, was sich Kerry erlaubt hat, geht zu weit.« Er schüttelte energisch den Kopf. »Als sie uns per Telefon alarmiert hat, habe ich sie gefragt, ob sie sicher wäre, dass es sich um Edgar Conen handelt.«

»Und was hat sie gesagt?«, fragte Jonathan, dem unbehaglich zu Mute war.

»Sie sagte – ich betone – sie sei zu einhundert Prozent sicher.« Er lachte kurz humorlos auf. »Sonst hätten wir niemals in der Menschenmenge so einen Einsatz gefahren.« Wieder folgte ein Grunzen. »Wir können uns glücklich schätzen, wenn uns der arme Kerl nicht verklagt, den wir fälschlicherweise einkassiert haben. Ganz davon abgesehen, was uns die Presse um die Ohren hauen wird.«

»Es tut mir leid«, sagte Jonathan kleinlaut. »Ich weiß doch auch nicht, was mit ihr los ist. Sie hatte sich heute bei ihrer Arbeitsstelle krankgemeldet, daher ging ich bis zu Ihrem Anruf davon aus, dass sie zu Hause wäre.«

»Kümmern Sie sich um sie«, sagte Collins neutral. »Vielleicht kann ihr eine Therapie helfen.« Jonathan hob hilflos die Schultern und ließ sie wieder fallen.

»Denken Sie, das hätte ich ihr nicht schon vorgeschlagen? Ich fühle mich selbst überfordert mit Kerrys momentaner Verfassung. Aber vielleicht ändert der heutige Vorfall ja ihre Ansicht. Ich versuche jedenfalls mein Bestes, das verspreche ich Ihnen.«

»Gut«, sagte Moose etwas nachsichtiger, »und nun schaffen Sie Kerry nach Hause.« Jonathan verließ das Büro und nahm Kerry, die noch genauso dasaß wie vorhin, an der Hand. Nach dem ersten Schritt hörte er dumpf durch die Tür, wie Moose zu Collins sagte: »Der hat es mit ihr nicht gerade leicht.« Das weiß ich mittlerweile auch, stimmte Jonathan ihm gedanklich zu und brachte seine Freundin in ihr Apartment.

***

Die folgende Nacht beunruhigte Jonathan noch mehr. Kerry hatte sich ins Bett gelegt, sobald sie zu Hause angekommen waren. Mit Hilfe einer Schlaftablette fielen ihr schnell die Augen zu.

Um Mitternacht weckte sie ihren Freund mit einem schrillen Schrei, der ihn aus seinen Träumen schreckte. Er knipste die Lampe auf dem Nachtschrank an und sah im gedimmten Licht, wie Kerry mit offenen Augen aufrecht neben ihm im Bett saß.

»Kerry?«, erkundigte er sich vorsichtig. Wie in den vorangegangenen Nächten reagierte sie auch diesmal nicht. Jonathan sprach weiter beruhigend auf sie ein, bis sie sich endlich hinlegte und die Augen schloss.

Als sich die Situation gegen 4 Uhr zum dritten Male wiederholte, beschloss er, sich im Laufe des Tages um einen Termin beim Spezialisten zu kümmern. Er würde dafür sorgen, dass sie ihn wahrnähme. Komme, was wolle, und wenn sie sich mit Händen und Füßen dagegen wehrte – so ginge es auf keinen Fall weiter.

Zwei Stunden später klingelte ihn sein Wecker aus der zu kurzen Nacht. Jonathan fühlte sich gerädert, ihm tat jeder Knochen weh und er war noch immer hundemüde. Umso mehr erstaunte es ihn, dass sich die Schlafzimmertür öffnete und Kerry sich mit einem dampfenden Becher zu ihm auf den Rand der Matratze hockte. Sofort sog er den vitalisierenden Duft des Kaffees ein.

»Guten Morgen«, hauchte sie und gab ihm einen Kuss.

»Morgen«, erwiderte er schlaftrunken. Er streckte und schüttelte sich kurz, um sich dann aufzurichten, sodass er ihr seitlich gegenüber saß. »Wie geht es dir heute?« Kerrys ahnungsloser Blick verriet ihm bereits, dass sie keine Erinnerungen an die letzte Nacht besaß.

»Gut«, sagte sie lächelnd, »viel besser als gestern.« Um es zu unterstreichen, reichte sie ihm den Becher, stand auf und demonstrierte kurz einige gymnastische Verrenkungen – okay, bei ihm wären es solche, bei ihr wirkten sie elegant.

»Du weißt aber –«

»Ja«, unterbrach sie ihn und setzte sich wieder. »Ich war gestern nicht richtig bei mir. Vielleicht habe ich aus Versehen die falsche Tablette eingeworfen. Aber ich war der festen Überzeugung, dass ich Edgar gesehen habe. Sonst hätte ich doch niemals die Polizei alarmiert.« Jonathan nickte. Die Tabletten: Sie verfügte tatsächlich über eine umfangreiche Hausapotheke mit Mitteln, von denen er noch nie etwas gehört hatte. Irgendwann, so hatte er sich vor Wochen bereits vorgenommen, würde er mit ihr darüber reden. Bisher hatte er es jedoch vor sich hingeschoben – wer in seinem Alter befasste sich schon gern mit Krankheiten?

»Das mit dem Fehlalarm meinte ich auch nicht. Ich wollte eigentlich über diese Nacht mit dir reden.« Kerry schaute verdutzt.

»Oh, bin ich etwa wieder ...«

»Ja, und nicht nur einmal, dreimal«, führte er ihren Satz zu Ende. Sie war tatsächlich ahnungslos. Eine unangenehme Pause entstand. »Du weißt, was wir besprochen haben?«

»Ja«, sagte sie gereizt, »schon gut, ich werde mir einen Termin holen. Beruhigt?« Jonathan warf ihr einen versöhnlichen Blick zu.

»Das bin ich«, versuchte er, möglichst verständnisvoll zu erwidern. »Vorausgesetzt, du hältst dich an dein Versprechen, und zwar möglichst bald.« Kerry senkte den Blick, starrte kurz in ihren Becher und nahm dann einen großen Schluck daraus.

Kapitel 28

Im Hintergrund erklang die ruhige, melodische Bluesmusik einer unbekannten Band aus New Orleans aus den Lautsprechern ihrer Soundanlage. Ihr Tee verströmte das Aroma von Anis und Fenchel und das Thermostat sorgte für die perfekte Temperatur im Wohnzimmer ihres Apartments.

Trotzdem war Kerry alles andere als entspannt. Sie saß aufgewühlt vor dem Computer. Auch die Tüte mit Schokoladenbonbons, die sie fast bis zur Hälfte leergegessen hatte, konnte ihre Anspannung nicht betäuben. Der Bildschirm war übersät mit Namen und Adressen von praktizierenden Psychologen in der näheren Umgebung. Ihre Überzeugung hatte sich nicht im Mindesten geändert, sie machte dies einzig und allein Jonathan zuliebe. Schließlich ging es ihr doch heute wieder gut. Und gestern, na ja, da war sie durch ihre Grippe oder was auch immer sie befallen hatte, etwas durcheinander. Das konnte doch jedem mal passieren. Überhaupt, was war schon großartig passiert? Die Cops sind ihrem Job nachgegangen und haben den Falschen erwischt. Als ob das im Polizeialltag nicht auf der Tagesordnung stand. Nur, weil sie den Tipp gegeben hatte – zugegeben, den falschen Tipp – hieß das noch lange nicht, dass sie ärztliche Hilfe benötigte.

Wieder einmal kamen alte Erinnerungen hoch. Erinnerungen an die Sitzungen mit Dr. Snyder, als er sie zum tausendsten Male fragte, ob sie ihre Eltern vermissen würde. Was für eine bescheuerte Frage! Welches zehnjährige Kind vermisste seine verstorbenen Eltern nicht? Und ob sie sich noch an die Nacht erinnern würde, in der der Unfall geschah. Was für ein Idiot! Sie hatte schließlich in ihrem Bett gelegen und geschlafen, als der Brand ausbrach, dem sie nur durch das beherzte Eingreifen der Feuerwehrmänner entkommen konnte.

»Du kannst mir alles sagen: Was du fühlst, wovor du Angst hast, was du dir wünschst«, hörte sie die Worte von damals und erinnerte sich, wie er dabei seine behaarte Hand auf ihr Knie legte, ihr seinen Pfefferminzatem ins Gesicht blasend. Sie hasste Pfefferminz! Und sie hasste es, von ihm berührt zu werden. Doch sie antwortete stets:

»Das weiß ich, Dr. Snyder. Und das mache ich doch auch.« Dabei versuchte sie immer, so unschuldig wie möglich zu gucken, um ihm keine Gelegenheit zu bieten, noch tiefer nachzubohren.

Seine Stimme war, über zehn Jahre nach den Sitzungen, immer noch präsent.

Einen Scheiß habe ich gemacht!

»Es geht niemanden etwas an, was ich fühle!«, schrie sie den Monitor an, als ob Dr. Snyder dort säße. Sie atmete tief durch. Immer, wenn sie an ihn denken musste, geriet sie in Rage. Kerry schloss das Browserfenster und schaltete den Computer aus. Dann ging sie ins Bad und fand schnell das Päckchen mit den Beruhigungstabletten in ihrem Kulturbeutel.

Langsam setzte die Wirkung ein. Eine wohltuende Wirkung, die den Anschein erweckte, als würde ihr Körper von innen mit einem weichen, warmen Gel versiegelt werden. Nichts von außen kam hinein. Hätte sie die Tabletten doch nur damals im Haus der Conens dabeigehabt. Vielleicht hätte sie das Drama verhindern können. Pete und seine Mutter wären noch am Leben. Sie hätte Edgar einfach das machen lassen können, was er wollte, und es erdulden. War das alles vielleicht doch ihre Schuld?

Sie wusste nicht, wie lange sie bereits auf dem Bett lag, zur Decke schaute und über Vergangenes nachdachte.

»Nein!« Es war nicht ihre Schuld. Nichts von alledem. Würden diese verdammten Cops ihren Job richtig machen, hätten sie Edgar schon längst erwischt. Er würde die Giftspritze bekommen oder bis zum Rest seines wertlosen Lebens in einer kleinen, quadratischen Zelle im Hochsicherheitstrakt eines Staatsgefängnisses verrotten. Und Kerry könnte sich auf das konzentrieren, was ihr wichtig war: Jonathan.

Doch solange er frei herumlief und überall sein könnte, würde sie niemals Frieden finden. Erst recht nicht bei so einem Psychoquacksalber, der nur reden und zuhören und sonst gar nichts konnte. Vielleicht, so dachte sie, müsste sie ihn selbst zur Strecke bringen. Das hätte sie schon längst tun sollen. Am ersten Abend ihrer Flucht, als sie ihn unten am Fuß des Berges entdeckt hatten. Sie hätte Jonathan damals davon überzeugen müssen, dass sie ihn nach dem

Einschlafen hätten überrumpeln und töten sollen. Dann wäre alles so viel einfacher geworden. Aber Jonathan war zu schwach, jedenfalls an diesem Abend. Später hatte er bewiesen, dass er ein echter Mann war, schließlich rettete er sie heldenhaft vor dem sicheren Ertrinken.

***

Die befürchteten Schlagzeilen waren ausgeblieben. Da niemand bei der Aktion verletzt, geschweige denn getötet wurde, und der Verdächtige keinen Migrationshintergrund vorweisen konnte, beschäftigte sich die Presse scheinbar lieber mit den neuesten Entwicklungen in den Profisportmannschaften oder den aktuellen politischen Wasserstandsmeldungen, die der Präsident der USA via Twitter unter das Volk brachte. Einzig die Gardinenpredigt ihres Captains hatten Moose und Collins über sich ergehen lassen müssen. Sie sollten nach den Dienstvorschriften und ihrem Instinkt handeln, und nicht nach halbseidenen Hinweisen einer traumatisierten jungen Frau. Sie hatten gar nicht erst versucht, sich gegen die Predigt zu wehren, wussten sie doch, dass der Captain dazu genötigt war, um die innerdienstliche Disziplin aufrechtzuerhalten. Insgeheim waren sie sich seiner vollen Unterstützung sicher.

»Sind die Ergebnisse aus dem Labor eingetroffen?«, wollte Collins später im Büro wissen. Moose überflog die Akten auf seinem Schreibtisch und in den

Ablagen, in denen die Kollegen Ergebnisse vom Labor und der Rechtsmedizin ablegten, wenn weder er noch Collins zugegen waren.

»Fehlanzeige«, gab er zurück, »aber ich habe gerade mit den Feds telefoniert.« Sein Kollege warf ihm einen für seine Verhältnisse erstaunlich interessierten Blick zu. »Sie tendieren dazu, die Akte zu schließen. Selbstverständlich bliebe Conen auf der Fahndungsliste, aber ihre Priorität läge seit 9/11 halt auf vermeintlichen Terroristen.«

»Demnach können wir keine Unterstützung mehr erwarten«, folgerte Collins. Moose nickte. Seit Wochen überprüften sie, wann immer es die Zeit erlaubte, sämtliche Verkehrsüberwachungskameras im Großraum Boise. In sämtlichen Pubs, Hotels und billigen Absteigen verteilten sie Kopien eines Fotos von Edgar Conen, welches ebenfalls sämtliche Taxiunternehmen, Tankstellen und Fahrkartenschalter des Nahverkehrs erhielten. Selbst im Internet kursierte dessen Konterfei auf Facebook, Twitter und Instagram.

Natürlich sammelten sich in den Wochen unzählige Hinweise – was in solchen Fällen immer so ablief, schließlich gab es eine fünfstellige Belohnung für sachdienliche Hinweise – doch kein einziger hielt einer Überprüfung stand.

Der gestrige Anruf Kerrys hatte Moose sofort überzeugt, dass Edgar nicht nur noch am Leben, sondern tatsächlich in unmittelbarer Nähe wäre. Diese kurze Hoffnung wurde wie mit einem Vorschlaghammer zertrümmert, als der verängstigte Mann von den Kollegen aus dem Einkaufszentrum geführt wurde. Moose erkannte, noch bevor der Verdächtige ins Licht getreten war, dass es niemals Edgar sein könnte, ohne ihn jemals in der Realität gesehen zu haben. Was in dieser verwirrten Frau ablief, diesen Mann für ihren Verfolger zu halten, konnte er absolut nicht begreifen.

Nach all dem war er heute absolut gegenteiliger Meinung und konnte die Entscheidung des FBI in allen Punkten nachvollziehen. Auch wenn Collins seit kurzem seine eigene Theorie verfolgte, der Moose nicht viel abgewinnen konnte. Edgar Conen war tot. Irgendwann würde ein Wilderer oder Trapper auf dessen sterbliche Überreste treffen und, wenn sie Glück hatten, diesen Fund beim Sheriff melden. Seine DNA würde ermittelt werden und auch er würde ohne Reue diese Akte schließen können.

***

Jonathan war heilfroh darüber, dass sich sein Chef bereits einen Kollegen auserkoren hatte, der als sein heutiger Sündenbock herhalten musste. Der arme Kerl saß zusammengekauert vor seinem Schreibtisch am anderen Ende des Großraumbüros, und der Alte, wie Frank ihn in dessen Abwesenheit immer nannte, hatte sich vor ihm aufgebaut und schrie ihn an, dass ihm der Speichel aus dem Mund flog.

So brauchte Jonathan sich keine Standpauke anhören, weil er gestern von jetzt auf gleich seinen Arbeitsplatz verlassen hatte. Später erzählte ihm Frank, dass diese Sorge sowieso unberechtigt gewesen wäre, da ihr Chef Jonathans vorzeitigen Feierabend gar nicht mitbekommen hätte. Auf dessen Frage, warum er nicht an seinem Platz säße, hätte Frank ihm gesagt, dass er in seinem Auftrag Besorgungen außer Haus erledigen würde.

»Danke, du hast was gut bei mir. Und entschuldige nochmal wegen meines angepissten Verhaltens.« Frank schaute nicht von seinen Unterlagen hoch.

»Keine Ahnung, wovon du sprichst, mein Junge.«

Wieder einmal wurde ihm bewusst, wie gut er es getroffen hatte. Eine tolle Firma, abgesehen vom manchmal cholerischen Chef, freundliche Kollegen, gute Bezahlung, eine schöne Wohnung in bester Lage und eine tolle Freundin – die ihm jedoch mehr und mehr die Sorgenfalten auf die Stirn trieb. Inständig hoffte er, dass sie ihr Versprechen halten und sich einen Termin beim Psychologen holen würde. Er merkte, wie ihn diese Beziehung langsam überforderte.

Jonathan war ein Kind der Sonne. Er verlebte eine glückliche Kindheit, seine Eltern kümmerten sich sehr um ihn. Obwohl die Belange der Firma seines Dads ab und zu mit seinen kollidierten, fanden seine Mom und sein Dad immer einen Mittelweg, mit dem sie allem gerecht wurden. Seine Ferien verbrachte er mal bei Tante Louisa, mal fuhren sie nach Disney-World oder er bereiste mit seinen Eltern die Metropolen Europas. Berlin, Rom, Madrid, Paris, fast keine Hauptstadt des alten Kontinents war ihm fremd.

Mit schweren psychischen Krankheiten war er selten in Kontakt gekommen. Weder in seinem Umfeld noch in seiner Familie. Die Mitglieder dieser zogen scheinbar einen rustikalen Tod vor, wie es sein Dad gern nannte. Sein Onkel wurde von einem LKW überfahren, Grandpa erlag einem Herzinfarkt und Cousin Paul wurde von einem Einbrecher erschossen, den er bei seiner Arbeit überraschte. Erst später während des Studiums bekam er bei Kommilitonen und im Selbstversuch mit, wie sich bewusstseinserweiternde Drogen auswirken konnten. Aber das war alles erklärbar, und nach dem Abklingen der Wirkung verhielten sich alle wie gewohnt.

Bei Kerry war das anders. Jonathan war bewusst, dass sie wirklich Dramatisches erlebt hatte. Ihm selbst war ja das ein oder andere Mal auf ihrer gemeinsamen Flucht vor Edgar das Herz in die Hose gerutscht – obwohl der Horror nie so nah an ihn herankam, wie es bei Kerry der Fall war. Allein die Situation, als der Verrückte versucht hatte, sie zu erwürgen. Grauenvoll.

Aber auch, wenn es ihn bis an seine Grenzen trieb, er würde es mit ihr gemeinsam durchstehen – schließlich war schon zu Beginn ihrer Beziehung klar, dass es durchaus kompliziert werden könnte.

Die Stunden vergingen zäh wie Kaugummi. Er saß auf heißen Kohlen und wäre lieber jetzt als gleich in den Feierabend gegangen und nach Hause gefahren, um nach ihr zu sehen. Doch zwei Tage hintereinander vorzeitig abzuhauen, traute er sich nicht. Auch konnte er nicht von Frank erwarten, dass dieser sich ein weiteres Mal für ihn einsetzte. Viel zu gut verstand er sich mit ihm, fast würde er ihn schon als Freund bezeichnen. Nein, sagte er sich, du ziehst das hier heute durch und klärst nachher alles in Ruhe mit ihr. Sie läuft ja nicht weg. Das zumindest hoffte er.

***

Einige Stockwerke tiefer schlich ein großer, leicht humpelnder Mann durch die Autoreihen der Tiefgarage.

Die Beleuchtung war spärlich und durch die Einfahrt fiel nur wenig Licht in das Untergeschoss. Mehrfach begegneten ihm Parkberechtigte, die ihr Büro in einer der acht Etagen des Gebäudes für ein verspätetes Mittagessen oder den frühen Feierabend verließen.

Doch niemand nahm Notiz von ihm. Edgar erschien es, als wären sie bestrebt, möglichst zügig das Hochhaus zu verlassen.

»Wo hast du dich versteckt?«, flüsterte er. »Ah, da hinten!« Er änderte etwas die Richtung und steuerte direkt auf einen Pick-up zu, der ihm sehr bekannt vorkam. Edgar ging einmal um das Fahrzeug herum, während er mit seinen behandschuhten Fingern über das kalte Blech der Karosserie streifte. Die durchschossene Scheibe war natürlich ersetzt worden, aber er konnte auf der Fahrerseite ganz leichte Unebenheiten erspüren. »Das hat aber keine Fachwerkstatt gemacht«, sagte er und schüttelte schmunzelnd den Kopf.

Edgar stand jetzt hinter dem Wagen und überprüfte die beiden Türen: Eine führte zum Treppenhaus, die andere gehörte zum Fahrstuhl. Dann sondierte er die Ausfahrt und die Autoreihen in der näheren Entfernung. Er konnte keine Menschenseele entdecken. Gut, dachte er, zog etwas aus der Innentasche seiner Jacke und kniete sich neben den Pick-up.

Drei Minuten später verließ Edgar lächelnd hinter zwei jungen Frauen, die übertrieben laut miteinander schnatterten, die Tiefgarage in Richtung Innenstadt und mischte sich unter das Getümmel.

Kapitel 29

Kerry hatte den weiteren Tag über kaum einen Gedanken daran verschwendet, einen Psychotherapeuten für sich zu suchen. Warum sollte sie auch? Schließlich ging es ihr wieder großartig.

Den kompletten Nachmittag lang wirbelte sie putzend durch die Wohnung, bis sie davon überzeugt war, auch die letzte Spinnwebe und das kleinste Staubkorn entfernt zu haben.

Gerade trällerte sie vergnügt vor sich hin, während sie auf den Knien die Fliesen im Bad schrubbte. Die Fußböden hatte sie sich für den Schluss aufgehoben, denn beim Zubereiten des Nudelauflaufs in der Küche, wofür sie eine Stunde gebraucht hatte, fielen immer etliche Krümel nach unten. Wäre doch zu blöd gewesen, wenn sie die Böden vorher schon gewischt hätte. *Immer schön von oben nach unten putzen.* Ob sie diese Devise von ihrer Mom oder einem Youtube-Tutorial her kannte, wusste Kerry nicht mehr. Was sie auch nicht kümmerte – wichtig war einzig, dass sich Jonathan wohlfühlte, wenn er gleich nach Hause kommen würde. Sie müsste sich nur noch etwas Verführerisches überziehen. Erst würde sie ihn füttern und anschließend vernaschen – es hieß schließlich, dass Liebe durch den Magen ging. Jonathan würde schon selbst merken, wie gut es ihr wieder ging, und er würde nicht im Traum mehr darauf kommen, sie weiter mit dem Psychogequatsche zu nerven.

Plötzlich schreckte sie auf. Hatte sie richtig gehört? Stille. Wieder klopfte es an der Tür. Sie sah auf das Display des Internetradios: Es war gerade 21 Uhr durch. Das müsste Jonathan sein. Wahrscheinlich hatte er nur seinen Schlüssel vergessen. Sie spürte beim Aufstehen ein leichtes Zwicken im Knie, eine Spätfolge ihres Sturzes vor einigen Wochen. Der Arzt stellte die Diagnose, der Meniskus wäre angerissen und riet ihr, nur über eine Operation nachzudenken, wenn sie die Schmerzen nicht aushalten würde.

Sie warf den Lappen in den Wischeimer und schob ihn mit dem Fuß unter das Waschbecken. Nach einem Kontrollblick in den Spiegel – sie sah hinreißend aus, auch ohne das geplante Negligé, befand sie – lief sie mit Tippelschritten in Richtung Tür.

»Warte, Schatz, ich bin sofort da«, rief sie durch die geschlossene Tür. Verdammt, dachte sie, zog sich die Gummihandschuhe aus und ließ sie hinter der Kommode neben der Tür verschwinden. Dann drückte sie mit einem Lächeln auf den Lippen die Klinke herunter.

***

Das Treiben im Büro nahm von Minute zu Minute ab. Einer nach dem anderen verabschiedete sich in den Feierabend.

»Ich werde es jetzt auch packen«, sagte er zu Frank, klappte den Ordner zu und schaltete seinen PC aus.

»Was? Es ist doch erst ...« Franks Augen weiteten sich. »Fuck, es ist ja schon halb neun. Verflucht, ich habe doch eine Verabredung.« Hektisch kramte auch er seine Sachen zusammen.

»Mit Alice wohl nicht, oder hat sie heute frei?« Jonathan sah ihn neugierig an.

»Alice muss tatsächlich noch arbeiten. Woher ich das weiß, fragst du dich? Weil wir uns Sonntag nochmal getroffen haben. Und stell dir vor, es ist nichts gelaufen.« Er grinste breit.

»Ach so«, erwiderte Jonathan, »und deswegen hast du jetzt eine Verabredung mit einer, bei der eher etwas läuft?« Er schaute ihn dabei zwar ernst an, jedoch klang kein Vorwurf in seiner Stimme.

»Genau, eine Verabredung mit einer ... Eishockeymannschaft. Du bist wirklich ahnungslos, Junge, in einer halben Stunde ist Anstoß meiner Idaho Steelheads.«

»Tut mir leid, Frank, ich komme aus Denver. Wir sind verwöhnt mit Erstligasport.«

»Schön für euch«, erwiderte Frank und zeigte ihm den Mittelfinger. »Ich nehm dich mal mit zu einem Spiel, dann siehst du richtigen Männersport.«

»Ich nehm dich beim Wort«, sagte Jonathan und verließ mit Frank zusammen das Büro. Auf dem Weg in die Tiefgarage, in der er glücklicherweise seit zwei Wochen einen eigenen Stellplatz hatte, frotzelten sie weiter.

»Grüß Kerry«, sagte Frank. Er stand bei seinem Wagen und drückte die Funkfernbedienung. Es klickte und die Lampen des BMW blinkten kurz auf.

»Mach ich, und dir viel Erfolg mit deinen Amateurpuckjägern.«

»Ja, du mich auch.«

Jonathan winkte kurz und stieg in den Pick-up. Er drehte die Musikanlage auf, bis die Scheiben vibrierten, und setzte aus der Parklücke zurück. Sofort merkte er, dass etwas nicht stimmte.

***

Nur noch wenige Kollegen von der Nachtschicht arbeiteten an ihren Schreibtischen, als die Detectives Moose und Collins von einem Tatort zurückkehrten.

Sie waren wegen des Verdachts auf ein Gewaltverbrechen gerufen worden, der sich glücklicherweise als falscher Alarm herausgestellt hatte. Die ältere Dame, die den Notruf absetzte, wurde vom Geschrei einer Frau aus einem Horrorstreifen getäuscht, den sich ihr Nachbar etwas zu laut angesehen hatte. Sie befürchtete, er würde gerade über eine Wehrlose herfallen. So konnten die Cops es dabei belassen, den Mann zu ermahnen, er solle die Hausordnung einhalten und sein Gerät leiser stellen, was er unverzüglich befolgte. Und die Dame konnte, nachdem sie von den Cops aufgeklärt worden war, beruhigt ihre Schnulze im TV weitergucken.

Ihr Büro lag am hinteren Ende des Korridors, der nur von einer Notbeleuchtung mäßig erhellt wurde. Hinter keiner der Türen brannte Licht.

»Ist ja wieder typisch: Uns jagen sie zu einem Einsatz raus und selbst verpissen sich die lieben Kollegen in den Feierabend.« Von Collins erntete Moose lediglich ein Schulterzucken. »Und, was hast du heute noch vor?«, wollte er von seinem wortkargen Partner wissen.

»Ich werde mir zu Hause noch einige Akten vornehmen.« Während er sprach, stapelte er auf seinem akribisch aufgeräumten Arbeitsplatz mehrere Ordner und klemmte sie sich unter den Arm. Das Telefon klingelte. Collins bedeute mit dem erhobenen Zeigefinger, den er hin und herbewegte, dass er nicht rangehen werde. Er war schon im Begriff zu gehen, da griff Moose zum Hörer und stellte die Lautsprecherfunktion ein, damit sein Kollege mithören konnte. Dieser lehnte mit den Unterlagen vor dem Bauch an der Wand.

»State Police, Detective Moose am Apparat.«

»Agent Jessica Smith, FBI Denver, einen guten späten Abend Ihnen. Ich versuche schon etwas länger, Sie zu erreichen.«

»Guten Abend, Agent Smith, wir waren unterwegs. Womit können wir Ihnen helfen?« Aus dem Lautsprecher war ein Räuspern zu hören.

»Wer wem hilft, lassen wir mal außen vor. Ich komme zur Sache: Es geht um einen Mann auf der Fahndungsliste – Edgar Conen.«

»Habt ihr ihn etwa?« Moose war überrascht, rechnete er doch insgeheim damit, dass dieser tot wäre.

»Nein. Aber das, was wir haben, ist vielleicht genauso gut. Wir erhielten heute einen Anruf eines Privatermittlers, der hier ansässig ist. Schmieriger kleiner Typ, meinte mein Kollege, aber das nur am Rande.« Sie hatte die volle Aufmerksamkeit der Detectives geweckt.

»Und weiter?«, forderte Moose sie auf, fortzufahren.

»Dieser Ermittler, James Rockwood, sagte, er wurde vor einigen Wochen von einem anonymen Klienten beauftragt, eine gewisse Kerry Harrington, die Überlebende des kleinen Massakers, ausfindig zu machen.«

»Ja, Kerry Harrington und Jonathan Hunter«, bestätigte er und wechselte stumme Blicke mit Collins, dem die Verwunderung im Gesicht abzulesen war. Endlich sah Moose mal eine Gefühlsregung bei ihm, er war also doch ein Mensch.

»Er sollte eine Abhöreinrichtung bei ihr installieren, was er wohl auch getan hat, Muster ihres Tagesablaufs erfassen und sie etwas aufscheuchen. Was auch immer er damit gemeint hat. Nun ja, er hatte seinen Auftrag erledigt und seine Bezahlung bar per Post erhalten. Und vor ein paar Tagen will er vom Fall Edgar Conen erfahren haben. Dann hat er wohl eins und eins zusammengezählt und zählt wahrscheinlich gerade in Gedanken das Kopfgeld, das auf Conen ausgesetzt ist.« Moose konnte einen erstaunten Pfiff nicht unterdrücken.

»Das kommt jetzt ... unerwartet. Gut, da Sie uns informieren, gehe ich davon aus, dass Sie noch keine Trupps hergeschickt haben.«

»Das ist Ihre Stadt, Detective Moose. Falls Sie Unterstützung brauchen, können wir notfalls mit ein paar Leuten aushelfen, aber wir sind gerade selbst personell am Limit. Und ja, ich gebe zu, dass ich ebenfalls nicht damit gerechnet habe, dass wir von Conen nochmal hören.« Moose wechselte erneut einen Blick mit Collins. Dieser nickte.

»Okay, Agent Smith, wir bekommen das ohne das FBI hin. Geben Sie mir noch die Adresse des Privatschnüfflers, falls wir Rückfragen haben?« Sie diktierte ihm dessen Telefonnummer, die er auf seine Schreibtischunterlage kritzelte.

»Ich muss Sie ja nicht darauf hinweisen, vorsichtig vorzugehen. Viel Erfolg.« Das Gespräch war beendet. Collins ging zu seinem Platz und legte die eben eingesammelten Akten an dieselbe Stelle, von der er sie weggenommen hatte. Dann trat er vor zur Tür.

»Kommst du?«

»Ja, sicher.« Sein Blick fiel auf die Ablage. »Was haben wir denn hier?« Er griff nach dem braunen Umschlag, der in ihrer Abwesenheit hinterlegt worden sein musste. Collins wandte sich von der Tür ab und trat neben seinen Kollegen. Der zog ein Bündel aneinandergehefteter Formulare hervor und legte sie so auf den Tisch, dass beide sie lesen konnten.

»Das überrascht mich nicht«, sagte Collins neutral, nachdem er die Ergebnisse der Laboruntersuchungen überflogen hatte.

»Das gibt es doch nicht.« Moose musste sich setzen und hielt die Unterlagen dicht unter die Schreibtischlampe, wo er sie abermals durchlas. »Dann hast du tatsächlich richtig gelegen.« Er schnalzte anerkennend mit der Zunge.

»Ja, ein Glückstreffer.«

»Natürlich«, spottete Moose, »was auch sonst.«

»Nun komm schon«, sagte Collins, der jetzt im Türrahmen wartete.

Moose rappelte sich auf und folgte ihm. »Das war's dann mit dem Feierabendbier.«

Sie kehrten zu ihrem Dienstwagen zurück und machten sich auf den Weg. Moose konnte nicht behaupten, dass er sich auf die anstehende Unterhaltung freute.

***

Kerry zuckte zusammen, als sie den Mann erkannte, dem sie in Erwartung ihres Freundes überschwänglich die Tür geöffnet hatte.

»Oh, das ist ja eine nette Begrüßung.«

»Sorry«, sagte sie etwas beschämt, »ich habe Jonathan erwartet. Was kann ich für Sie tun, George?«, fragte sie ihren Nachbarn, einen pensionierten Zugführer, den sie von einigen Small-Talks her kannte.

»Hat er keinen eigenen Schlüssel?« Georg zwinkerte sie an.

»Doch, natürlich. Ich dachte nur –, ach, egal. Warum sind Sie denn nun hier?«

»Erst einmal Entschuldigung für die späte Störung. Elisabeth hat eine üble Erkältung und ich wollte ihr eine heiße Milch mit Honig zubereiten. Das beste Hausmittel der Welt gegen Husten und Halsschmerzen. Aber leider ist unsere Milch aus«, erklärte er. »Sie haben nicht zufällig welche da? Ich bezahle sie auch.«

»Milch? Warten Sie kurz, ich schau mal nach.« Das Gehuste der Alten war ihr heute Nachmittag schon auf den Zeiger gegangen, als sie eine Pause von der Hausarbeit auf dem Balkon einlegen wollte. Sie öffnete die Kühlschranktür, fand jedoch keine. »Moment«, rief sie Georg zu, als sie aus der Küche kam und in den Abstellraum ging, den sie auch als Speisekammer nutzten. »Milch, Milch, Milch – ah, da bist du ja.« Sie griff nach einer braunen Flasche und brachte sie dem vor der Tür wartenden George.

»Was bekommen Sie?« Er kramte in seiner Hosentasche. Offenbar suchte er nach Kleingeld.

»Nichts. Das ist in einer guten Nachbarschaft doch selbstverständlich.«

»Dann bringe ich den Rest gleich zurück.« Kerry schüttelte den Kopf.

»Ach Quatsch, behalten Sie den Rest. Wir haben noch welche da. Gute Besserung für Ihre Frau.« Sie verabschiedeten sich und sie musste kurz auflachen. Zum Glück war sie vorhin noch am Putzen! Nicht auszudenken, wie der arme George geguckt hätte, wäre sie in ihrer durchsichtigen Wäsche am Eingang erschienen.

Es war keine Minute vergangen, da klopfte es erneut. Jetzt wirst du langsam nervig!

»Ich habe Ihnen doch gesagt, dass Sie die Milch behalten können«, sagte sie etwas gereizt beim Öffnen der Tür.

***

Jonathan stellte den Motor aus und sprang aus dem Wagen. Irgendetwas lief nicht rund.

»Was ist das denn für eine Scheiße?«, fluchte er, als er den platten rechten Hinterreifen sah. »Das kann doch wohl nicht angehen.« Er beugte sich hinunter und beim genauen Betrachten fielen ihm zwei Schlitze seitlich im Gummi auf. »Na toll. Reifenstecher in der Tiefgarage. Wir sind doch nicht in der Bronx!« Wütend trat er gegen den unschuldigen Reifen, was er sofort bereute, da sich ein stechender Schmerz vom Zeh bis in den Oberschenkel ausbreitete. »Ich könnte kotzen.«

Aber weder Fluchen noch Zetern halfen ihm jetzt weiter. Mürrisch öffnete er die Heckklappe und kramte das Werkzeug und den Wagenheber hervor.

»Kann ich helfen?«, ertönte eine Stimme hinter ihm. Jonathan wandte sich zu dem Mann, der mit dem Rücken zum Licht stand, und den er daher nicht auf den ersten Blick erkennen konnte.

»Ja, indem Sie mich in Ruhe machen lassen«, herrschte er ihn an, was er sofort bereute, als er den Hilfsbereiten erkannte. Es war sein junger Kollege, der heute beim Chef an der Reihe gewesen war. »Tut mir leid, ich bin nur genervt. Trotzdem danke.«

Sein Kollege schien leidensfähig zu sein, denn er schien von Jonathans Anranzer nicht sonderlich beeindruckt, sondern griff nach dem Schrauben-schlüssel, schraubte das an die Heckklappe montierte Ersatzrad ab und rollte es zu Jonathan. Hand in Hand waren sie innerhalb einer guten Viertelstunde fertig und der Pick-up wieder fahrbereit.

»Für die Formel 1 müssen wir noch etwas trainieren, aber für den Anfang war das gute Teamarbeit. Vielen Dank.«

»Gern geschehen. Ich wünsche Ihnen einen schönen Feierabend.« Jonathan erwiderte den Gruß und machte sich endlich auf den Heimweg.

Kapitel 30

Kerry hatte den Satz gerade zu Ende gesprochen und die Tür einen Spalt geöffnet, da entglitt ihr die Klinke. Sie quiekte kurz auf, als ein Schmerz wie ein Stromschlag ihre Hand durchzuckte, was daher kam, dass die Tür kräftig aufgestoßen wurde. Bevor sie auch nur im Ansatz reagieren konnte, spürte sie die Faust eines Mannes hart auf ihren Solarplexus treffen. Sie wusste nicht, wie ihr geschah. Der Mann stürmte auf sie zu, holte mit dem Arm aus und ließ einen harten Gegenstand auf ihren Kopf niederschnellen. Sie sah grelle Blitze vor ihren Augen und war wegen des Stoßes auf ihren Brustkorb nicht in der Lage zu atmen.

Der Knall, den die Wohnungstür erzeugte, als er sie mit dem Fuß ins Schloss trat, hörte sich an wie meilenweit entfernt. Die Stimme, die dann zu ihr sprach, verstand sie jedoch so klar, als würde jedes einzelne Wort mit einem Skalpell in ihren Bauch geritzt werden. Ein eiskalter Schauer rann ihren Rücken hinunter und die feinen kurzen Härchen im Nacken stellten sich auf.

»Hallo Kerry, ich brauche keine Milch. Aber ich freue mich, dich wiederzusehen.«

»Was willst –«, presste sie gequält hervor, weiter kam sie nicht. Edgar drückte ihr brutal einen feuchten Lappen über Nase und Mund, während er sie mit dem anderen Arm wie ein Schraubstock umklammerte und sie zwischen sich und die Wohnzimmerwand einklemmte. Ich darf nicht einatmen!, schoss ihr durch den Kopf, nicht einatmen. Doch sie konnte den Schrei ihrer Lunge nach Sauerstoff nicht verhindern und atmete gegen jede Vernunft tief ein. Es brannte in ihrem Hals, als würden Streichhölzer in ihrem Rachen entzündet.

»Wehr dich nicht, meine Liebe«, hörte sie ihn noch sagen, und sie kämpfte gegen ihn an, versuchte, sich loszureißen. Doch das Überraschungsmoment und der Kraftvorteil waren auf seiner Seite. Immer schwächer wurden die Bemühungen, ihn zu treten und nach ihm zu schlagen. Und das Feuer in ihrem Schlund brannte lichterloh.

Langsam wurde es dunkel um Kerry. Ihr Widerstand brach und sie ließ sich fallen in die weiche, warme Wattewolke, die sie in sich aufnahm und völlig umhüllte. Wenige Atemzüge später war sie bewusstlos.

Eisiges Wasser riss sie ins Bewusstsein zurück. Sie schaute bebend auf in das gefühlskalte Lächeln des Mannes, der sie seit Wochen an den Rande des Wahnsinns trieb, ihr sowohl im Traum als auch in der Realität nach dem Leben trachtete. Und jetzt schien er seine Befriedigung zu erhalten. Was willst du von mir?, wollte sie fragen, doch durch den Knebel in ihrem Mund hörte sie sich nur grunzen. Sie blickte an sich herab. Das Schwein hatte sie auf einen schweren Stuhl gefesselt, den er aus der Küche geholt haben musste. Ihre Beine, die an die des Stuhls gebunden waren, konnte sie ebenso wenig bewegen wie die Arme, die er hinter ihrem Rücken an der Lehne fixiert hatte.

»Nun, Kerry, ich sehe, du freust dich mindestens genauso, mich zu sehen, wie es mir mit dir ergeht.« Obwohl er mit einer erstaunlichen Wärme in der Stimme sprach, traf sie jedes Wort wie ein Peitschenhieb. Wie sollte sie hier nur wieder herauskommen? Wo blieb Jonathan? Wie spät war es überhaupt? Hatte er ihm schon etwas angetan? Hat George nicht etwas gehört und die Polizei alarmiert?

Ihre Blicke flogen wild im Wohnzimmer umher, verzweifelt nach einem Ausweg suchend. Die Benommenheit war durch das Wasser wie weggeblasen. Immer noch lief es ihr Gesicht hinunter. Erst die Tropfen, die auf ihren Oberschenkel fielen und den Stoff der Hose rot färbten, ließen sie begreifen, dass es Blut war, das sie feucht im Gesicht spürte. Kerry atmete geräuschvoll durch ihre Nase. Sie drehte ihre Arme und riss an den Fesseln, bis sie ins Fleisch schnitten. Alles vergebens - sie war ihm hilflos ausgeliefert.

»Vergiss es. Spar dir die Energie für deinen großen Moment«, sagte er und lachte spöttisch auf. Dann setzte er sich auf den Fernsehsessel ihr gegenüber, überschlug seine Beine und starrte sie einfach an. Ihre Augen weiteten sich, als er aus der Jackentasche ein Jagdmesser zog und es auf den Tisch neben sich legte. Damit hat er mir also eins übergezogen, stellte sie fest, als ihr die Haare – ihre Haare – am schweren

Griff der Waffe auffielen. Dass er noch eine Pistole hervorholte und sie neben dem Messer mit dem Lauf in ihre Richtung platzierte, machte sie noch verzweifelter. Selbst wenn Jonathan oder die Cops kämen, aus dieser Lage sah sie keine Rettung mehr für sich.

Das Geräusch des Schlüssels, der von außen ins Türschloss gesteckt wurde, ließ gleichermaßen Hoffnung und Angst in ihr emporsteigen. Sie wackelte mit ganzer Kraft, sodass der Stuhl hin und her rutschte, und versuchte, durch ihren Knebel zu schreien.

»Ts, ts«, flüsterte Edgar, griff nach der Waffe und zielte auf ihre Stirn. Schweiß schoss aus all ihren Poren und es zerriss sie innerlich, ihm so hilflos ausgeliefert zu sein. Und nicht nur sie – wenn Jonathan nicht sofort kehrtmachen würde, wäre auch er verloren.

Kapitel 31

Jonathan hatte genug für heute. Erst musste er die Mittagspause durchschuften, dann schmeckte das Sandwich, das Frank ihm mitgebracht hatte, nach Schuhsohle mit alter Socke überbacken, und zum glorreichen Schluss wurde er Opfer eines bescheuerten Reifenstechers. Hätte er ihn erwischt, dann würde dieser jetzt im Krankenhaus zusammengeflickt werden. Er wollte nur noch nach Hause, duschen, etwas Ordentliches in den Magen bekommen und vielleicht vor dem Einschlafen noch ein schnelles Nümmerchen mit Kerry genießen. Auf gar keinen Fall würde er heute noch ein ernstes Gespräch mit ihr führen, Panikanfall hin, Angstattacke her.

Hoffentlich schlief sie noch nicht, dachte er bei einem Blick auf die Uhr unter dem Tachometer. Diese Zeit war selbst für ihn ungewöhnlich. Er ließ den Pick-up auf den Parkplatz rollen und schwang sich heraus.

Mit weniger Schritten als gewohnt war er die Außentreppe hochgesprintet und stand jetzt vor der Tür. Durch das Küchenfenster konnte er sehen, dass im Wohnzimmer noch Licht brannte. Zum Glück – sie war noch wach.

»Kerry, ich bin zuhause«, rief er fröhlich und schloss die Tür hinter sich. »Kerry?« Er trat ein und sein Herzschlag setzte aus. Er sah seine Freundin auf dem Stuhl gefesselt, mit blutverschmierten Haaren und Tränen in den Augen, die ihn flehentlich anstarrten. Sofort hatte er ein Déjà-vu. So elend hatte sie auch bei ihrem ersten Zusammentreffen ausgesehen. »Kerry ... was ist hier –?« Edgar stand jetzt vor dem Sessel und richtete die Pistole auf ihn. Oh Scheiße, sie hatte recht – sie hatte immer recht gehabt! Er war die ganze Zeit hinter uns her. Bleib ruhig, vielleicht ergibt sich eine Möglichkeit, nur ruhig bleiben.

»Hallo Jonathan, schön, dich einmal offiziell kennenzulernen. Bisher kennen wir uns ja nur, hm, flüchtig.« Er schien amüsiert über sein Wortspiel. Damit war er natürlich der Einzige im Raum. Er entfernte sich vom Sessel und bedeutete Jonathan, in dem er mit dem Lauf der Waffe herumschwenkte, dass er sich dort hinein setzen sollte. Jonathan blieb nichts anderes übrig, als der Weisung des Mannes zu folgen.

Wenn die Situation nicht so eindeutig gewesen wäre, hätte er ihn gar nicht erkannt. Edgar sah komplett anders aus als in seiner Erinnerung oder auf den Fahndungsfotos.

Damals waren die dunklen Haare des großen, schlanken Mannes mittellang und er hatte einen Drei-Tage-Bart, jedenfalls in der Nähe von Ramseys Hütte trug er ihn, auf den Fotos war er rasiert.

Jetzt wirkte er stämmig, als hätte er zwanzig Pfund zugenommen, sein Schädel war kahlrasiert, er trug einen Vollbart wie Bud Spencer und eine Hornbrille saß auf seiner Nase. Selbst wenn er auf dem Gehweg bei hellem Tageslicht mit ihm zusammengestoßen wäre und sich anschließend fünf Minuten mit ihm unterhalten hätte, er hätte ihn nicht erkannt. Aber das war nun völlig egal, er musste versuchen, Kerry und sich aus den Klauen dieses Psychopathen zu befreien. Er bemühte sich, so ruhig wie möglich zu bleiben, um ihren Peiniger in Sicherheit zu wiegen.

»Was wollen Sie, Mr. Conen?« Der Angesprochene lachte hämisch auf.

»Nicht so förmlich, mein Lieber, wir sitzen doch alle im selben Boot.« Wovon zum Teufel redet der nur? Egal, ich muss ihn weiter am Reden halten.

»Nun sind wir alle drei hier. Was passiert jetzt? Und was mich interessiert: Warum? Haben Sie nicht genug Menschen auf dem Gewissen?« Er schien Edgar tatsächlich zum Nachdenken gebracht zu haben. Nach einer Pause antwortete er:

»Du hast nicht Unrecht. Ich habe meine Familie auf dem Gewissen und auch den Tod der jungen Frau an der Hütte habe ich zu verantworten.« Er ließ für einen Moment die Hand sinken, in der er die Pistole hielt. Jonathan beugte sich langsam nach vorn, um sein Gewicht zu verlagern. Mit einem Sprung müsste er ihn erreichen können. Doch Edgar schien seine Gedanken lesen zu können. Er hob die Waffe wieder etwas an und trat einen Schritt zurück, sodass rechts von ihm Jonathan auf dem Sessel und links Kerry auf dem Stuhl saß. Beide knapp zwei Meter von ihm entfernt.

»Denk nicht mal dran, Junge«, sagte er und schwenkte den Lauf bedrohlich. Verdammt, durchfuhr es Jonathan, die erste Chance hast du verbockt. »Warum ich hier bin, dürfte kein Geheimnis sein.« Er deutete mit dem Kopf auf Kerry. »Sie muss sterben.«

»Und warum veranstalten Sie so ein Theater? Dann schießen Sie doch gleich drauf los.« In Erwartung des sicheren Todes verlor Jonathan langsam die Fassung. Der verzweifelte Blick, den Kerry zwischen den Männern hin und herwarf, stimmte ihn noch fatalistischer. Es war vorbei. Edgar würde ihnen gleich das Lebenslicht ausknipsen. Wahrscheinlich stellte sich nur noch die Frage, wie viel sie vorher noch erleiden müssten. Das Jagdmesser, welches zu einem Drittel aus der Tasche Edgars herausragte, deutete jedenfalls darauf hin, dass er sie nicht kurz und schmerzlos abknallen würde.

»Ganz einfach. Ich wollte nur sehen, ob sie dich genauso verliebt ansieht, wie sie es bei meinem Sohn getan hat.« Was will der? Verliebt ansehen? Was zum Teufel?

»Ich verstehe das nicht. Was meinen Sie denn damit? Ich habe Kerry ihrem Sohn nicht ausgespannt. Den haben doch Sie selbst abgeschlachtet!«, schrie er ihn an, die möglichen Konsequenzen seines Ausbruchs völlig missachtend. An Edgar schien es jedoch abzuprallen. Ohne dass Jonathan an ihm eine Gefühlsregung feststellen konnte, wandte er sich Kerry zu und befreite sie von ihrem Knebel.

»Vielleicht möchte die Dame des Hauses etwas dazu sagen?« Doch Kerry war erstmal damit beschäftigt, mehrfach tief einzuatmen, um wieder ausreichend Sauerstoff aufzunehmen, was durch den Knebel und das Blut, welches mittlerweile eines ihrer Nasenlöcher verstopfte, minutenlang eingeschränkt gewesen war.

»Edgar«, keuchte sie, »bitte, lass uns gehen.« Wie aus dem Nichts krachte sein Handrücken in ihr Gesicht, woraufhin sie aufschrie. Jonathan war zu schockiert, um die Gelegenheit für einen Angriff zu nutzen, und verdammte sich dafür erneut.

»Es reicht mir«, sagte Edgar mit frostiger Stimme und griff mit seiner freien Hand nach dem Messer. Jonathan hielt die Luft an und Kerry versuchte, sich mit ihrem Stuhl von Edgar weg zu ruckeln.

Ein plötzliches Klopfen an der Tür ließ die Situation in der Wohnung eskalieren.

»Wen zum Teufel erwartet ihr?«, zischte er die beiden an. Statt einer Antwort erklang ein weiteres Klopfen, gefolgt von einer Männerstimme.

»State Police, bitte öffnen Sie die Tür!« Das war die Stimme von Detective Moose, erkannte Jonathan, und wusste nicht, was er tun sollte. Edgar wirkte ebenfalls überfordert mit der Situation. Er blickte hektisch von Kerry zu Jonathan, dann zur Tür und wieder zu den beiden. Ganz anders Kerry, sie schrie aus Leibeskräften:

»Es ist Edgar! Er ist bewaffnet!« Edgar sah sie fassungslos an und und richtete die Waffe auf ihren Kopf. Jetzt oder nie, wusste Jonathan, katapultierte sich aus seinem Sessel und warf sich mit seinem Körper gegen Edgar, worauf dieser zurücktaumelte und mit dem Rücken an die Wand stieß. Bevor er die Waffe erneut auf Kerry richten konnte, hatte Jonathan nach seinem Unterarm gegriffen und hielt ihn weg von den beiden.

Ein Schuss krachte auf. Die Lautstärke war unerträglich. Aus dem Augenwinkel sah Jonathan, dass die Kugel hinter Kerry eingeschlagen war. Der Putz stob von der Einschussstelle. Kerry schrie durchgängig und von außen hämmerten die Polizisten wieder und wieder gegen die massive Tür.

Jonathan war entsetzt über den unbändigen Widerstand, den der deutlich ältere Edgar ihm entgegenbrachte, und kurz befürchte er, aus diesem Kampf als Verlierer hervorzugehen. Sie keuchten und stöhnten. Doch Jonathan mobilisierte noch einmal alle Energie, trat wild nach ihm und rammte seinem Widersacher die Stirn gegen den Schädel. Endlich hatte er Edgar niedergerungen und lag auf ihm. Mit einem Arm versuchte er, die Pistole zu erreichen, die jetzt zwischen sie beide geraten war, mit der anderen musste er verhindern, dass Edgar ihn nicht mit dem Messer aufschlitzte, welches dieser immer noch krampfhaft festhielt.

Dann peitschte ein weiterer Schuss durch das Zimmer und diesmal war es Jonathan, der aufschrie. Es hatte ihn erwischt. Nein, das konnte nicht, das durfte nicht sein. Er wollte noch nicht sterben! Aber wo blieben die Bilder? Wo blieb der Film, von dem gesagt wurde, er würde kurz vor dem Tod vor dem inneren Auge ablaufen und das ganze Leben zeigen?

Bei ihm lief nichts ab – er wurde nur von einem einzigen Gefühl durchdrungen: Ein höllischer Schmerz breitete sich von seiner Hand auf den ganzen Körper aus.

Erst jetzt begriff er. Es war nicht er, der starb. Edgar kämpfte nicht mehr. Edgar bewegte sich nicht mehr. Edgar atmete nicht mehr. Langsam, ganz vorsichtig richtete Jonathan sich auf. Im selben Moment hörte er, wie die Wohnungstür nachgab, und sah die Detectives Moose und Collins mit gezogenen Dienstwaffen ins Zimmer stürmen. Sie schienen die Szene blitzschnell einzuordnen. Jonathan befreite Kerry, die nur noch heulte und schluchzte, von ihren Fesseln, während Collins den Puls Edgars suchte. Nach wenigen Sekunden schaute er zu seinem Kollegen und schüttelte den Kopf.

Draußen näherten sich die Sirenen und Lichter der Einsatzwagen. Kerry warf sich Jonathan um den Hals und drückte sich zitternd an ihn. Zumindest glaubte er das. Da er jedoch selbst vibrierte wie eine Rüttelmaschine, konnte er es nicht genau sagen.

»Danke«, sagte er kraftlos über seine Schulter zu den Cops. »Sie haben uns gerettet.« Eine kurze Pause entstand, in der die Detectives Blicke wechselten und im nächsten Moment betraten uniformierte Kollegen den Tatort.

»Nun«, sagte Moose, »es ist leider noch nicht vorbei.« Jonathan löste sich halb von Kerry, sodass sie beide den Cops gegenüberstanden.

272

»Wie sollen wir denn das verstehen? Glauben Sie, ich hätte ihn ermordet? Das war Notwehr!«

»Daran besteht auch kein Zweifel«, sagte Moose. Er gab Collins ein Zeichen, worauf dieser auf Kerry zuging.

»Kerry Harrington, Sie sind hiermit verhaftet wegen des dringenden Tatverdachts in den Mordfällen an Amy Conen, Pete Conen und Gina Winter.« Er verlas Kerry ihre Rechte, während er ihr Handschellen anlegte und sie nach draußen führte. Jonathan verstand die Welt nicht mehr. Er war wie paralysiert, keiner Bewegung, keines Gedankens fähig. Er schaute seiner Freundin hinterher, die sich wand und fluchte und nur mit Hilfe zweier weiterer Beamter in den Streifenwagen gebracht werden konnte. Moose trat einen Schritt auf ihn zu und sprach mit ruhiger Stimme.

»Haben Sie jemanden, bei dem Sie unterkommen können? Sonst gehen Sie in ein Hotel, versuchen Sie Schlaf zu bekommen und morgen Mittag kommen Sie auf die Dienststelle. Wir werden versuchen, Ihnen alle Fragen zu beantworten.« Währenddessen winkte Moose einen der Rettungssanitäter heran und zeigte auf die verwundete Hand Jonathans. Dieser stammelte:

»Aber, was —«

»Jetzt ist keine Zeit für weitere Erklärungen. Lassen Sie sich verarzten und versuchen Sie, ein Auge zuzubekommen. Wir reden morgen in Ruhe drüber.«

Kapitel 32

Nachdem Kerry sich beruhigt hatte, fand sie sich im Vernehmungszimmer wieder. Neben ihr hatte die Strafverteidigerin Platz genommen, die Jonathan gleich nach ihrer Festnahme engagieren konnte.

Auf dem Tisch rauschte das Aufnahmegerät. Detective Moose verlas den obligatorischen Belehrungstext und gab die Teilnehmer, das Datum und die Uhrzeit der Vernehmung an. Detective Collins vervollständigte die Runde.

Kerry wirkte unschuldig wie ein neugeborenes Kind, dachte Moose heute nicht zum ersten Mal. Ihre Taten schienen unvorstellbar, hätte man nicht schon so viele menschliche Abgründe gesehen, wie es bei ihm der Fall war.

»Ms. Harrington, hat Ihre Anwältin Sie über das weitere Prozedere beraten?« Kerry nickte abfällig, als ob sie das alles hier überhaupt nichts angehen würde. »Sie müssen es bestätigen oder dementieren, das Aufnahmegerät speichert nur Stimmen, keine Bilder.«

»Ja«, schrie sie.

»Mäßigen Sie sich bitte.«

»Ja, ich hab's verstanden«, sagte sie störrisch, nicht mehr ganz so laut. »Aber was soll der Quatsch? Was wollen Sie von mir? Edgar Conen ist tot, fertig! Schließen Sie Ihre Akte oder was auch immer Sie darüber haben und lassen Sie mich nach Hause gehen.« Moose seufzte.

»Ms. Harrington, ich befürchte, dass Sie für sehr sehr lange Zeit nicht mehr nach Hause kommen.«

»Sie spinnen doch!«

»Sie wissen, was Ihnen vorgeworfen wird. Möchten Sie sich dazu äußern?« Kerry unterstrich ihre Abwehrhaltung mit den in Handschellen gefesselten Händen.

»Nein. Außer, dass ich damit nichts zu tun habe. Edgar war es, er hat sie getötet. Alle.«

»Ich möchte Ihnen anraten, über das Angebot nachzudenken, welches Ihnen der Staatsanwalt unterbreitet hat. Er würde statt auf die Todesstrafe auf lebenslange Haft eventuell mit späterer Unterbringung in einer psychiatrischen Einrichtung plädieren, sollten Sie vollumfänglich geständig sein und zur lückenlosen Aufklärung beitragen.«

»Ich will überhaupt nicht in den Knast und auch nicht in irgendeine Klapse. Ich bin weder schuldig noch verrückt!«

»Dürfte ich nochmal unter vier Augen mit meiner Mandantin sprechen?«, bat die Rechtsanwältin. Moose und Collins unterbrachen das Verhör und warteten draußen.

»Was meinst du? Kann die Anwältin sie überzeugen?« Collins zuckte mit den Schultern.

»Keine Ahnung. Fällig ist sie so oder so.«

***

Da die Anwältin vor dem Gespräch von den eindeutigen Beweisen und Indizien zu den Mordfällen seitens der Polizei in Kenntnis gesetzt worden war, riet sie Kerry dringend dazu, den Deal mit der Staatsanwaltschaft einzugehen. Bei der erdrückenden Beweislast würde sie für mindestens einen der drei Morde überführt werden. So könnten sie unter Umständen, wenn genügend Gutachten vorliegen würden und in einigen Jahren ein ihr wohlgesonnener Gouverneur in Idaho regieren würde, einen Antrag auf Begnadigung stellen.

Nach einer Viertelstunde bat die Rechtsvertreterin um Fortsetzung der Vernehmung. Moose schaltete das Band ein und die Anwältin ergriff das Wort.

»Ich gebe hiermit zu Protokoll, dass meine Mandantin die ihr vorgeworfenen Taten in vollem Umfang gesteht und alle zum Tathergang wichtigen Informationen preisgeben wird, wie sie das auch im Verlauf des anstehenden Gerichtsverfahrens tun wird.«

***

Für Detective Moose war der Fall von Anfang an klar gewesen. Der Ablauf, den Kerry beschrieb, klang absolut plausibel, zudem fanden sie nur Edgar Conens Fingerabdrücke auf der Tatwaffe. Der Einstichwinkel ergab eindeutig, dass Pete Conen von einem größeren Täter niedergestochen worden sein musste, ansonsten wurde die Tötung aber nach dem-

276

selben Muster wie die seiner Mutter und die der Urlauberin Gina durchgeführt: mit einem horizontalen, von links nach rechts geführten Schnitt durch die Kehle etwas oberhalb der Schlüsselbeine.

Die ursprüngliche Beschreibung des Tathergangs klang zwar extrem, aber schlüssig: Edgar Conen wollte haben, was sein Sohn hatte, und der Streit eskalierte. Dass die einzige Zeugin nicht überleben durfte, erschloss sich ihm ebenfalls.

Es gab nichts zu rütteln: Edgar hatte ein Motiv – Eifersucht, die Gelegenheit und die Mittel. Dazu jagte er scheinbar zwei Unschuldige und flüchtete später vor der Polizei.

Alles schien aufgeklärt. Bis Collins ihm vor einigen Tagen unvermittelt sagte, dass ihm Zweifel gekommen waren, nachdem er sich die Tatortfotos der Spurensicherung noch einmal genauer angesehen hatte. Ihm waren lediglich zwei kleine Inseln in der Blutpfütze in der Küche aufgefallen. Zwei vielleicht daumengroße Stellen, an denen kein Blut auf dem Boden war.

Bei seinem zweiten Besuch am Tatort hatte sich seine Ahnung zu einem Indiz verdichtet. Die beiden Inseln stammten von einem Küchenstuhl. Kerry hatte, wie sie später im Verhör zugab, Pete auf dem Stuhl sitzend erstochen. Diesen säuberte sie bis auf einen Spritzer auf der seitlichen Strebe und stellte ihn später nach der Tat zurück zu den anderen Stühlen.

Das Laborergebnis heute bestätigte, dass es sich um Petes Blut handelte. Ein Beweis? Nein. Ein starkes Indiz? Auf jeden Fall.

Den eigentlichen Punkt, der Kerry schließlich überführte, hatte Collins einer gehörigen Portion Glück zu verdanken. Als er nämlich auf der Rückfahrt vom Haus der Conens einen Halt bei Louisa in Burns Creek machte und sie nach dem Verbleib von Kerrys Kleidung fragte, die sie bei ihrer Ankunft dort getragen hatte, teilte Louisa mit, dass diese bereits vor Tagen mit anderen Stücken verbrannt wurde. Er saß bereits im Wagen, als sie ihm hinterherlief. Sie hatte es doch noch gefunden, es war wohl hinter den Kasten mit den zu verbrennenden Sachen gefallen.

Collins war erst im Zuge der Gedanken um die Löcher in der Blutpfütze wieder eingefallen, dass Kerrys Kleidung zwar klitschenass, aber auch teilweise blassrosa war, als er sie das erste Mal gesehen hatte. Dieses Detail speicherte er seinerzeit zwar ab, die Aufregung kurz nach der Explosion, die Einengung aufgrund der vielen Menschen und des Hundes und die sehr gewöhnungsbedürftige Gegend hatten ihn in seiner Konzentration jedoch stärker eingeschränkt, als ihm lieb war, gab er Moose gegenüber offen zu.

Und so bestätigten die Laborergebnisse, dass es sich bei dem Blut auf den Kleidungsstücken um das von Gina Winter handelte. Da Kerry jedoch geflohen sein wollte und Gina angeblich lediglich hinter ihr gestürzt war, konnte sie keine logische Erklärung

278

dafür abgeben. Und dieser Punkt hatte ihr letztendlich das Genick gebrochen, fasste Moose für sich zusammen und beglückwünschte sich dafür, mit Collins einen solch aufmerksamen Partner zu haben.

Kapitel 33

Im Laufe des nächsten Nachmittags traf Jonathan niedergeschlagen im Department ein und wurde von Moose in sein Büro gebeten.

»Was ist hier eigentlich los? Was heißt, Kerry hätte alles gestanden? Das ergibt doch überhaupt keinen Sinn!« Er vergrub sein Gesicht in den Händen und schluchzte. Moose legte ihm freundschaftlich die Hand auf die Schulter.

»Das ist schwierig für Sie, Jonathan. Ich kann das alles selbst kaum glauben.«

»Aber was genau ist denn geschehen?«, fragte er mit kläglicher Stimme. Moose überlegte, ob er diesen Dienstverstoß riskieren könne, und entschied sich nach kurzer Überlegung, dass er es konnte. Er öffnete einen Pappordner und zog zwei kopierte Dokumente heraus, die er vor Jonathan auf den Tisch legte. Er las leise:

Abschrift des Vernehmungsprotokolls von Kerry Harrington (H). Vernehmender Beamter: Detective Harold Moose. (M)

M:
»Erzählen Sie von vorn, Ms. Harrington.«
H:
»Es begann vor einigen Monaten. Edgar Conen kam öfter zum Essen in den Diner, in dem ich

bediente. Er gefiel mir und ich ihm auch. Erst flirteten wir, dann trafen wir uns heimlich in irgendwelchen Motels weit außerhalb Sandpoints. Ich verliebte mich und er versprach, sich von seiner Familie zu trennen.«

M:

»Was er jedoch nicht tat.«

H:

»Nein. Er hat mich hingehalten und belogen und irgendwann Schluss gemacht. Das durfte er nicht.«

M:

»Was heißt das: Er durfte das nicht?«

H:

»Niemand darf mich verlassen, das haben auch meine ...«

M:

»Ihre was?«

H:

»Nichts. Das geht Sie nichts an.«

M:

»Für das Protokoll: In einer kurzen Pause von der Befragung riet die anwesende Anwältin ihrer Mandantin, keine Aussagen außerhalb der gegen sie vorgetragenen Anschuldigungen zu machen, die sie in irgendeiner Weise belasten könnten. Die Mandantin besteht darauf, umfassend auszusagen. Ms. Harrington, fahren Sie bitte fort.«

H:

»Meine Eltern hatten ständig Streit. Ich habe ihnen ein paar Mal gesagt, dass sie das nicht dürfen. Dann erzählten sie mir, dass sie sich scheiden lassen würden. Aber ich hatte ihnen gesagt, dass sie mich nicht verlassen dürfen. Niemand darf mich verlassen.«

M:

»Daraufhin haben Sie das Haus angezündet, in dem Ihre Eltern verbrannt sind?«

H:

»Ja. Sie wollten mich verlassen. Das durften sie nicht.«

M:

»Wie alt waren Sie zu diesem Zeitpunkt?«

H:

»Zehn Jahre.«

M:

»Erzählen Sie weiter über Edgar.«

H:

»Ich hatte ihm gesagt, dass er mich nicht verlassen dürfte. Aber er hat es trotzdem getan. Ich habe seinem Sohn nachspioniert und ihn dazu gebracht, dass wir ein Paar werden.«

M:

»Wusste Pete von Ihnen und seinem Vater?«

H:

»Nein.«

M:

»Liebten Sie Pete?«

H:

»Nein, ich liebte Edgar, Pete war nur Mittel zum Zweck. Ich drängte ihn darauf, mir seine Eltern vorzustellen. Ich hatte ihn endlich überredet und an diesem Wochenende sollte es dann soweit sein. Edgar war sehr abweisend zu mir, den ganzen Abend. Am nächsten Tag sagte er mir, er würde für ein paar Stunden wegfahren und wenn er zurückkäme, würde er keine Probleme mehr haben wollen.«

M:

»Daraufhin fuhr er zum Büro?«

H:

»Keine Ahnung. Aber ich habe in der Zwischenzeit die Probleme beseitigt.«

M:

»Damit meinen Sie, dass Sie Pete und Amy Conen die Kehle durchtrennt haben?«

H:

»Ja, so konnten sie kein Problem mehr sein.«

M:

»Danach haben Sie auf Edgars Rückkehr gewartet?«

H:

»Nein, ich musste ja noch aufräumen. Den Stuhl in der Küche, auf dem Pete gesessen hatte, habe ich abgewischt und an den Tisch gestellt, und das Messer auf Petes Schoß gelegt. Ich wusste ja nicht ganz genau, ob es Edgar wütend, glücklich oder traurig machen würde, wie ich die Probleme beseitigt habe.«

M:

»Okay. Edgar Conen kam zurück. Was passierte dann?«

H:

»Erst dachte ich, er würde sich freuen, weil er lachte. Dann wurde aus dem Lachen ein hysterisches

Lachen und daraus ein Schreien. Und dann hat er sich auf mich gestürzt und wollte mich umbringen. Ich bekam Angst und lief weg.«

M:

»Was geschah am See mit Gina Winter?«

H:

»Sie war nett und freundlich. Ich mochte sie. Sie half uns. Aber sie hat mich wiedererkannt von einem Hotelbesuch mit Edgar. Sie hatte in dem Hotel gearbeitet. Sie hätte auch Edgar wiedererkannt.«

M:

»Und da beschlossen Sie, sie ebenfalls umzubringen?«

H:

»Ja, aber ich mochte sie. Es tut mir leid.«

M:

»Was haben Sie mit der Tatwaffe gemacht und wo hatten Sie die her?«

H:

»Es war ein Messer aus Ginas Küche. Ihr war es wieder eingefallen, woher sie mich kannte. Da musste ich es tun. Dann kam Edgar und ich bin geflüchtet. Das Messer habe ich glaube ich mit ins Auto genommen. Das alles war Edgars Schuld. Er durfte mich nicht verlassen. Das verstehen Sie doch sicher.«

Jonathan konnte nicht weiterlesen. Die Tränen liefen über seine Wangen und tropften auf die Kopie des Dokuments.

»Oh mein Gott! Wie konnte sie das tun? Und ich hab überhaupt nichts gemerkt. Das kann doch nicht wahr sein!« Detective Moose ließ sich mit seiner Antwort Zeit. Er setzte sich neben ihn und legte den Arm um seine Schultern.

»Kerry ist sehr krank. Wie sehr, müssen die Spezialisten beurteilen. Ich vermute, sie wird direkt in eine geschlossene Psychiatrie eingewiesen.

»Aber sie benahm sich doch immer so normal – also meistens jedenfalls.«

»Die Psyche des Menschen birgt noch sehr viele Geheimnisse. Auch wenn es sich jetzt hart anhört: Seien Sie froh, dass es herausgekommen ist, sonst wären Sie vielleicht in ein paar Jahren der Nächste gewesen, wenn Sie sich von ihr hätten trennen wollen. Ich weiß, das ist jetzt kein Trost.«

»Nein, ist es nicht«, antwortete Jonathan und stand auf. In der Tür drehte er sich ein letztes Mal um. »Danke.«

Kapitel 34

8 Monate später

Mit gemischten Gefühlen fuhr Jonathan das erste Mal seit der Zeit der Festnahme Kerrys nach Boise.

Nachdem er damals innerhalb weniger Tage seine Zelte dort komplett abgebrochen und sich vorerst in ein Mietobjekt seiner Eltern am Stadtrand Denvers verkrochen hatte, um mit sich und der Situation klarzukommen, erreichte ihn vor vier Wochen völlig überraschend die Einladung seines ehemaligen Kollegen Frank, mit dem er jeglichen Kontakt verloren glaubte.

Neben einem persönlich von Frank verfassten Anschreiben, in welchem er sein Bedauern über die ganze Sache ausdrückte, lag eine Hochglanz-Einladungskarte anlässlich der Trauung von ihm und Alice bei.

Wenige Wochen arbeitete er erst in seiner neuen Firma und fand langsam wieder in sein altes Leben zurück. Daher haderte Jonathan mit sich, ob er sie annehmen sollte, entschied sich aber schließlich dafür.

Frank erwartete ihn bereits vor der Haustür seines Einfamilienhauses, als der Pick-up auf die Einfahrt rollte.

»Jonathan, ich freue mich, dich zu sehen, Junge«, sagte er und nahm ihn kurz in den Arm, kaum dass er ausgestiegen war.

»Darüber, ob ich mich auch freue, muss ich mir noch Gedanken machen«, erwiderte er. Frank schaute ernst, begann dann zu lachen und Jonathan stimmte ein. Frank schnappte sich eine der beiden Taschen aus dem Wagen und zeigte seinem Gast dessen Unterkunft für die nächsten beiden Nächte. Alice kam kurz dazu, war wegen der Vorbereitungen aber ziemlich eingebunden und beließ es bei einem kurzen Hallo.

»Mensch, das ist ja ein Drama gewesen damals. Weißt du, was aus Kerry geworden ist?«, fragte Frank etwas später, als sie bei einem Bier zusammen in der Küche saßen. Jonathan war bewusst gewesen, dass er um dieses Thema nicht herumkommen würde.

Was war aus ihr geworden, wurde er gefragt, wobei ihn lange eher die Frage gequält hatte, wie sie so werden konnte.

Kerry wuchs, wie er mittlerweile erfahren hatte, nach dem Tod ihrer Eltern in zwei verschiedenen Pflegefamilien in Wyoming auf, bevor sie schließlich im Alter von dreizehn Jahren von einem Farmerehepaar aus Montana adoptiert worden war und damit deren Nachnamen annahm.

»Frank, ich beantworte dir hier und jetzt deine Fragen dazu unter der Bedingung, dass es damit für alle Zeit erledigt ist. Deal?« Jonathans Gesichtsaus-

druck schien ihn von dessen Entschlossenheit überzeugt zu haben.

»Deal«, wiederholte er.

»Nun, da sie alles gestanden hatte und dazu noch
einiges, was mit dem Fall gar nichts zu tun hatte,
musste ich nicht als Zeuge aussagen. Was mir auch
sehr gelegen kam – denn ich weiß nicht, ob ich es
ertragen hätte können, sie auf der Anklagebank sitzen
zu sehen.«

»Das glaube ich dir aufs Wort«, sagte Frank verständnisvoll.

»Detective Moose hatte mir damals versichert, dass
er mich auf dem neuesten Stand halten würde und
vor etwa drei Monaten bekam ich eine Nachricht von
ihm, dass seine Vermutung bestätigt worden war und
Kerry direkt in eine geschlossene psychiatrische Einrichtung überstellt wurde, die sie wahrscheinlich nie
wieder verlassen wird.«

Er erzählte seinem Gastgeber Details des Verfah-
rens und von dem Inhalt einiger Emails und Kopien,
die er von Detective Moose erhalten hatte. Der hatte
ihm gar von einem Brief Edgar Conens erzählt, der
für den Fall seines vorzeitigen Ablebens an die State
Police geschickt werden sollte, was eingetroffen war.
In diesen Zeilen beschrieb er alles so, wie es Kerry in
ihrem Geständnis wiedergegeben hatte. Zusätzlich
erklärte er, dass er anfangs nur Kerry für deren Tat
töten wollte. Da er das Tatmesser in seinem Haus
liegengelassen hatte und es mit seinen Fingerabdrü-
cken bedeckt war, befürchtete er, dafür verantwort-

lich gemacht zu werden. Daher wäre er später auch geflüchtet.

Am Schluss erwähnte Jonathan den Brief, den er von Kerry erhalten hatte, indem sie sich für die schöne Zeit mit ihm bedankte und ihrer Hoffnung Ausdruck verlieh, dass er ihr irgendwann einmal verzeihen könnte.

»Das ist heftig.« Beide tranken einen Schluck aus ihrer Flasche. »Bei dem, was sie abgezogen hat, wäre es auch sehr seltsam, wenn sie ihr nur zehn Jahre im Knast aufgebrummt hätten. Aber Hut ab, dass sie sich noch entschuldigt hat.«

»Ja, das war mehr als heftig. Und ob ich ihr jemals verzeihen kann, weiß ich nicht. Wenn ich ehrlich bin, würde ich sie am liebsten vergessen, egal, wie schön es zwischendurch war.« Frank stimmte brummend zu.

»Eine Frage hab ich noch – hattest du nie selbst Zweifel an ihr, fiel dir nie etwas auf?« Jonathan überlegte etwas und trank noch einen Schluck.

»Rückblickend hat sie sich schon manchmal irritierend verhalten, aber ich ging immer davon aus, dass es am Erlebten lag. Ich hab nicht im Traum damit gerechnet, dass sie ...« Er wollte es nicht aussprechen. Frank bemerkte, dass es seinem Freund unangenehm war.

»Lass gut sein, ich hab keine weiteren Fragen mehr.« Jonathan atmete kaum hörbar erleichtert aus. »Und jetzt, mein Junge, lass uns das Ende meines Lebens in freier Wildbahn feiern.« Sie stießen mit dem letzten Rest in ihren Flaschen an. Jonathan sah ihm ins Gesicht, das erste Mal seit dem Beginn des Gesprächs.

»Darauf trinken wir.«

Danksagung

Wie ich bereits am Anfang des Buches geschrieben habe, ist dies mein erster Ausflug in das klassische Thrillergenre. Ob es zu erneuten Stippvisiten kommen wird, liegt mehr oder weniger an euch Leserinnen und Lesern. Sollte es euch ebenso gefallen oder gar begeistern, wie es mir beim Schreiben erging, werden sicher noch weitere Thriller folgen.

Nun ist es aber an der Zeit, mich bei vielen Menschen zu bedanken, ohne die ich in meiner Autorenlaufbahn nicht da stehen würde, wo ich mich gerade befinde.

Als Erstes muss ich meine Lektorin und Korrektorin Tanja Loibl erwähnen. Ohne sie hätte es überhaupt keine Veröffentlichung von mir gegeben.

Auch das Team von Zero-Wa hat sich mit dem Erstellen dieses Covers selbst übertroffen. Wir sind immer noch geflasht davon und ich hoffe, es geht euch ebenso.

Ganz wichtig, um schlimmste Logiklöcher und Kapriolen aufzuspüren, ist mein Team an Testleserinnen, von denen mich einige bereits sehr lange begleiten. Diese sind: Beate Majewski, Drea Summer, Linda M. Berg, Iris Freinberger und seit diesem Buch neu dabei Anja Lang.

Nicht unterschlagen möchte ich viele liebe Kolleginnen und Kollegen, die mit wertvollen Tipps und

Ratschlägen einen nicht unerheblichen Anteil daran haben, dass mittlerweile weit über 15.000 Menschen meine Bücher (oder zumindest eines davon) gelesen haben.

Am Schluss geht noch ein kräftiges Dankeschön an folgende Blogs und Facebookseiten, die sich beim Vorstellen meiner Werke engagieren.
- Unsere Bücherecke – Treffpunkt für Lesefreunde
- Unter die Haut ... Krimi/Thriller, die unter die Haut gehen
- Markus Bücher
- Nicoles Buchblog
- Unsere kleine Bücherwelt
- Boockaholicane
- Thrilljunkie
- Bücher, Krimi Thriller und Psychothriller
- Recensio Online

Falls ich irgendjemanden in der Aufzählung vergessen habe, ist das meiner temporären Demenz zuzuschreiben.

294

Über den Autor

Der Autor, 1970 geboren, lebt im niedersächsischen Vechta und ist Vater zweier erwachsener Kinder. Der Krimi *Von Hass getrieben* ist seine siebte Veröffentlichung. Die Idee, Geschichten zu erzählen und Bücher daraus entstehen zu lassen, kam quasi über Nacht.

Selbst ist er großer Fan von Büchern Stephen Kings, Dean Koontz und John Grishams. Natürlich hat auch die Harry Potter-Reihe von J. K. Rowling einen festen Platz in seinem Bücherschrank.

Besucht ihn bei Facebook und folgt ihm auf der Autorenseite Marcus Ehrhardt. Oder abonniert ihn auf Instagram unter Marcus.Ehrhardt.Autor und verpasst keine Neuerscheinung mehr.

Bisher erschienen:
- *Fremde Angst – Burns Creek* (08/2017)
- *Fremde Angst – Nemesis* (10/2017)
- *Der Tote vom Stoppelmarkt* (12/2017)
- *Im Namen des ...* (02/2018)
- *Die Klaviatur der Gerechtigkeit* (05/2018)
- *Mordseerauschen* (07/2018)

Der fünfte Krimi »Mordseeflüstern« mit Maria Fortmann und Peter Goselüschen erscheint im November 2018.

Eine Bitte am Schluss

Liebe LeserInnen des Buches *Von Hass getrieben:* Jeder hat andere Vorlieben und Sichtweisen. Und ich maße mir nicht an, ein Buch schreiben zu können, das jedem gefällt. Jedoch bin ich bestrebt, dass jeder gut unterhalten wird, der eines meiner Bücher liest. Daher bitte ich darum, nach Beendigung des Buches eine Rezension oder eine persönliche Bewertung zu hinterlassen. Ich werde jede seriöse Kritik lesen und sie gegebenenfalls in mein weiteres Wirken einfließen lassen.

Dafür im Vorfeld bereits vielen Dank!